吾爾人，即霍青桐姊妹及阿凡提之族人。該圖為作者所藏。

清軍大戰圖：乾隆十全武功之一。清軍進攻準噶爾部。本圖為銅版圖，係法國藝術家

據郎世寧及其他三名天主教教士之繪畫在巴黎所作。原作現藏美國國會圖書館。

維人騎驢少女（局部），今人黃胄作。圖中為新疆維

香妃戎裝像：郎世寧所作唯一之油畫，現藏台北故宮博物院。

簪花圖：作者無題款，原藏清宮壽皇殿，繪於大插屏之一面，另一面繪清高宗古衣冠半身行樂圖，即服明人服飾。相傳此為香妃像。

御苑春蒐圖：郎世寧作，乾隆戎裝，其後為香妃。

乾隆佛裝像：原藏故宮壽皇殿。

大字版

書劍恩仇錄

③天山雪蓮

金庸

大字版金庸作品集③

書劍恩仇錄 (3)天山雪蓮 「公元2001年金庸新修版」

Book and Sword, Gratitude and Revenge, Vol. 3

作　　者／金　庸

封面設計／唐壽南　內頁插畫／王司馬

發 行 人／王 榮 文
出版・發行／遠流出版事業股份有限公司
臺北市中山北路一段11號13樓
電話／2571-0297　傳真／2571-0197　郵撥／0189456-1

□2001年8月1日　初版一刷
□2022年3月16日　二版三刷

大字版　每冊380元（本作品全四冊，共1520元）

〔另有典藏版共36冊（不分售），平裝版共36冊，新修版共36冊，新修文庫版共72冊〕

ISBN　978-957-32-8521-2（套：大字版）
ISBN　978-957-32-8519-9（第三冊：大字版）
Printed in Taiwan

YLib 遠流博識網
http://www.ylib.com　E-mail:ylib@ylib.com

目錄

在六和塔第十二層上，乾隆終於接納了陳家洛興漢反滿的圖謀。陳家洛請羣雄進來，說道：「此後咱們共圖大事，驅除胡虜，還我漢家河山，如有異心，天誅地滅。」

第十一回　高塔入雲盟九鼎　快招如電顯雙鷹

乾隆在六和塔頂餓了兩日兩夜，又受了兩日兩夜的驚嚇氣惱，心力交瘁，甚是委頓。第三天早晨，忽見一個小書僮入室走近，說道：「少爺請東方老爺過去談談。」乾隆認得他是陳家洛的書僮心硯，心頭一喜，忙隨著他走到下一層來。

他一進門，陳家洛笑容滿臉的迎出，當先一揖。乾隆還了一揖，走進室內。心硯獻上茶來。陳家洛道：「快拿點心來。」心硯捧進一個茶盤，盤中放著一碟湯包、一碟蟹粉燒賣、一碟炸春捲、一碟蝦仁芝蔴捲、一碗火腿鷄絲蓴菜荷葉湯，盤末端到，已是清香撲鼻。心硯放下兩副杯筷，篩上酒來。

陳家洛道：「小弟因要去探望一位朋友的傷，有失迎迓，還請恕罪。」乾隆道：「好說，好說。」陳家洛道：「請先用些粗點，小弟還有事請教。」乾隆餓得肚皮已貼到了背心。他素來體格強健，食量驚人，兩日兩夜不吃東西，如何耐得？見陳家洛先舉筷夾一個湯包吃了，當即下箸如飛，快過做詩十倍，頃刻之間，把四碟點心吃得乾乾淨淨，湯也喝了個「碗底朝天子」。陳家洛每碟點心只吃了一件，喝了口湯，就放下筷子，見他吃得香甜，只是微笑。點心吃完，乾隆說不出的舒服受用，端起茶杯，望著杯中碧綠的龍井細茶，緩緩啜飲，齒頰生津，脾胃沁芳。陳家洛把門推得洞開，道：「他們都守在底下，咱們在這裏說話再妥當也沒有，決不會有第三人聽見。」

乾隆板起臉，一字字低沉的道：「你把我劫持到這裏，待要怎樣？」

陳家洛走上兩步，望住他臉。乾隆只覺他目光如電，似乎直看到了自己心裏去，不由得慢慢轉開了頭，隔了半晌，聽得陳家洛道：「哥哥，你到今日還不認我麼？」

這句話語音柔和，聲調懇切，鑽入乾隆耳中，卻如晴空打了個霹靂，他忽地跳起，顫聲道：「你……你……你說甚麼？」

陳家洛臉色誠摯，緩緩伸手握住他手，說道：「咱們是親兄弟親骨肉。哥哥，你不必再瞞，我甚麼都知道啦。」

自從文泰來被救，乾隆就知這個大秘密再也保守不住，但聽陳家洛突然叫自己爲「哥哥」，仍不禁震驚萬分，登時全身無力，癱瘓在椅中。

陳家洛道：「你到海寧掃墓，大舉修築海塘，把爸爸媽媽封爲潮神和潮神娘娘，我知你並沒忘本。你在這鏡子裏照照看。」說著把牆上畫旁的一根線一拉，畫幅捲起，露出一面大鏡子來。

乾隆站起身來，見鏡中自己一身漢裝，面目神情，毫無滿洲人的痕跡，再看看站在身旁的陳家洛，兩人年歲不同，容貌卻實在頗爲肖似，嘆了口氣，回坐椅中。陳家洛道：「哥哥，咱兄弟以前互不知情，以致動刀掄槍，骨肉相殘，爸爸姆媽在天之靈，一定很是痛心呢。好在大家並無損傷，並沒做下難以挽救的事來。」

乾隆只覺喉乾舌燥，一顆心撲通、撲通的跳個不住，隔了半晌，說道：「我本來叫你到京裏去辦事，你自己不肯去。」見陳家洛轉身眼望大江，並不置答，續道：「我已查過，知道你已中鄉試，那好得很啊。憑你才學，會試殿試必可高中，將來督撫、尙書、大學士，豈有不提拔你之理？這於家於國，對你對我，都是大有好處，何苦定要不忠不孝，幹這種大逆不道之事。」

陳家洛忽地轉身，說道：「哥哥，我沒說你不忠不孝，大逆不道，你反說起我來。」乾隆咦了一聲，道：「臣對君盡忠，叛君則爲大逆。我既已爲君，又怎說得上不忠？」

陳家洛道：「你明明是漢人，卻降了胡虜，這是忠嗎？父母在世之日，你沒好好侍奉，父親在朝廷之日，反而日日向你跪拜，你於心何安，這是孝麼？」乾隆頭上汗珠一粒一粒的滲了出來，低聲說道：「我本來不知。是你們紅花會已故的首領于萬亭今年春天進宮來，我才聽說的，現今我仍是將信將疑。不過爲人子的，寧可信其有，不可信其無。信錯了不過是愚，否則可是不孝。因此我到海寧來祭墓。」

實則這年春天于萬亭偕文泰來入宮，將陳夫人的一封信交給乾隆，信中詳述當時經過，又說他左股有一塊硃記，這是再也確切不過的明證，乾隆已然信了九成。待于萬亭走後，把當年餵奶的乳母廖氏傳來，秘密查詢，更得悉了詳情。

原來康熙五十年八月十三日，皇四子胤禛的側妃鈕祜祿氏生了一個女兒，不久聽說大臣陳世倌的夫人同日生產，命人將小兒抱進府裏觀看。那知抱進去的是兒子，抱出來的卻是女兒。陳世倌知是皇四子掉了包，大駭之下，半句都不敢洩漏出去。

當時康熙諸子爭儲奪嫡，明爭暗鬥，無所不用其極，各人籠絡大臣，陰蓄死黨。胤禛知父皇此時心意難決，皇太子已立了二哥胤礽，但父皇久欲廢立，兄弟中如胤禔、胤祉、胤禩等才幹都不在自己之下，諸人勢均力敵。皇帝選擇儲君時，不但要比較諸皇子的才幹，也要想到諸皇子的兒子，要知立儲是久長之計，皇子死了，皇孫就是皇帝。胤禛此時初生之子弘暉早夭，膝下的兒子弘時相貌猥瑣，不爲祖父所喜，兼且未曾出過天花，當時天花流行，孩子患上，十有五死。胤禛之子未出天花，差不多等於沒有兒子。滿盼再生一個兒子，豈知下一個兒子難產，出生時便即夭折。胤禛側妃鈕祜祿氏不久懷孕，兩夫婦求神拜佛，但願生個兒子，那知生出來的卻是女兒。胤禛不顧一切要做皇帝，湊巧陳世倌生了個兒子，生得唇紅面白，眉目清秀，就強行換了一個。胤禛於諸皇子中手段最爲狠辣，陳世倌那敢聲張？

這換去的孩子取名弘歷，康熙時封爲寶親王，後來就是乾隆。他自小聰穎武勇，六歲即能誦「愛蓮說」，到了九歲時，更遇到一件事，使康熙十分喜愛。

這年弘歷跟隨祖父到熱河打獵，衛隊從山中趕了一頭大黑熊出來，趕到康熙跟前。康熙舉起火槍，一槍打中黑熊頭上，那熊撲地倒了。康熙放槍之時，弘歷騎了一匹小馬，舉起火槍，在祖父身旁躍躍欲試，見了那龐大的黑熊居然絲毫不懼。康熙看得有趣，說道：「你過去打牠一槍。」康熙愛惜孫兒，叫他去打一槍，就算是他打死的，將來說弘歷九歲擊斃大熊，可以誇示羣臣。弘歷下馬走到黑熊跟前，叫道：「打死你，打死你！」對準黑熊肚皮放了一槍，衆侍衛齊聲歡呼叫好，康熙也是撚鬚微笑。弘歷轉身回來，剛要上馬，那知黑熊沒有死透，突然人立，惡狠狠向康熙馬前撲來。衆侍衛大驚，數槍齊發，將之擊斃。康熙驚喜交集，對侍衛們道：「這孩子福份可眞不小，要是他在黑熊跟前之時那熊站了起來，那還有命麼？」

從此康熙認爲弘歷福命大，兼之他文武雙全，在諸孫中最爲得寵。胤禛後來能做皇帝，實頗仗這假兒子之力。是以終雍正一朝，海寧陳家榮寵無比，雍正一來是報答，二來是籠絡，免得陳家有所怨望，而洩漏這天大秘密。

至於換到陳家的女兒，本是公主，後來嫁給常熟蔣溥。蔣溥的父親蔣廷錫於雍正初年任戶部侍郎，其時陳世倌任山東巡撫，兩人共同治水有功。陳蔣二人後來都入內閣。蔣溥由戶部尙書、禮部尙書、吏部尙書而大學士，終乾隆一朝，蔣家榮寵不衰。據常熟故老相傳，蔣溥陳夫人所住的樓堂，當地都稱爲「公主樓」，至今遺跡尙在。

乾隆初被抱入雍親王（胤禛封號）府時啼哭不止，不肯吃奶。胤禛的側妃鈕祜祿氏只得把陳家原來給乾隆餵奶的奶母廖氏召到府中，乾隆這才止哭吃奶。那知事隔多年，乾隆忽然問起，廖氏本不肯說，但聽他口氣，知道已悉詳情，無法再加隱瞞。廖氏這時已六十多歲，當夜就被乾隆派人絞死，防她走漏隱事。

乾隆說這番話時，想起廖氏撫育之勞，心頭頗爲自疚。

陳家洛道：「你自己看看又那裏像旗人了？還有甚麼好疑慮的？」乾隆沉吟不語。陳家洛道：「你是漢人，漢人的錦繡江山淪入胡虜之手，你卻去做了胡虜的頭腦，率領他們來欺壓咱們黃帝子孫。這豈不是不忠不孝，大逆不道嗎？」

乾隆無言可對，昂然道：「我今日反正已落入你的手裏，你要殺便殺，何必多言。」

陳家洛溫言道：「咱們在海塘上曾經約定，以後互不加害，言猶在耳，我豈能背誓？何況現下知道你是我的親哥哥，兄弟相會，親近還來不及，那有相害之理？」說著不禁掉下淚來。

乾隆道：「那麼你要我怎樣？要逼我退位麼？」陳家洛拭一拭眼淚，說道：「不，你仍然做你的皇帝，然而並非不忠不孝的皇帝，而是一位仁孝英明的開國之主。」乾隆奇道：「開國之主？」陳家洛道：「正是，做漢人的皇帝，不是滿清的皇帝。」

乾隆一聽此言，已明白他意思，道：「你要我把他們趕出關外？」陳家洛道：「不錯，你一樣做皇帝，與其認賊作父，爲後世唾罵，何不奮發鷹揚，建立萬代不易之基？」乾隆本是好大喜功之人，聽了這幾句話，不由得怦然心動。陳家洛鑒貌辨色，知道自己說詞已經見效，續道：「你現今做皇帝，不過是承襲祖宗餘蔭，有甚麼希奇？你看看這人。」

乾隆走到窗邊，順著他手指向下望去，見一個農夫在遠處田邊揮鋤耕作。陳家洛道：「要是這人生在雍親王府中，而你生在農家，那麼他就是皇帝，你卻須得在田間鋤地了。」乾隆一向自以爲天縱神武，迥非常人可比，此刻細細琢磨陳家洛的話，不禁爽然若失。陳家洛又道：「大丈夫生在世間，百年之期，倏忽而過，如不建功立業，轉眼與草木同朽，歷來帝皇，如漢高祖、唐太宗、明太祖，那才是眞英雄眞豪傑。元人如成吉思汗，淸人如太祖努爾哈赤、太宗皇太極，也算得一代雄主。如漢獻帝、宋徽宗、明崇禎這種人，縱使不是亡國之君，因人碌碌，又何足道哉？」

這番話每一句都打入了乾隆心坎。他知道自己是漢人後，曾幾次想下令宮中朝中改服漢人衣冠，都被太后和滿洲大臣攔住，心想倘若眞的依著陳家洛的話，推倒清廷，改朝換代，重還漢家天下，自己就是陳姓皇朝的開國之主，功業實可上比劉邦、李世民。

他正想接話，忽聽得遠處傳來一陣犬吠之聲，又見陳家洛雙眉微揚，轉身外望，忙跟著向窗外望去，只見四條身軀異常龐大的獒犬向六和塔疾奔而來，後面跟著兩人。轉眼之間，兩人四犬已奔到塔下，隱隱聽到有人厲聲喝問。六和塔塔高十三層，乾隆與陳家洛這時在第十二層上，與塔下相距甚遠，聽不清楚下面說話。只見兩人四犬都衝進了塔中，忽然四條獒犬反身奔逃，孟健雄手挾彈弓追出，一陣連珠彈把四犬打得狺狺狂叫。

陳家洛正自奇怪，不知兩人四犬是甚麼路數，忽見塔中一人竄出，身法迅疾無比，夾手把孟健雄的弓奪過，左掌便向他項頸劈落。孟健雄一閃沒避開，忙舉手格時，被那人用彈弓弓端在腰裏一戳，戳中穴道，俯身跌倒。那人頭也不回，直奔進塔。這人剛進塔門，塔裏便拋出一個人來，仰天跌在地下，動也不動，卻是安健剛。又聽得塔內的馬善均、馬大挺父子哨聲大作，連連報警。

乾隆眼見來了救援，心中大喜。陳家洛四下瞭望，見各處並無動靜，知道來攻的只此兩人，馬家父子此時才發警號，想是敵人行動過速，待到發現，敵已入塔。這兩人身手如此矯健，必是大內侍衛中的高手，看來比之金鉤鐵掌白振尚要勝得一籌。

四條獒犬重又折回，再竄進塔內，只聽得女子斥罵聲、少年叫喊聲、獒犬吠叫聲響成一片，那是把守第二層的周綺和心硯正在對付獒犬。突然兩聲驚叫，第二層窗口中投下兩件兵器來，一是單刀，一是軟鞭。陳家洛認得是周琦和心硯所用，想是被敵人奪去而擲下來的，不知兩人是否遇險，甚是擔心。

乾隆見陳家洛本來神色自若，忽然臉有憂色，知道自己手下人佔了上風，暗暗歡喜，突見他轉露微笑，忙向下望。只見一條大漢手舞大鐵槳，將四條獒犬打出塔來。周綺和心硯搶出來扶了孟健雄和安健剛進去。四條獒犬猛惡異常，直如四頭豹子一般。一條獒犬後腿給鐵槳打斷，兀自不退，仍然猛撲亂咬，蔣四根給四隻狗圍在垓心，竟爾有些手忙腳亂。

心硯又從塔裏奔出，雙手連揮，十幾塊磚頭把獒犬打得汪汪亂叫。蔣四根乘機一槳，擊在一條獒犬臀部，把牠直摜出去。周綺也奔出塔外吶喊助威，眼見四犬就要給蔣四根和心硯盡數打死。忽然第六層窗口有人探出頭來，撮嘴作嘯，聲音甚是奇特。四犬一聽，立即掉頭，向外奔去。周綺和心硯拾起兵刃，站在塔下守禦，怕再有敵人來攻。

陳家洛見敵人在第六層窗口中指揮獒犬，心想：「那麼第四層上的十二哥，第五層的九哥和第六層的八哥都沒攔住他們……」想到這裏，暗叫：「不好。」敵人武藝高強，而且兩人合力，己方每層一人，定然攔他們不住，正要下令集合四人在第九層上攔截，忽見第七層窗中竄出一人，正是徐天宏。他剛躍出窗口，後面一人跟著跳出，伸手抓住了他左腳。陳家洛大吃一驚，手中扣住的三粒圍棋子正要擲出，忽聽徐天宏大喝：「照鏢！」右手揚動，敵人縮頭避讓，卻無暗器射來，徐天宏乘機掙脫了左腳鞋子，已站在寶塔簷角之上。

這時距離已近，看清敵人比徐天宏更矮，一身灰衣，滿頭白髮，竟是個年老婆婆。她背插單劍，雙手空著，凌空躍起，又抓了過去。徐天宏右手無刀，想來已被敵打脫，左手鐵拐使招「一夫當關」在胸前橫擋，又喝：「照鏢！」那老太婆罵道：「猴兒崽子，莫想再騙你奶奶！」夾手來奪單拐。那知徐天宏這一次卻非虛招，已揭起塔頂瓦片猛擲過去。那老婦避讓不及，迎面發掌，把瓦片擊得粉碎，四散紛飛。守在第八層的常氏雙俠似已被另一人纏住，始終沒出來相助。徐天宏武功遠不及那老婦，交手數招，迭遇兇險，他聲東擊西，又支撐了幾招。

周綺抬起了頭，仰望徐天宏在塔角上和那老婦惡鬥，眼見不敵，很是焦急，大叫：「爹，爹啊！快動手哪！」

周仲英守在第十層上，也早見兩個徒弟被敵打倒，義子處境危險，探身窗外，叫道：「甚麼人在這裏撒野？」兩枚鐵膽一先一後向那老婦擲去。鐵膽未到，那老婦忽然如飛般直縱而下，左手手掌在瓦上一按，一個觔斗翻過來在第六層上站住，只聽得叮叮叮一陣亂響，袖箭、鐵蓮子、鋼鏢、背弩，大批暗器紛紛落在第八層塔頂上，卻是守在第九層上的趙半山爲助徐天宏而放。

周仲英鐵膽打空，啪啪兩聲，把塔角的木簷打斷。徐天宏俯身搶住一個，另一個在塔角瓦溝中亂轉。周仲英縱身躍下想拾，腳未踏實，突然一陣掌風向胸口襲來。他身子臨空，無法避讓，掌風來勢凌厲，若是出手抵擋，懸空不能借力，必被敵人推下塔去，跌得粉身碎骨，危急中拔出金背大刀豎立面前，和身向敵人撲去，拚著受他一掌，落個兩敗俱傷。

敵人見周仲英撲來，側身讓過，左手來抓他手腕。周仲英見他手法又快又狠，不覺咦的一聲，暗暗驚心：「這人是誰？」當即跳開，見常氏雙俠已從窗中跳出，和那人打在一起。那人魁梧異常，常氏雙俠原是瘦長條子，此人身材卻比雙俠還高了些，一個鷹鉤鼻，臉色紅如硃砂，頭頂光溜溜的禿得不剩一根頭髮。周仲英見此人神威凜凜，武功好得出奇，心想：「此人如此了得，竟也甘作清廷走狗？」

那禿頂老頭雙掌如風，迅疾無比，常氏兄弟在塔上跳躍來去，以二攻一。周仲英見常氏兄弟雖不能勝，也不致落敗，不必過去相助，向下望時，卻大吃一驚。

只見第六層上那白髮老婦正把周綺逼得連連倒退。徐天宏大叫：「綺妹，退開，退開。」周綺很聽徐天宏的話，轉身便走。那老婦不追，待要上躍，周綺卻站住了腳，罵道：「老太婆，你敢追我麼？我這裏有埋伏。」那老婦雙腳一點，如一枝箭般直飛過來。周綺大駭，返身便逃。

周仲英右手發出鐵膽，向老婦後心飛去。那老婦堪堪追上周綺，剛要伸手抓她後心，忽聽得背後暗器之聲勁急猛惡，不敢伸手去接，當即使出輕功中「寒江獨釣」招數，身子向外一挫，全身懸空塔外，只以左腳勾住塔角飛簷。噹的一聲大響，鐵膽打得塔頂火星亂飛，磚瓦碎片四濺。

那老婦避開鐵膽，又追周綺。周仲英向下跳到第六層上，橫刀當路，那時周綺已逃到塔後，兩人一逃一追，繞著寶塔打轉。周綺自與徐天宏訂婚後，心想丈夫是出名的聰明人，自己如一味鹵莽，怕被他看低了，是以臨事已不若以往那麼任性。這次聽徐天宏叫她退走，便打打逃逃，和敵人拖延時刻。周仲英剛立定身子，已見女兒從塔後繞了出來，那老婦仍然空手追趕，老婦背後卻又有一人跟著，雙鉤揮霍，向她後心挺刺，卻總是差了尺許，看他奮勇直前，救援周綺，正是九命錦豹子衛春華。

這時楊成協、石雙英等也從下層趕了上來，周仲英迎上搶過周綺，金刀呼呼生風，連劈兩刀。那老婦見他刀法精奇，不敢輕敵，退開三步，正要拔劍，忽然那禿頂老頭在上面喊道：「我上塔頂去攻下來，你從下面攻上！」聲若洪鐘，迸將下來。

那老婦聽了，不再和衆人纏戰，飛身縱起，左手在第七層塔角上一扳，借勢又翻上了第八層。這一層上已無人阻擋，仍以此法翻向第九層上。她從下面打上來時，知道每層守禦之人武功一層高過一層，雖避開了周仲英一膽兩刀，但已知他是少林高手，平地拚鬥，不弱於己，只怕上面有更厲害勁敵，凝神屏氣，身未上，劍先上，挽花護頂，忽覺手上劇震，長劍已被敵人兵刃黏住，險些脫手。

那老婦知道又遇勁敵，長劍乘勢向前急刺，解去對方黏走之力，不敢正面縱上，向左斜奔三步，突然反身向右疾馳，一躍跳上第十層，寒風起處，劍刃迎面刺到。

那老婦以攻爲守，唰唰唰三劍均攻對方要害。敵人以太極劍中「雲麾三舞」三式解開。老婦見他化解時舉重若輕，深得內家劍術三昧，不待對方回手，跳開兩步，看敵人時，見是個身材微胖的中年漢子，上唇一叢濃髭，鬢髮微斑，左手揑住劍訣，凝神而視，並不追來。老婦叫道：「你一身好功夫，可惜，可惜。」那人正是千手如來趙半山，他見這白髮老婦身手迅捷，也自驚佩。兩人挺劍又鬥在一起。

乾隆見兩人一路攻上，心頭暗喜，但見陳家洛氣度閒雅，不以爲意，反而拖了一張椅子到窗口坐下觀戰，心想來救我的只有兩人，總敵不過紅花會人多，正自患得患失之際，忽聽遠處傳來犬吠之聲，又有吆喝聲和馬匹奔馳聲。

梯上腳步響處，心硯奔上樓來，用紅花會切口向陳家洛稟報：「在塔外巡哨的頭目來報，有兩千多淸兵正向這邊過來，方向對正六和塔。」陳家洛點點頭，心硯又奔下塔去。乾隆不懂心硯的話，但見他神情緊張，知道定是對他們不利的消息，凝神遠望，楓葉如火，林梢忽見白旗飄動，旗上大書一個「李」字。乾隆大喜，知是李可秀帶兵前來救駕了。

陳家洛俯身窗口大叫：「馬大哥，退到塔裏，預備弓箭！」馬善均在塔下答應。

陳家洛喊聲方畢，忽見那禿頂紅面老者直竄上來，常氏雙俠和周仲英在後緊追不捨。那老者繞塔盤旋，後面追得緊時就回身接幾招，找到空隙，又跳上一層。那邊廂趙半山和那老婦正鬥到緊處，那老者已跳上第十二層來。常赫志見他來勢猛惡，第十二層正是監禁乾隆之處，不再追趕，腰間取出飛抓，迎風抖開，站在窗外，常伯志雙掌斜舉，搶在他身前兩步。兄弟兩人擺好陣勢，飛抓遠攻，肉掌近襲，雙雙擋在窗外。那老者知道常氏雙俠厲害，竟不過來，直上塔頂。周仲英追趕不及，從窗口跳入塔內。乾隆見他執刀跳進，吃了一驚，卻見他奔到塔頂通下來的梯級上橫刀待敵。

趙半山和那老婦攻拒進退，旗鼓相當，轉瞬間拆了百餘招。那老婦劍法迅速無比，趙半山展開太極快劍，也是以快打快，心中暗暗稱奇：「這人白髮如銀，又是女流，怎地竟然戰她不下？」心中焦躁，要摸暗器取勝，豈知那老婦逼得甚緊，微一疏神，左手衣袖竟被她長劍劃破了一道口子，雖然未傷皮肉，但也不免心驚。

徐天宏、楊成協、衛春華、石雙英和周綺手執兵刃，旁觀趙半山和那老婦惡鬥，見兩人劍光閃爍，打得激烈異常，盡皆駭然，忽見趙半山衣袖中劍，都吃了一驚。衛春華雙鉤一擺，便要搶上相助。趙半山一劍「李廣射石」，把老婦迫退一步，忽地跳開，說道：「老太太果然高明，請上去吧。」衛春華愕然止步。

趙半山衣袖中劍，不再戀戰，心想：「陸菲青大哥守在十一層上，一別十餘年，想他武功必然精進，定可制住這老婦。衆兄弟均佩他雲天高義，卻未見識過他的超妙劍術。」他任由老婦上去，意在讓好友陸菲青露臉揚名，否則劃破袖口，儘可再戰，也未必會輸。

那老婦見他謙退，舉劍施了一禮，說道：「好劍法！」縱身直上。周綺叫道：「趙三叔，你沒輸啊，幹麼這麼客氣？」趙半山微微一笑，道：「她劍法好極啦，咱們去看看陸大爺的武當派功夫。咦，周姑娘，你幹麼這般客氣，叫我三叔？七弟可叫我三哥。」周綺臉一紅道：「我只跟爹爹叫。」楊成協笑道：「那麼你叫他七叔麼？」說著向徐天宏一指。周綺道：「呸，他想麼？」各人知道己方人多，敵人雖然武功精湛，單只二人料也無能爲力，大家說笑著奔上塔去。第九、第十兩層悄無一人，衝進第十一層時，只道陸菲青定在和那老婦鬥劍，那知室中空盪盪地竟無人影。

衆人吃了一驚，疾忙再上，將進室內，已聽得刀劍交併，錚錚有聲，一進門，只見周仲英使開金背大刀，風聲虎虎，正和那白髮老婦激戰，一個刀沉力勁，一個劍走輕靈，一時不分高下。陳家洛把乾隆拖在一角，坐在榻上觀戰。

徐天宏一打手勢，楊成協、石雙英兩人守住窗口。徐天宏叫道：「拋下兵器，饒你不死！」老婦見身陷重圍，並不畏懼，唰唰唰數記進手招數。周綺道：「這人的劍術和一個人很像，你說是麼？」徐天宏道：「不錯，我也覺得奇怪。」那老婦快劍把周仲英迫退一步，突然拉過桌子，擋在胸前，貼牆而立。周仲英揮刀急斬，險些砍在桌上，疾忙收刀。那老婦轉頭向乾隆叫道：「你是皇帝嗎？」

乾隆忙道：「我是皇帝，我是皇帝，救兵都來了麼？」那老婦躍上桌面，突然舉劍當胸，如一隻大鳥般向他急撲過去，這招「鵬搏萬里」，向乾隆胸口直刺，劍勢既快且狠。羣雄只道她是乾隆的手下前來搭救，那知忽然行刺，這一下大出意料之外，人人均是愕然失色，不知所措。

陳家洛雖然站在乾隆身旁，但這劍實在來得太快，也已不及抵擋，立即左手雙指駢攏，向老婦脅下要穴點去，這是攻敵之不得不救。老婦劍尖將及乾隆胸口，突見陳家洛手指襲到，左掌「金龍探爪」，自下向上一撩，隨即反手抓出，這是三十六路大擒拿法中的厲害招數，和點穴有異曲同工之妙，陳家洛只要腕脈被抓，立時就得全身癱軟。就這樣，她右手劍的勢道緩得一緩，陳家洛右手已拔出短劍，向上急架，錚的一聲，火星飛濺，左手跟著反擊敵人面門。這一招之後，緊著下面還有一腿，叫作「上下交征」。那老婦拳術嫻熟，見他左手擊來，又伸左掌抓拿，下盤向右閃避，手中劍刺向對方咽喉。不料陳家洛的「百花錯拳」每一招均與衆不同，老婦向右閃避，他一腳偏從右方踢來，好在她長劍亦已刺出，陳家洛腿力尙未使足，隨即收勢。

兩人均起疑心，危勢旣解，各退兩步。陳家洛把乾隆往身後一拉，擋在他面前，拱手道：「請教老太太高姓？」這時那老婦也在喝問。兩人語聲混雜，都聽不淸楚對方說話。

陳家洛住了口，那老婦重複一遍剛才的問話：「你這短劍那裏來的？」陳家洛聽得她不問別事，先問短劍，倒出於意料之外，答道：「是朋友送的。」老婦又問：「甚麼朋友？你是皇帝侍衛，她怎會送你？天池怪俠是你甚麼人？」陳家洛先答她最後一問：「天池怪俠是晚輩恩師。」他想老婦劍刺乾隆，定是同道中人，見她年齡旣長，武功又高，是以自稱晚輩。那老婦嗯了一聲，道：「這就是了。你師父雖然爲人古怪，卻是正人君子，你怎麼丟師父的臉，來做淸廷走狗？」

楊成協忍耐不住，喝道：「這位是我們陳總舵主，你別胡言亂道。」那老婦面露詫異之色，問道：「你們是紅花會的？」楊成協道：「不錯。」

那老婦轉向陳家洛，厲聲道：「你們投降了清朝麼？」陳家洛道：「紅花會行俠仗義，豈能對滿清屈膝？老太太請坐，咱們慢慢說話。」那老婦並不坐下，面色稍和，又問：「你這短劍那裏來的？」

陳家洛見到她武功家數，聽她二次又問短劍，已料到幾分，說道：「是一位回部朋友送的。」其時男女間授受物品，頗不尋常，陳家洛雖是豪傑之士，胸襟豁達，當著眾人之面也有些說不出口。那老婦又問：「你識得翠羽黃衫？」陳家洛點點頭，應道：「是！」

周綺見他吞吞吐吐，再也忍不住了，插嘴道：「就是霍青桐姊姊送的。你也認識她嗎？那麼咱們是一家人啦！」那老婦道：「她是我的徒弟。」陳家洛行下禮去，說道：「原來是天山雙鷹兩位前輩到了，晚輩們不知，多有冒犯。」

那老婦身子稍側，不受這禮，森然問道：「既說是一家人，幹麼你們卻幫皇帝，不讓我殺他？」

楊成協等見陳家洛對她很是恭敬，而這老太婆卻神態倨傲，都感氣惱。這時常氏雙俠也已從窗口跳進室內，常赫志道：「皇帝是我們抓來的，要殺也輪不到你。」那老婦咦了一聲道：「皇帝是給你們抓來的？」

陳家洛道：「前輩有所不知，皇帝確是我們請來的。我們只當兩位是清宮侍衛，前來打救皇帝，因此一路上攔截。兩位前輩武功實在高明之極，我們衆兄弟不是對手，沒能攔住，以致生了誤會。」其實紅花會羣雄已把二人截住，衆人都知他這話是謙遜之辭。

那老婦忽然探身窗外，縱聲大叫：「當家的，你下來。」過了半晌，不聞回答，忽然颼的一聲，塔下一枝箭直射上來。老婦伸左手抓住箭尾，轉身一擲，那枝箭插在桌面之上，箭尾不住顫動，厲聲喝道：「無信小輩，怎地又放暗箭？」

陳家洛道：「前輩勿怒，塔下兄弟尚未知情，以致得罪，回頭叫他們賠禮。」走到窗口，向下喊道：「是自己人，別放箭！」語聲未畢，又是一箭射到。這時陳家洛也已看得清楚，下面千餘名清兵已將六和塔團團圍住，彎弓搭箭，見窗口有人探頭就射箭上來。陳家洛對趙半山道：「三哥，你去派人守住塔門，別衝出去廝殺。」趙半山應聲下去。

周仲英道：「這位是雪鵰關老師父吧，在下久仰得很。」

那老婦正是雪鵰關明梅，是禿頭老者陳正德的妻子，兩人一高一矮，一個禿頭，一個白髮，江湖上人稱禿鷲雪鵰，合稱天山雙鷹。

關明梅聽了周仲英的話，微微點頭。陳家洛道：「這位是鐵膽莊周老英雄。」關明梅道：「嗯，我也聽到過你的名頭。」說到這裏，忽然張口大叫：「當家的，快下來，你在幹甚麼呀？」她正說得好好的，突如其來的一聲大喊，把衆人都嚇了一跳。

周仲英道：「陳老師父在跟無塵道長鬥劍，咱們快去把事情說清楚。」

陳家洛向常氏雙俠使個眼色。雙俠會意，走到乾隆身旁監守。陳家洛和關明梅等奔上梯級，走到第十三層來，在梯級上卻不聞刀劍之聲，羣雄都有點擔憂，心想這兩人武功卓絕，出手快速，兩虎相爭，難免一傷，如那一個失手疏虞，都是終身恨事。關明梅卻漫不在意，知道丈夫平生罕遇敵手，決不致有甚失閃。

衆人剛到室門，祇見白刃耀眼，滿室劍光，兩個人影在斗室中盤旋飛舞，雖祇兩柄劍相鬥，但金刃劈風之聲，有如數十人交戰一般。羣雄剛站定，無塵和陳正德又已拆了十餘招。兩人鬥到酣處，劍法一招緊似一招，點到即收，雙劍不交。

關明梅本來托大，但看到兩人拆了數十招後，丈夫絲毫未佔便宜，不由得暗暗心驚：「怎地江南竟有如此人物？」祇見兩人越鬥越緊，兀自分不出高下。

陳家洛叫道：「道長，是自己人，請住手吧！」無塵舉劍一封，退後一步。陳正德殺得性起，劍招連綿，劍鋒不離敵手左右。無塵退後一步，他一劍「神駝駿足」刺了過去。無塵向左閃開，還了一劍。兩人又交數招。關明梅叫道：「當家的，他們是紅花會！」

陳正德一怔，說道：「是嗎？」他勢道微緩，高手鬥劍，直無毫髮之差，只聽得嗤的一聲，右邊衣襟已被無塵一劍穿過，這還是無塵聽了陳家洛的話後手下容情，否則這一劍當更爲狠辣。

陳正德大怒，喝道：「好老道！」唰唰唰連環三劍。無塵一步不退，還了四劍。兩人又鬥數十招。陳正德使出「三分劍術」中的絕招，虛虛實實，變幻莫測。無塵展開「追魂奪命劍法」，七十二路正變中包藏八十一路奇變。只見陳正德一劍「冰河開凍」，向無塵右臂直劈下來。無塵向左側讓，陳正德長劍突然上撩，「夜半烽煙」，迅捷絕倫。那知無塵沒了左臂，這時反佔便宜，喝道：「好劍法！」一劍「孟婆灌湯」，直刺敵喉。

陳正德這劍撩了個空，心頭一驚：「老胡塗！他沒左臂，我怎地使上了這招？」心念甫動，無塵長劍劍尖已指到咽喉。來劍勢若電閃，陳正德再也不及閃讓，敗中求勝，舉劍橫削，眼見已不免兩敗俱傷。

衆人大驚，呼叫聲中，無塵突向右倒，將陳正德來襲之勢讓過，回劍接住來劍，只聽噹的一聲，兩劍顫動，聲若龍吟，嗡嗡之音，良久不絕。

無塵右膝跪地，雙劍交併，兩人都不敢移動，各運內力，勢均力敵，兩柄純鋼的長劍相交處各生缺口，慢慢互相陷入。

陳家洛見情勢危急，接過楊成協手中鋼鞭，搶上前去要將兩人隔開，剛跨出一步，只聽得頭頂一人哈哈長笑，叫道：「好劍法，好劍法！」語聲方畢，人影下墮，錚的一聲，無塵和陳正德雙劍齊斷。兩人各向前竄出數步，才收住勢子，各持半截斷劍，轉過身來，只見一人笑吟吟的站在中間，手中長劍如一泓秋水。

無塵見從樑上跳下來的是陸菲青，微微一笑，道：「好劍！」陳正德紅起了眼，撲上去要和他拚鬥。陸菲青笑道：「禿兄，你不認得小弟了嗎？」

陳正德一呆，向他凝視片刻，突然驚叫：「啊，你是綿裏針。」陸菲青笑道：「正是小弟。」陳正德道：「你怎麼在這裏？」陸菲青不答他問話，揷劍入鞘，回身向關明梅一揖，道：「大嫂，多年不見，你功夫越來越俊啦！」關明梅喜叫：「陸大哥！」

原來陸菲青在第十一層上守禦，見天山雙鷹攻上，二人生具異相，雖然多年不見，仍是一眼即知。陸菲青和他們夫妻相交有素，知二人是俠士高人，決不會給清廷做走狗，何以拚命向監禁乾隆之處攻來，必有原因，決定躲起來看個究竟，因此關明梅闖到第十一層時無人阻截。他見關明梅劍刺乾隆，和陳家洛等說明誤會，就比衆人先一步上了第十三層，躲在樑上。他輕功卓絕，陳正德和無塵又鬥得激烈，都沒留心。他見兩人奮力相拚，時刻久了必有損傷，是以全神貫注，俟機解圍。

陳正德道：「哼，陸老弟，你的劍眞是寶物！」陸菲青知道此老火氣極大，笑道：

「這是別人的東西，暫且放在我這裏的。」原來這便是張召重的凝碧劍，駱冰在獅子峯上取來後交給了總舵主。陳家洛以這是武當派歷代相傳的名劍，轉交給他。陸菲青又道：「虧得這把劍好，否則兩大高手鬥在一起，天下又有那一人拆解得開？」這句話把陳正德和無塵兩人一捧，兩人心氣頓和。陸菲青道：「不打不成相識，陳大哥，我給你引見引見。」於是從陳家洛起，逐一引見了。

陸菲青道：「我只道你們兩位在天山腳下安享清福，那知趕到了江南來殺皇帝。」關明梅道：「你們都見過小徒霍青桐，這事就由她身上而起。皇帝派兵去打回部，青桐的爸爸木卓倫領兵抵抗，敵不過清兵人多，連吃了幾個敗仗。後來清兵的糧餉在黃河邊上給人劫了……」陸菲青插嘴道：「那便是紅花會的各位英雄，爲了相助木卓倫老英雄而劫的。」

關明梅道：「嗯，在回部時我也聽人說起過。」望了陳家洛一眼，道：「怪不得她送這短劍給你。」陳家洛道：「那是在此之前，木卓倫老英雄率衆奪還經書，我們在途中遇到了。」關明梅道：「奪還經書，你們也幫過忙的。回人說起來，把你們說成個個是大英雄，哼！」言下之意，是說今日相見，卻也不見得如何高明，又道：「清兵沒糧草，敗了一仗，木卓倫便提和議，雙方正在停戰商談，那知兆惠得了糧草，又即進攻。」

陸菲靑道：「朝廷官兵原本不守信義。」關明梅道：「回部百姓給淸兵害得很慘，木卓倫老英雄抵敵不住，邀我們去商量。我們夫婦本來並不想理會這種事……」陳正德插口道：「都是你，現下又來撇淸。」關明梅道：「怎麼都是我？你瞧著淸兵在回部殺人放火、殘害百姓，心裏安麼？」陳正德哼了一聲，又要接嘴。陸菲靑笑道：「你們老夫妻還是這麼一副脾氣，一說話就吵嘴，也不怕年輕人笑話。大嫂，莫理他，你說下去。」

關明梅向丈夫白了一眼，說道：「我們本想去刺殺統兵的兆惠，後來一想，殺了這個甚麼狗屁定邊大將軍，皇帝又可另派一個，殺來殺去沒甚麼用，不如把皇帝殺了來得直截了當。於是便趕去北京，路上得到消息說皇帝到了江南。靠了那幾條狗，我們老夫妻在杭州追蹤了大半夜。原來你們是從地道裏把皇帝抓走的，害得我們一路跟蹤，也鑽了一回地道。我們正自奇怪，皇帝爲甚麼大發雅興，要鑽地道。」陳正德道：「甚麼？皇帝是你們抓來的？」陳家洛把捉到乾隆之事簡略說了。

陳正德道：「這一手做得不壞，祇是不夠爽快，何必餓他？一刀殺了，豈不乾淨利落？」無塵冷冷的道：「國家大事，豈是一刀一劍就能辦得了的。」陳正德怒道：「道長劍術高明之極，咱們還沒分高下，道長如有興致，再來玩玩如何？」無塵道：「瞧你這大把年紀，還沒你徒弟霍靑桐這女娃子有見識。咱們是自己人，何必再打？」關明梅笑道：「你瞧，我說你胡塗，你從來不服。現下人家也說你來著，怎麼樣？」眼見老夫妻又要抬起槓來。陳正德道：「就算我沒見識。」轉身又對無塵道：「咱們又不是拚命，比試一下劍法打甚麼緊？你劍法確是不錯，那叫甚麼名堂，倒要請教。」

陸菲青怕兩人說僵了再動手，傷了和氣，忙插嘴道：「你的劍法叫作三分劍術，道長的叫作追魂奪命劍，都是震古爍今的絕技。」陳正德道：「也未必能將人追去了魂，奪得了命。」

無塵本來瞧在陸菲青份上讓他一步，那知這老頭十分好勝，簡直不通情理，聽了這幾句話心頭火起，說道：「好吧，那麼咱們再來比比。我輸了以後終身不再用劍。」羣雄一聽，都待出言勸解，陳正德說道：「我們夫婦離開回部時，說過殺不了皇帝決不回去，既然你們不讓殺，那也得拿點本領出來，教人心服了才算。道長肯賜教，那是再好沒有。我輸了轉身就走，決不再來行刺。」語聲方畢，已從關明梅手中奪過劍來。

陳家洛走上一步，長揖到地，說道：「無塵道長雖然劍法精妙絕倫，但火候總還遜老前輩一籌。大家有目共睹，何必再比？」

陳正德傲然道：「陳總舵主你又何必客氣？你師父是世外高人，不屑跟我們凡夫俗子動手，我只好向你領教了。我先請道長賜教，再請你教訓教訓我這老頭子如何？」眾人都覺這個老頭兒委實不近人情，卻不知他和天池怪俠袁士霄素有心病，一直耿耿於懷，因此一口氣發作在陳家洛身上。陳家洛忍氣道：「我更不是老前輩的對手了。我恩師平時常對晚輩說起天山雙鷹，他是十分佩服的。」

陳正德一指關明梅，怒道：「你師父佩服的是她，不是我。」關明梅叫道：「當著這許多新朋友，你又喝甚麼乾醋了？」羣雄相顧愕然。陸菲青笑道：「禿兄，你們兩夫妻都是六十開外的人啦，這件事吵了幾十年還沒吵完嗎？」

陳正德橫性發作，鬚眉俱張，忽然如一枝箭般從窗中直竄出去，叫道：「小道士，不出來的不算好漢。」

紅花會羣雄都覺陳正德未免欺人太甚。楊成協道：「可惜四哥不在這裏，否則定可和他鬥上一鬥。」無塵聽了這一句激將之言，忍無可忍，叫道：「三弟，把劍給我。」這時趙半山已從下面上來，把劍遞了給他，低聲道：「二哥，要顧全咱們和木卓倫、霍青桐的交情。」無塵點點頭，挺劍躍出窗去。

塔下的清兵見塔角上有人，早已箭如飛蝗般射將上來。無塵道：「咱們到下面去打，在箭叢裏較量一下如何？」陳正德那肯示弱，道：「好極啦！」雙腳一挺，頭下腳上，直撲下去，從第十三層頂撲到第六層，左手在塔簷上一扳，已在第五層塔角上立定。他外號禿鷲，輕身功夫自是高明之極，這一撲一翻，當眞如一頭大鷲相似。塔中羣雄齊聲喝采。塔下淸兵箭射得密了。陳正德竟不回頭，持劍撥箭，仰視無塵動靜。

無塵雙腳併攏，右手貼腿，如一根木棍般筆直墮下。塔下清兵齊聲吶喊，紛紛讓開。無塵墮到第五層時仍未止住，眼見要向第四層墮去，突然右臂平伸，劍鋒已在塔簷上平平貼住，手一使勁，趙半山那柄純鋼劍劍身柔韌，反彈起來。他一借勁，已站在第五層上。

陳正德見他這手功夫中輕功、內力、劍法、膽識，無一不是生平罕見，那裏敢有半點輕忽，待他站定，說道：「進招了！」劍走偏鋒，斜刺左肩。

清兵見兩人拚鬥，只道其中必有一個是自己人，怕有誤傷，當下停弓不射。無塵道：「咱們各擲一箭，引他們放箭！」陳正德道：「好！」兩人各從塔頂撿起一枝箭，以甩手箭手法甩了下去，射傷了兩名兵卒。塔下清兵高聲吶喊，千箭齊發。

這時離地已近，每一箭射中都可致命，兩人攻防相鬥，同時撥打下面射上來的箭枝，如此比武可說從所未有，羣雄都奔到第六層觀看。關明梅暗暗擔憂，心想這道人劍法狠辣異常，丈夫年事已高，耳目已不如昔日靈便，平地鬥劍決無疏虞，現下身處高塔，清兵箭如驟雨，實是兇險萬分，手中暗扣三粒鐵蓮子，站在窗口相護。

兩人在箭雨中鬥得激烈，連在第十二層上看守乾隆的常氏雙俠也忍不住探首窗外，向下觀戰。兩人各握住了乾隆的一隻手，防他逃走。乾隆雙手柔軟細嫩，給常氏兄弟這對精擅黑沙掌的粗手巨掌握住了，總算他兄弟不使勁力，否則一捏之下，乾隆手骨粉碎，從此再也不能做詩題字，天下精品書畫，名勝佳地，倒可少遭無數刼難。此時乾隆雖知來了救兵，但自己身在紅花會手中，倘若他們敗了，老羞成怒，說不定會給自己一刀，心想寧可讓紅花會得勝，聽陳家洛口氣，定可釋放自己。

塔角上雙劍於萬箭攢射中狠鬥，勝負難決。陳家洛大叫：「兩位劍法神妙，不必再比了。」兩人鬥得正緊，那裏停得住手？陳正德心想：「這道人劍法果然高明，看來我無法取勝。」他逞強好勝，緩緩移動腳步，面向東方，背朝塔下清兵，這顯是十分不利的地位，日光耀眼，受箭又多，心想只須打成平手，無形中已然勝了對方。

無塵見他故意搶佔惡劣地勢，已知他用意，心道：「你自討苦吃，可莫怪我無情。」使出追魂奪命劍中上八路劍法，專刺他面目咽喉，劍尖映日，耀眼生花。陳正德連拆三劍，暗叫不妙，忽聽背後呼呼數聲，六七枝箭射了上來。陳正德矮身低頭，一劍「平沙落雁」，疾刺無塵右臂，同時那些箭枝也向無塵射來。

無塵劍撥箭桿，左腿疾起，向陳正德太陽穴踢去。陳正德不知他腿上功夫如此精妙，吃了一驚，吸一口氣，倒退一步，正在此時，忽然一枝箭勁急異常，突向他背後射到。這箭是清宮侍衛中高手所發，來得勁急，他向後疾退，恰是以背迎敵。關明梅叫聲：「啊喲！」發鐵蓮子救援已然不及，羣雄也齊聲驚呼。

無塵忽施「馬面擲叉」絕技，長劍脫手，把那枝箭碰歪，長劍和箭枝同時向塔下跌去。羣雄喘了口氣，剛要喝采，下面又射來數箭，無塵手中沒劍，無法撥打，只得閃避。關明梅鐵蓮子發出，打落三箭，陳正德也回身撥打。兩人本來狠命廝拚，這時卻互相救援，塔下官兵大爲不解。

白振見無塵手中沒了兵器，他在西湖中較藝曾輸在這道人手上，心中記恨，叫箭手齊射無塵。一時羽箭蝗集。無塵東躲西避，鬧了個手忙腳亂。陳正德叫道：「別怕，我給你擋住！」挺劍上來，正要撥打，忽然第六層窗口中飛身縱出一人，搶在其前，尚未立定，轉瞬間雙手已接住十幾枝羽箭，使開甩手箭手法，擲箭出去擊打來箭，手法奇妙，快速已極，隨來隨接，隨接隨擲，竟無一箭落空，一個人便似生了幾十條手臂一般。

塔下淸兵看得呆了，都停了放箭。楊成協俯身大叫：「今日叫你們見見千臂如來的手段！」淸兵隊中兵將侍衛衷心佩服，采聲如雷。趙半山微笑抱拳，躬身答謝。衆官兵見他風度如此，更是情不自禁的鼓掌。

三人縱身躍入塔中，羣雄都過來道賀。陳氏夫婦這時才眞心欽佩無塵、趙半山的武功，對無塵捨己救敵的俠義心腸尤爲敬服。衆人互相謙讓讚譽了幾句，塔下淸兵鼓噪又起。徐天宏道：「我去叫皇帝壓服他們。」說罷飛步上樓。

過了半晌，只見乾隆從第七層窗口探出頭來，叫道：「我在這裏。」

白振叫道：「皇上在塔上。」率領衆人，伏地高呼：「萬歲！」乾隆叫道：「我在這裏有事，你們別吵！」隔了一會，又道：「各人退後三十步！」李可秀奉旨，勒兵後退。

陳家洛笑道：「七哥指揮皇帝，皇帝指揮官兵，這比衝下去大殺一陣好得多啦。皇帝者，天下之至寶也，與其殺之，不如用之。」羣雄聽得陳家洛掉文，盡皆大笑。

衛春華望著淸兵後退，見隊伍中有幾名獵戶牽著獵狗，說道：「我正想不通他們怎會找到這裏，原來他們也帶了狗。」從小頭目手中接過弓箭，彎弓搭箭，居高臨下，颼颼兩箭向塔下射去，只聽得幾聲長嗥，兩條狗被射死在地。淸兵發一聲喊，退得更快。

陳家洛向陸菲靑道：「陸周兩位前輩，請你們陪陳老前輩、關老前輩說話，我上去和皇帝再談。」衆人都道：「總舵主請便。」他上樓時紅花會羣雄都站起來相送，陸周兩人也欠身爲禮。陳正德和關明梅坐著不動，但見陳家洛形容淸貴、丰神俊雅，年紀又輕，羣豪對他卻都執禮甚恭，頗以爲異。

陳家洛走到第七層上，常氏雙俠和徐天宏行禮退出。乾隆嗒然若失，悶坐椅上。陳家洛道：「你打定了主意沒有？」乾隆道：「我既落入你手裏，要殺便殺，何必多說？」陳家洛歎道：「可惜，可惜！」乾隆道：「可惜甚麼？」陳家洛道：「我一向以爲你是個雄才大略之人，慶幸我爸爸姆媽生了你這好兒子，我有一個好哥哥，那知道……」乾隆問道：「那知道怎樣？」

陳家洛沉吟半晌，道：「那知外表似乎頗有膽量，內裏卻是膽小萬分。」乾隆怒道：「我甚麼地方膽小了？」陳家洛道：「不怕死，那最容易不過了。匹夫之勇，有甚麼可貴？可是圖大事、決大疑，卻非大勇者所不能爲。這個你就不能了。」

乾隆怫然而起，道：「天下建大功、立大業之事，有沒有被人脅逼而成的？」

陳家洛道：「當年唐高祖在太原起事之初，猶豫不決，他兒子李世民多方部署，令他迫於情勢，不得不從。宋太祖如無陳橋兵變，豈有黃袍加身？這兩位開國之主雖受兒子或部下所迫，不得不冒險自立，終成大事，但後世何嘗不對他們景仰拜服？」乾隆沉吟不語，頗爲心動。陳家洛又道：「何況哥哥你才能遠勝李淵、趙匡胤。只要你決心恢復漢家天下，我們這許多草莽豪傑立時聽你指揮。我可拍胸擔保，他們從此決不敢對你有絲毫不敬，不盡爲臣之道。」

乾隆不住點頭，心下尚還有一份顧慮，卻是不便出口。陳家洛猜到他心意，說道：「我只要見哥哥把胡虜趕到關外，那就心滿意足。那時要請你准我歸隱回疆，和我手下這些兄弟們賞花飲酒，共享太平，以終餘年。」乾隆道：「這是那裏話？如能成就大事，天下軍政大計都要請你輔佐才好。」陳家洛道：「咱們話說在先，一等大事成功，你必須准我退休。須知我們這些兄弟不知禮法，如有不合你心意之處，反而失了君臣之禮、兄弟之義。」

乾隆聽他說得斬釘截鐵，去了心中顧慮，伸手在桌上一拍，道：「好，就這麼辦！」陳家洛大喜，道：「你再沒猶豫了？」乾隆心想今日若不應允，終究難以脫身，於是說道：「沒有了。只是我要託你一件事，你們故總舵主于萬亭，有幾件東西放在回部，說是我出身的證據，你去拿來給我瞧瞧。我看了之後，對自己眞是漢人這件事才沒絲毫疑心，那時必定和你共圖大事。」陳家洛心想這倒也合情合理，道：「好，這些東西聽文四哥說要緊非常，我明日就動身親自去拿。」

乾隆道：「等你回來，你先來御林軍辦事，我把你升作御林軍總管，統率護軍、驍騎、前鋒三營，過些時候，再兼京師九門提督。天下各省兵權也慢慢交在咱們親信的漢人手裏。等到我命你做兵部尙書，把八旗精兵分散得七零八落之後，咱們就可舉事了。」陳家洛大喜，道：「皇上計謀深長，何愁大事不成。」當即跪下行君臣之禮，乾隆忙伸手扶起。

陳家洛道：「今日之事，須和衆人立誓爲盟，不得反悔。」乾隆點點頭。陳家洛雙掌一拍，命心硯取來乾隆原來的衣冠，服侍他換過了。陳家洛道：「請大家進來參見皇上。」

羣雄入內。陳家洛說明乾隆已允驅滿復漢，朗聲道：「以後咱們輔佐皇上，共圖大事，如有異心，洩露機密，天誅地滅。」當下歃血爲盟。乾隆也飲了一口盟酒。只有陳正德和關明梅在一旁微微冷笑。

陸菲青道：「大哥、大嫂，你們也來喝一杯盟酒！」陳正德道：「官府的話說得再好聽，我也從來不相信，何況是官府的頭腦？陳總舵主，你太信了皇帝，只怕是書生之見了。」關明梅道：「恢復漢家山河，那是咱們每個黃帝子孫萬死不辭之事。只要皇帝眞有此心，如有用得著我們夫妻的地方，陳總舵主送個信來，我們這對老骨頭赴湯蹈火，決沒半點含糊。這口酒，我們是不喝的了。」陳正德右手一伸，忽地插入牆中，抓下了一大塊泥土磚石，厲聲說道：「要是誰狼心狗肺，負義背盟，出賣朋友，壞了大事，這就是榜樣！」手指一發力，磚石都碎成細粉，簌簌而落。乾隆見牆上那洞指痕宛然，甚是驚駭。

陳家洛道：「兩位老前輩雖不加盟，和大家也是一條心。這裏都是血性朋友，我也不必多囑。但願皇上不可三心兩意，忘了今日之盟。」乾隆道：「大家儘管放心。」陳家洛道：「好，我們送皇上出去。」衛春華奔到塔外，叫道：「你們過來迎接皇上！」

李可秀與白振聽了，將信將疑，怕紅花會又使詭計，率領兵卒慢慢走近，見乾隆果然從塔中走出，忙伏地迎接。白振牽過馬來，乾隆上了馬，對白振道：「我在這裏和他們飲酒賦詩，貪圖幾日清靜。你們偏要大驚小怪，敗了我的清興。」白振連說：「臣該死！」當下前後擁衛，旌旗招展，打起得勝鼓，威風凜凜的奏凱回杭。只是金鼓聲中，偶夾幾聲獵犬的「汪汪、嗚嗚」，略嫌美中不足。

紅花會羣雄正要重回六和塔，陳正德道：「我們老夫婦今日會到江南羣雄，見了素來仰慕的周老英雄，又和分別多年的陸老弟重逢，實在高興得很。得與無塵道長兩番交手，更是生平第一快事。我和老妻另有俗事，就此別過。」

陳家洛忙道：「兩位前輩難得到江南來，務必要請多住幾日，好讓後輩多多請教。」陳正德白眼一翻，道：「你師父本領比我大得多，你向我請教甚麼？無塵道長，將來咱們再鬥一鬥酒量，看誰厲害。」無塵笑道：「那貧道自然甘拜下風。」

關明梅把陳家洛拉在一旁道：「你娶了親沒有？」陳家洛臉一紅道：「沒有。」關明梅又道：「定了親麼？」陳家洛道：「也沒有。」關明梅點點頭，溫顏微笑，忽然厲聲道：「如你無情無義，將來負了贈劍之人，我老婆子決不饒你。」陳家洛不禁愕然，無辭以對。

那邊陳正德叫道：「喂，你蝎蝎螫螫的，跟人家年輕小夥子談甚麼心？好走啦！」關明梅眉頭微皺，轉身過去，忽然撮唇作哨，四條獒犬從樹林中奔了出來。其中一犬後腿折了，奔跑時一跛一蹺。兩夫婦向羣雄施了一禮，帶了四犬便走。

陸菲青叫道：「大哥、大嫂，你們去那裏？」兩人不答，不一會，身影已在林中隱沒，只聽犬吠之聲漸漸遠去。

常氏雙俠憤憤不平，常赫志道：「倚老賣老。」常伯志接口道：「沒點禮數。」陳家洛道：「世外高人，大抵如此。咱們到塔裏談吧。」

衆人回到六和塔內。陳家洛道：「我答允了皇帝，要到我師父那裏去拿兩件要緊物事，現下咱們先去天目山看望四哥和十四弟的傷勢，然後再調配人手如何？」衆人齊聲答應。

出得塔來，馬善均、馬大挺父子自回杭州。

羣雄乘馬向西進發，次日到了淳安，又一日到於潛，上山來看文泰來和余魚同。

余魚同與李沅芷避入了山洞之中。一陣寒風吹來，李沅芷微微一顫。余魚同脫下長袍給她披在身上。

第十二回　盈盈彩燭三生約　霍霍青霜萬里行

山上林木蔭森，此時已是深秋，萬竿翠竹之外，滿山紅葉，草色漸已枯黃。山上小頭目得到消息，通報上去，章進下來迎接。

陳家洛不見駱冰，心中一驚，怕有甚意外，忙問：「四嫂呢？四哥、十四弟好麼？」章進道：「十四弟沒事。四嫂說去給四哥拿一件好玩的東西，已走了兩天，你們途中沒遇上麼？」陳家洛道：「甚麼東西？」章進笑道：「我也不知道，四哥這兩天傷勢大好啦，整天躺著悶得無聊。四嫂就出主意去找玩物，也不知是誰家倒霉。」

趙半山笑道：「四弟妹也眞是的，這麼大了，還像孩子般的愛鬧，將來生了兒子，難道也把這門祖傳的玩藝兒傳下去。」衆人轟然大笑。

衆人談笑上山，走進一座大莊院去。大家先去看文泰來。他正躺在籐榻上發悶，見眾人進來，大喜過望，起身迎接，眾人把經過情形約略說了，到對面廂房去看余魚同。

各人躡足進門，忽聽一陣嗚咽之聲。陳家洛過去揭開帳子，見余魚同臉朝床裏，背部聳動，哭泣甚悲。這一下頗出眾人意料之外，羣雄都是慷慨豪邁之人，連駱冰、周綺等女子都極少哭泣，見他悲泣，均覺又是驚奇，又是難過。

陳家洛低聲道：「十四弟，大家來瞧你啦，覺得怎樣？傷勢很痛，是不是？」

余魚同停了哭泣，卻不轉身，說道：「總舵主、周老爺子、師叔、各位哥哥，多謝你們來探望。恕我不起身行禮，傷勢這幾天倒好得多，只是我的臉燒成了醜八怪，見不得人。」周綺笑道：「十四哥，男子漢燒壞了臉有甚麼打緊？難道怕娶不到老婆嗎？」眾人聽她口沒遮攔，有的微笑，有的便笑出聲來。

陸菲青道：「余師姪，你燒壞臉，是爲了救文四爺和救我，天下豪傑知道這事的，那一個不肅然起敬？那一個不說你是大仁大義的英雄好漢？你的臉越醜，別人對你越是敬重，何必掛在心懷？」余魚同道：「師叔教訓的是。」可是又忍不住哭了出來。

原來他自來天目山後，駱冰朝夕來看他傷勢，文泰來也天天過來陪他說話解悶。他自知對駱冰痴戀萬分不該，可是始終不能忘情，每當中宵不寐，想起來又苦又悔。他見駱冰、文泰來、章進看著他時，臉上偶爾露出驚訝和憐惜神色，料想自己面目定已燒得不成模樣，幾次三番想取鏡子來照，始終沒這份勇氣。他本想捨了性命救出文泰來，以一死報答駱冰，解脫心中冤孽，那知偏偏求死不得，再想自己在杭州李府養傷之時，李沅芷對己一往情深，卻是無法酬答，更有負相救大恩，實是萬分過意不去。這般日日夜夜思潮起伏，竟把一個風流瀟洒的金笛秀才折磨得瘦骨嶙峋、憔悴不堪了。

衆人別過余魚同，回到廳上議事。文泰來抑鬱不樂，說道：「十四弟爲了救我，把臉毀成這個模樣。他本是個俊俏少年。現今……唉！」無塵道：「男子漢大丈夫行俠江湖，講究的是義氣血性。容貌好惡，只沒出息的人才去看重。我沒左臂，章十弟的背有病，常家兄弟一副怪相，江湖上有誰笑話咱們？十四弟也未免太想不開了。」趙半山道：「他是少年人心性，又在病中，將來大家勸勸他就沒事了。今天咱們來痛飲一番，和四弟慶賀。」衆人轟然叫好，興高采烈，吩咐小頭目去預備酒席。

周綺道：「可惜冰姊姊不在，不知她今天能不能趕回來。她是騎白馬去的麼？」章進道：「不是，她說白馬太耀眼，四哥和十四弟傷沒好全，別惹鬼上門。」楊成協笑道：「此刻咱們大夥兒都在這裏了，有鬼上門，那是再好不過。」蔣四根聽得說到鬼，向著石雙英咧嘴一笑。石雙英綽號鬼見愁，不過這渾號大家在常氏雙俠面前從來不提，雙俠綽號黑無常白無常，無常是鬼，豈不是哥哥怕了兄弟？

陳家洛和徐天宏低聲商量了一會，拍一拍掌，衆人盡皆起立。陳家洛道：「陸、周兩位前輩請坐，下次請別這麼客氣。」陸菲青和周仲英說聲：「有僭。」坐了下來。

陳家洛道：「這次咱們的事情辦得十分痛快，不過以後還有更難的事。眼下我分派一下。九哥和十二哥，你們到北京去打探消息，看皇帝是不是有變盟之意，有何詭計。這是首要之事，也極難查明，兩位務必小心在意。」衛石兩人點頭答應了。

陳家洛又道：「兩位常家哥哥，請你們到四川雲貴去聯絡西南豪傑。八哥到蘇北皖南一帶，道長到兩湖一帶，十三哥到兩廣一帶聯絡。三哥與馬氏父子聯絡浙、閩、贛三省的豪傑。山東、河南一帶，請陸老前輩主持。西北諸省由周老前輩帶同孟大哥、安大哥、七哥、周姑娘主持。四哥、十四弟兩位在這裏養傷，仍請四嫂和章十哥照料。仍須萬分機密，不能讓官府知悉了蹤跡。心硯隨我去回部。各位以爲怎樣？」衆人齊道：「當遵總舵主號令。」

陳家洛道：「各位分散到各省，並非籌備舉事，只是和各地英豪多所交往，打好將來大事根基，咱們的事機密異常，任他親如妻子，尊如父母師長，都是不可洩漏的。」衆人道：「這個大家理會得。」陳家洛道：「以一年爲期，明年此時大夥在京師聚齊。那時四哥和十四弟傷早好了，咱們就大幹一番！」說罷拍案而起。衆人隨著他步出中庭，俱都意興激越。陸菲青、文泰來、常氏雙俠等總覺皇帝官府說過了的話難以盡信，但見陳家洛興高采烈，也不便說話潑他冷水，掃他的興。

章進聽得總舵主又派他在天目山閒居，悶悶不樂。文泰來猜到他心意，對陳家洛道：「總舵主，我的傷已經大好，十四弟火傷雖然厲害，調養起來也很快。這一年教我們悶在這裏，實在不是滋味。我們四人想請命跟你同去回部，也好讓十四弟散散心。」章進大喜，忙道：「對，對。」文泰來道：「咱們沿路遊山玩水，傷勢一定好得更加快些。」陳家洛道：「那也好，只不知十四弟能不能支持。」文泰來道：「讓他先坐幾天大車，最多過得十天半月，我想就可以騎馬啦！」陳家洛道：「好，就這麼辦。」章進喜孜孜的奔進去告知余魚同，隨即奔出來道：「十四弟說這樣最好。」

周仲英把陳家洛拉在一邊，道：「總舵主，現下四爺出來啦，你和皇上又骨肉相逢，實是喜事重重。我想再加一樁喜事，你瞧怎樣？」陳家洛道：「老爺子要給七哥和大姑娘合巹完婚？」周仲英笑道：「正是。」陳家洛大喜，道：「那再好沒有了，乘著大夥都在這裏，大家喝了這杯喜酒再走，祇是匆促了一點，不能遍請各地朋友來熱鬧一番，未免委屈了大姑娘。」周仲英笑道：「有這許多英雄好漢，還不夠麼？」陳家洛道：「好！這就請老爺子挑個好日子。」周仲英道：「咱們這種人還講究甚麼吉利不吉利，我說就是今天。」陳家洛知他不願因兒女之事耽誤各人行程。說道：「老爺子這等眷顧，我們眞是感激萬分。」周仲英笑道：「老弟台，你還跟我客氣麼？」

陳家洛笑嘻嘻的走到周綺跟前，作了一揖，笑道：「大姑娘，大喜啦！」周綺登時滿臉飛紅，道：「你說甚麼？」陳家洛笑道：「我要叫你七嫂了！七嫂，恭喜你啦。」

周綺啐道：「呸，做總舵主的人也這麼不老成。」陳家洛笑道：「好，你不信。」他手掌一拍，衆人登時靜了下來。

陳家洛道：「剛才周老爺子說，今兒要給七哥和周大姑娘完婚，咱們有喜酒喝啦！」羣雄歡聲雷動，紛向周仲英和徐天宏道喜。

周綺才知不假，忙要躲進內堂。衛春華笑道：「十弟，快拉住她，別讓新娘子逃走了。」章進作勢要拉。周綺左手橫劈一掌，章進一讓，笑著叫道：「啊喲，救命哪，新娘子打人啦！」周綺噗哧一笑，闖了進去。

衆人正自起鬨，忽聽門外一陣鸞鈴響，駱冰手中抱著一隻盒子，奔了進來，叫道：「好啊，大家都來了。甚麼事這般高興？」說著向陳家洛參見。衛春華道：「你問七哥。」駱冰道：「七哥，甚麼事啊？」徐天宏一時吶吶的說不出話來。駱冰道：「咦，奇了，咱們的諸葛亮怎麼今兒傻啦？」蔣四根躲在徐天宏背後，雙手拇指相對，屈指交拜，說道：「今天諸葛亮招親，他要作傻女壻啦。」

駱冰大喜，連叫：「糟糕，糟糕！」楊成協笑道：「四嫂你高興胡塗啦，怎麼七哥完婚，你卻說糟糕？」羣雄又轟然大笑。駱冰道：「早知七哥和綺妹妹今天完婚，就順手牽羊，多拿點珍貴的東西來，眼下我沒甚麼好物事送禮，豈不糟糕？」楊成協道：「你給四哥帶了甚麼好東西來了，大家瞧瞧成不成？」

駱冰笑吟吟的打開盒子，一陣寶光耀眼，原來便是回部送來向皇帝求和的那對羊脂白玉瓶。羣雄都驚呆了，忙問：「那裏得來的？」駱冰道：「我和四哥閒談，說到這對玉瓶好看，瓶上的美人尤其美麗，他不信……」徐天宏接口道：「四哥一定說：『那有你美麗啊，我不信！』是不是？」駱冰一笑不答，原來當時文泰來確是那麼說了的。徐天宏道：「你到杭州皇帝那裏去盜了來？」

駱冰點點頭，很是得意，說道：「我就去拿來給四哥瞧瞧。至於這對玉瓶怎樣處置，聽憑總舵主吩咐。送還給霍青桐妹妹也好，咱們自己留下也好。」文泰來見瓶上所繪回族美女當眞千嬌百媚，不禁轉頭望向妻子。駱冰笑道：「我說的沒錯吧？」文泰來笑著搖搖頭，駱冰一楞，隨即會意，丈夫是說瓶上的美人再美，也不及自己妻子，望了他一眼，不禁紅暈雙頰。

無塵道：「四弟妹，皇帝身邊高手很多，這對玉瓶如此貴重，定然好好看守，怎會給你盜來？你這份膽氣本事，眞是男子漢所不及，老道今日可服你了。」駱冰笑著將她怎樣偷入巡撫衙門、怎樣抓到一個管事的太監逼問、怎樣用毒藥饅頭毒死看守的巨獒、怎樣裝貓叫騙過守衛的侍衛、怎樣在黑暗中摸到玉瓶等情說了一遍。羣雄聽得出神，對駱冰的神偷妙術都大爲讚歎。

陸菲青忽道：「四奶奶，我跟你老爺子駱老弟是過命的交情，我要倚老賣老說幾句話，你可別見怪。」駱冰忙道：「陸老伯請教訓。」陸菲青道：「你膽大心細，單槍匹馬幹出這件事來，確是令人佩服。不過事有輕重緩急，倘若這對玉瓶跟咱們所圖大事有關，要不然是爲了行俠仗義，那麼這般冒險是應該的。現下不過是跟四爺一句玩話，就這般孤身犯險，要是有甚麼失閃，不說朋友們大家擔憂，你想四爺是甚麼心情？」這番話只把駱冰聽得背上生汗，連聲說「是」。陸菲青道：「這晚恰好皇帝給咱們請去了六和塔，衆侍衛六神無主，只顧尋訪皇帝，是以沒高手在撫衙守衛，要是甚麼金鉤鐵掌白振等都在那邊，你這個險可冒得大啦！」駱冰答應了，掉過頭來向文泰來伸了伸舌頭。

陳家洛出來給駱冰解圍：「四哥出來之後，四嫂是高興得有點胡塗啦，以後可千萬別這樣。」駱冰忙道：「不啦，不啦！」

陳家洛道：「好。現下咱們給七哥籌備大禮。喂，七哥，眼前事情急如星火，山中採購東西又不方便，你神機妙算，足智多謀，快想條妙計出來。」衆人鬨堂大笑。徐天宏想到就要和意中人完婚，早就心搖神馳，也眞胡塗了，大家開他玩笑，只是笑嘻嘻的說不出話來。

陳家洛笑道：「武諸葛今兒變了傻女壻，那麼我來出個主意吧。女家是周老爺子主婚，那不用說了，男家請三哥主婚，陸老爺子是大媒。九哥，請你趕快騎四嫂的白馬，到於潛城裏採購婚禮物品。孟大哥，請你到山下去籌備酒席。大家的禮就暫且免了，將來待七嫂生了兒子，大家送個雙份。各位瞧這樣好不好？」衛春華和孟健雄答應著先去了。趙半山道：「男方主婚自然是總舵主，待會我來贊禮就是了。」陳家洛謙遜推讓。衆人都說當然該由首領主婚，陳家洛也就答應了。

到得傍晚，孟健雄回報說酒席已經備好，祇是粗陋些，衆人都說不妨。又過半個時辰，衛春華也回來了，各物採購齊備，新娘的鳳冠霞帔也從采禮店買了來。

駱冰接過新娘衣物，要進去給周綺打扮，見連胭脂宮粉也都買備，笑道：「九哥，你眞想得周到，不知那一位姑娘有福氣，將來做你的新娘子？」衛春華笑道：「四嫂，你莫開玩笑，咱們今晚想個新鮮花樣鬧鬧新郎新娘。」駱冰拍手笑道：「好啊，你有甚麼主意？」

蔣四根等聽得他們商量要鬧新房，都圍攏來七張八嘴的出主意。衛春華道：「四嫂，你把皇帝身邊的玉瓶盜來，大家確是服了你。不過剛才陸老前輩也說，要是大內的高手都在那邊，只怕也沒這麼容易得手。」駱冰笑道：「偷盜是鬥智不鬥力的玩意，我雖打不過人家，也未必就盜不出來。」衛春華道：「照啊！咱們七哥是最精明不過了，要是今晚你能偷到他一件東西，那我就眞服了你。」駱冰笑說：「偷他甚麼啦？」衛春華笑道：「你等新郎新娘安睡之後，把他們的衣服都偷出來，教他們明朝起不得身。」章進等都轟然叫好。趙半山過來笑問：「這麼高興，笑甚麼了？」蔣四根把他推開，道：「這裏沒三哥你的事。」大家怕趙半山老成厚道，偷偷去告訴徐天宏，不許他聽。

趙半山走開之後，楊成協道：「咱們對付皇帝，也是這法子，教他沒了衣衫，起不得身。四嫂，這件事難得很，我瞧你不成。」駱冰皺起眉頭不答，心想：「這件事的確不好辦。玩笑又開得太大，對不起綺妹妹。」但聽楊成協一激，好勝之心油然而生，說道：「要是我偷到了怎麼辦？」衛春華道：「這裏八哥、十弟、十二弟、十三弟連我一共五人，我們打一副純金的馬具給你那匹白馬，式樣包你稱心滿意。」駱冰道：「好。就是這樣辦。要是我偷不到，我繡五個荷包，你們每人一個。」楊成協和衛春華齊道：「好，一言爲定。」蔣四根笑道：「這荷包可不能馬馬虎虎，偷工減料。」駱冰笑道：「咦，四嫂會欺你嗎？你們可不許去對七哥七嫂說。」楊成協等齊道：「那當然，我們寧可輸給你，好瞧熱鬧。」六人商量已定，分頭去幫辦喜事。駱冰這個賭是打下了，可是眞不知如何偷法，對付周綺倒好辦，徐天宏卻智謀百出，說到用計，不是他的敵手，只好隨機應變，走著瞧了。

一會大廳上點起明晃晃的彩繪花燭，徐天宏長袍馬褂，站在左首。駱冰把周綺扶了出來。趙半山高聲贊禮，夫婦倆先拜天地，再拜紅花老祖的神位，然後雙雙向周仲英夫婦和陳家洛行禮。周仲英和周大奶奶還了半禮。陳家洛不受大禮，也跪下去還禮。周仲英在旁邊連聲謙讓。新夫婦又謝大媒陸菲青。

新夫婦交拜畢，依次和無塵、趙半山、文泰來、常氏雙俠等見禮。心硯把余魚同扶出來坐在椅上。他臉上蒙了塊青布，露出兩個眼珠，也和新夫婦見禮。大廳中喜氣洋溢。余魚同取出金笛，吹了一套「鳳求凰」。眾人見他心情好轉，更是高興。

開上酒席之後，眾人轟飲起來，無塵執了酒壺叫道：「今晚那一個不喝醉，就不許睡……」語聲未畢，突然手一揚，一把酒壺向庭中的桂花樹上擲去。

酒壺剛擲出，衛春華和章進已躍到庭中。兩人飲酒之際未帶兵刃，空手縱到桂花樹下。那酒壺並未擊中誰人，掉了下來，衛春華伸手接住。章進躍上牆頭，四下張望，並無人影，回來報知陳家洛，請問要不要出去搜索。陳家洛笑道：「今兒是七哥大喜的日子，別讓鼠輩敗壞了興意。咱們還是喝酒。」輕聲吩咐心硯：「帶幾名頭目四下查看，莫讓歹人混進來放火。」心硯答應著去了。眾人見他毫不在乎，又興高采烈鬥起酒來。

陳家洛低聲對無塵道：「道長，我也見到樹上人影一晃，瞧這傢伙的身手，不是甚麼高明之輩。」無塵道：「不錯，讓他去吧。」陳家洛站起身來，朗聲笑道：「道長在六和塔上大展神威。叫天山雙鷹不敢小覷了咱們。來，大家同敬一杯。」眾人都站起來與無塵把盞。無塵笑道：「天山雙鷹果然名不虛傳。陳正德那老兒要是年輕二十歲，老道多半不是他對手。」趙半山笑道：「那時他身手雖然矯捷，功夫又沒這麼純了。」

那邊席上章進和石雙英呼五喝六的猜拳，越來越大聲。楊成協、蔣四根兩人聯盟和常氏雙俠鬥酒，四人各已喝了七八碗黃酒。文泰來和余魚同身上有傷，不能喝酒吃油膩，坐在席上飲茶相陪。大家不住逗余魚同說笑解悶。

吃了幾個菜，新夫婦出來敬酒。周仲英夫婦老懷彌歡，咧開了嘴笑得合不攏來。周綺素來貪杯，這天周大奶奶卻囑咐她一口也不得沾唇。她出來敬酒，大家不住勸飲。她很想放懷大喝，但想起媽媽的話，無奈只得推辭，心頭氣悶，不悅之情不覺見於顏色。

衛春華笑道：「啊喲，新娘子在生新郎的氣啦。七哥，快跪快跪。」蔣四根道：「七哥，你就委屈一下，跪一跪吧，新郎跪了，頭胎就生兒子……」周綺忍不住噗哧一聲笑了出來，說道：「你又沒兒子，怎麼知道？眞胡說八道！」衆人見周綺天眞爛漫，無不感到有趣。周大奶奶笑著儘搖頭，連聲歎道：「這寶貝姑娘，那裏像新媳婦兒。」

駱冰輕輕對衛春華道：「你們多灌七哥喝些酒，幫我一個忙。」衛春華點點頭，和蔣四根一使眼色，兩人站起來敬新郎的酒。徐天宏見他們鬼鬼祟祟，知道不懷好意，今天做新郎喝酒是推不掉的，酒到杯乾，十分豪爽，喝了十多杯，忽然搖搖晃晃，伏在桌上。周大奶奶愛惜女壻，連說：「他醉啦，醉啦。」叫安健剛扶他到內房休息。楊成協等見徐天宏喝醉，對駱冰道：「這次你多半贏了。」

駱冰一笑，拿了一把茶壺，把茶倒出，裝滿了酒，到新房去看周綺。周綺見她進來，很是高興，笑道：「冰姊姊快來，我正悶得慌。」駱冰道：「你口渴嗎？我給你拿了茶來。」周綺道：「我煩得很，不想喝。」駱冰把茶湊到她鼻邊，道：「這茶香得很呢。」周綺一聞，酒香撲鼻，不由得大喜，忙雙手捧過，咕嚕嚕的一口氣喝了半壺，停了一停，道：「冰姊姊，你待我真好。」

駱冰本想捉弄她，見她毫無機心，倒有點不忍，但轉念一想，鬧房是圖個吉利，再惡作劇也不相干，便笑道：「綺妹妹，我想跟你說一件事。本來嘛，這是不能說的，不過咱們姊妹這麼要好，我就是有甚麼對你不起，做得過了份，你也不能怪我，是不是？」周綺道：「當然啦，你快說。」駱冰道：「你媽有沒有教你，待會要你先脫衣裳？」周綺滿臉通紅，道：「甚麼呀，我媽沒說。」駱冰一臉鄭重其事的神色，道：「我猜她也不知道。是這樣的，男女結親之後，不是東風壓倒西風，便是西風壓倒東風，總有一個要給另一個欺侮。」周綺道：「哼，我不想欺侮他，他也別想欺侮我。」駱冰道：「是啊，不過男人家總是強兇霸道的，有時他們不知好歹起來，你真拿他們沒法子。尤其是七哥，他這般精明能幹，綺妹妹，你是老實人，可得留點兒神。」

這句話正說到了周綺心窩中，她雖對丈夫早已情深一往，然想到他刁鑽古怪，詭計多端，卻也真是頭痛，心下對這事早有些著慌，但在駱冰面前也不肯示弱，說道：「要是他對我不起，我也不怕，咱們拿刀子算帳。」駱冰笑道：「綺妹妹又來啦，夫妻總要和美要好，才是道理，怎能動刀動槍的，不怕別人笑話麼？再說，七哥待你這麼好，你又怎能忍心提刀子砍他？」周綺噗哧一笑，無言可答。

駱冰道：「文四爺功夫比我強得多啦，要是講打，我十個也不是他對手，可是我們從來不吵架，更加沒打過架。他一直很聽我的話。」周綺道：「是啊，好姊姊……」說到這裏停住了口。駱冰笑道：「你想問我有甚麼法兒，是不是？」周綺紅著臉點了點頭。

駱冰正色道：「本來這是不能說的，既然你一定要問，我就告訴你，你可千萬別跟七哥說，明兒你也不能埋怨我。」周綺怔怔的點頭。駱冰道：「待會你們同房，你先脫了衣服，等七哥也脫了衣服，你就先吹熄燈，把兩人衣服都放在這桌上。」她指了指窗前的桌子，又道：「你把他的衣服放在下面，你的衣服壓在他的衣服之上，那麼以後一生一世，他都聽你的話，不敢欺侮你了。」

周綺將信將疑，問道：「眞的麼？」駱冰道：「怎麼不眞？你媽媽怕你爸爸不是？定是她不知這法兒，否則怎會不教你？」周綺心想媽媽果然有點怕爸爸，不由得點頭。駱冰道：「放衣服時，可千萬別讓他起疑，要是給他知道了，他半夜裏悄悄起身，把衣服上下一掉換，那你就糟啦！」周綺聽了這番話，雖然害羞，但想到終身禍福之所繫，也就答應照做，心中打定了主意：「但教他不欺侮我便成，我總是好好對他。他從小沒爹沒娘，我決不會再虧待他。」駱冰爲了使她堅信，又教了她許多做人媳婦的道理，那些可全是真話了。周綺紅著臉聽了，很感激她的指點。

正說得起勁，忽然門外人影晃動，跟著聽到徐天宏呼喝。周綺首先站起，搶到門外，只見徐天宏一身長袍馬褂，手中拿了單刀鐵拐，從牆上躍下。周綺忙問：「怎麼，有賊嗎？」徐天宏道：「我見牆上有人窺探，追出去時賊子已逃得沒影蹤了。」周綺打開衣箱，從衣衫底下把單刀翻了出來。原來周大奶奶要女兒把兇器拿出新房，周綺執意不肯，終於把刀藏在箱中。她拿了刀，叫道：「到外面搜去！」駱冰笑道：「新娘子，算了吧。你給我安安靜靜的，這許多叔伯兄弟們都在這兒，還怕小賊偷了你的嫁粧嗎？」周綺一笑回房。

駱冰笑著指住徐天宏道：「好哇，你裝醉！我先去捉賊，回頭瞧罰不罰你。你給我看住新娘子，不許她動刀動槍的。」一邊說一邊把他手中兵刃接了過去。徐天宏笑嘻嘻的回入新房，聽得屋頂屋旁都有人奔躍之聲，羣雄都已聞聲出來搜敵，尋思：「咱們和皇帝定了盟，按理不會是朝廷派人前來窺探，難道皇帝一回去馬上就背盟？瞧那牆頭之人身手，不似武功如何了得，多半是過路的黑道朋友見到這裏做喜事，想來拾點好處。」

正自琢磨，駱冰、衛春華、楊成協、章進、蔣四根等走了進來，手中拿著酒壺酒杯，紛紛叫嚷：「新郎裝醉騙人，可怎麼罰？」徐天宏無話可說，只得和每人對喝了三杯。衆人存心要看好戲，仍是不依。徐天宏笑道：「毛賊沒抓到，大家少喝兩杯吧。別陰溝裏翻船，教人偷了東西去。」楊成協哈哈大笑道：「你儘管喝，衆兄弟今晚輪班給你守夜。」

正吵鬧間，周仲英走進房，見新女壻醉得立足不定，說話也不淸楚了，忙過來打圓場，和每人乾了一杯酒。大家見新郎眞的醉了，和周綺說些笑話，都退出房去。

周綺見衆人散盡，房中只賸下自己和丈夫兩人，不由得心中突突亂跳，偷眼看徐天宏時，見他和衣歪在床上，已在打鼾，輕輕站起，閂上房門，紅燭下看著夫壻，見他臉上紅撲撲地，睡得正香，輕聲叫道：「喂，你睡著了嗎？」徐天宏不應。周綺嘆道：「那你眞是睡著了。」四下一望，確無旁人，又側耳傾聽，聲息早靜，料想歹人已遠遠逃走了。這才脫去外衣，走到床前推了推夫壻。他翻個身，滾到了裏床。周綺把他鞋子和長袍馬褂除下，再想解他裏衣，忽然害羞，心想：「有了袍褂，也就夠了吧？我又不想當眞壓倒了他。」於是依著駱冰的教導，把他袍褂放在窗邊桌上，再把自己衣服壓在上面，回到床邊，抖開棉被蓋在徐天宏身上，自己縮在外床，將另一條被子緊緊裹住身子，一動也不敢動。

過了良久，徐天宏翻了個身，周綺嚇了一跳，盡力往外床縮去，正在此時，紅燭上燈火畢卜一聲，爆了開來。周綺怕丈夫醒來見到衣服的佈置，想起來吹熄蠟燭，那知脫了衣服之後睡在男人身旁，說不出的害怕，無論如何不敢起來。她暗暗咒罵自己無用，急出了一身大汗。正自惶急，靈機一動，在內衣上撕下兩塊布來，在口中含濕了，團成兩個丸子，施展打鐵蓮子手法，噗噗兩聲，把一對花燭打滅了。

徐天宏睡得極沉，他酒量本來平平，這次給硬勸著喝到了十二分，直睡得人事不知。他翻一次身，周綺總是一驚，擁著棉被不敢動彈。也不知過了多少時候，忽聽得窗外老鼠吱吱吱的叫個不停，又過片刻，一隻貓妙嗚妙嗚的叫了起來。蓬的一聲，窗子推開，一隻貓跳了進來，在房裏打了個轉，跑不出去，跳上床來，就在周綺腳邊睡了。周綺見再無聲息，床上多了一隻貓相伴，反覺安心，迷迷糊糊合上了眼，卻始終不敢睡熟。

挨到三更時分，忽然窗外格的一響，周綺忙凝神細聽，窗外似有人輕輕呼吸，心想這是弟兄們開玩笑，來偷窺新房韻事，正想喝問，猛想起這可叫喊不得，只覺臉上一陣發燒，忙把已經張開的嘴閉上了。

忽聽得心硯在外喝問：「甚麼人？不許動！」接著是數下刀劍交併，又聽得常氏兄弟的聲音：「龜兒子好大膽！」一個生疏的聲音「啊喲」一叫，顯是在交手中吃了虧。

周綺霍地跳起，搶了單刀，往桌上去摸衣服時，只叫得一聲苦，衣衫已然不知去向。這時再也顧不得害羞，一把將徐天宏拉起，連叫：「快醒來，快……快出去拿賊。小賊把咱們衣服……衣服都偷去啦。」徐天宏一驚之下，登時清醒，只覺得一隻溫軟的手拉著自己，黑暗中香澤微聞，中人欲醉，才想起這是他洞房花燭之夕。

他心中一蕩，但敵人當前，隨即寧定，把妻子往身後一拉，自己擋在她身前，拖過手旁一張椅子，以備迎敵，只聽得屋頂和四周都有人輕輕拍掌，低聲道：「弟兄們四下守住了，毛賊別想逃走。」周綺道：「你怎知道？」徐天宏道：「這些掌聲是我們會中招呼傳訊的記號，四方八面都看住了，咱們不必出去吧。」放下椅子，轉身摟住周綺，柔聲說道：「妹子，我喝多了酒，只顧自己睡覺，眞是荒唐……」嗆啷一聲，周綺手中單刀掉在地下。

兩人摟住了坐在床沿，周綺把頭鑽在丈夫懷裏，一聲不響。過了一會，聽得無塵罵道：「這毛賊手腳好快，躲到那裏去了？」窗外一陣火光耀眼，想是衆人點了火把在查看。徐天宏道：「你睡吧，我出去瞧瞧。」周綺道：「我也去。」徐天宏道：「好吧，先穿衣服。」周綺開了箱子，取出兩套衣服來穿上。

徐天宏拔閂出門，只見自己的長袍馬褂和周綺的外衣摺得整整齊齊的放在門口，剛呆得一呆，周綺已叫了起來：「這毛賊眞怪，怎麼又把衣服送了回來？」徐天宏一時也琢磨不透，問道：「咱們的衣服本來放在那裏的？」周綺含糊回答：「好像是床邊吧，我記不淸楚啦。」這時駱冰和衛春華手執火把奔近，衛春華笑吟吟道：「毛賊把新郎新娘也吵醒啦。」駱冰假裝一驚，道：「唷，怎麼這裏一堆衣服？」衛春華嗤的一聲笑了出來。徐天宏見到兩人神色，就知是他們搗鬼，當下不動聲色，笑道：「我酒喝多啦，連衣服給小賊偷去也不知道。」駱冰笑道：「只怕酒不醉人人自醉呢。」徐天宏一笑，不言語了。

原來駱冰挨到半夜，估量周綺已經睡熟，輕輕打開新房窗戶，怕撬窗時有聲，嘴裏不斷裝老鼠叫，隨即推窗將一隻貓丟了進去，乘窗子一開一閉之間，順手把桌上兩人的衣服抓了出來。楊成協等坐在房中等候消息，見她把衣服拿到，大爲佩服，問她使的是甚麼妙法，駱冰微笑不答。衆人談笑一會，正要分頭去睡，忽然心硯叫了起來，發現了敵人。駱冰心想衣服已經偷到，正好乘此機會歸還，免得明晨周綺發窘，奔到新房窗邊，聽得房內話聲，知兩人已醒，便將衣服放在門口。

這時陳家洛和周仲英一干人都走了過來。陳家洛道：「宅子四周都圍住了，不怕他飛上天去，咱們一間間房搜吧。」衆人逐一搜去，竟然不見影蹤。無塵怒氣發作，連聲大罵。

徐天宏忽然驚叫：「咱們快去瞧十四弟。」衛春華笑道：「總舵主早已請陸老前輩守護十四弟，請趙三哥守護文四哥，怕他們身上有傷，受了暗算。要是沒人守著四哥，四嫂還有心情來跟你們開玩笑麼？」徐天宏道：「是。不過咱們還是去看一看吧，只怕這賊不是衝著四哥，便是衝著十四弟而來。」陳家洛道：「七哥說得有理。」

眾人先到文泰來房中，房中燭光明亮，文泰來和趙半山正在下象棋，對屋外吵嚷似乎充耳不聞。眾人又到余魚同房去。陸菲青坐在石階上，仰頭看天上星斗，見眾人過來，站起身來，說道：「這裏沒甚麼動靜。」這一羣英雄好漢連皇帝也捉到了，今晚居然抓不到一個毛賊，都是又氣惱，又奇怪。

徐天宏忽見窗孔中一點細微的火星一爆而隱，顯是房中剛吹熄蠟燭，心頭起疑，說道：「咱們去瞧瞧十四弟吧。」陸菲青道：「他睡熟了，因此我守在外面。」駱冰道：「咱們快到別的地方搜去。」徐天宏道：「不，還是先瞧瞧十四弟。」他右手拿著火把，左手一推，房門應手而開，卻是虛掩著的，見床上的人一動，似乎翻了個身。

徐天宏用火把去點燃蠟燭，一時竟點不著，移近火把看時，卻是燭芯已給打爛，陷入燭裏，顯然燭火是用暗器打滅的。他吃了一驚，生怕余魚同遭逢不測，快步走到床前，叫道：「十四弟，你沒事麼？」

余魚同慢慢轉過身來，似是睡夢剛醒，臉上仍是蒙著帕子，定了定神才道：「啊，是七哥，你今晚新婚，怎麼看小弟來啦？」徐天宏見他沒事，才放了心，拿火把再到燭邊看時，只見一枚短箭釘在窗格上，箭頭還染有燭油煙煤。他認得這箭是余魚同的金笛所發，更是大惑不解：他為甚麼見到大夥過來就趕緊弄熄燭火？又是這般緊急，來不及起身吹熄，迫得要使暗器？

這時陳家洛等都已進房。余魚同道：「啊喲，各位哥哥都來啦，我沒事，請放心。」徐天宏伸手要拔窗格上短箭，陳家洛在他背後輕輕一拉，徐天宏會意，當即縮手。這時衆人都已看出余魚同床上的被蓋隆起，除他之外裏面還藏著一人。陳家洛道：「那你好好休息吧。」率領衆人出房，對陸菲青道：「陸老前輩還是請你辛苦一下，照護余兄弟，咱們出去搜查。」陸菲青答應了，等衆人走開，又坐在階石上。

衆人跟著陳家洛到他房裏。陳家洛道：「把卡子都撤回來吧！」心硯傳令出去，在屋外把守的常氏雙俠、章進、石雙英、蔣四根都走進房來。

陳家洛坐在床上，衆人或坐或站，圍在四周，大家都感局面頗爲尷尬，可是誰也不說話。無塵終於忍耐不住，說道：「那毛賊明明躲在十四弟被窩裏，那究竟是甚麼人？十四弟幹麼要庇護他？」這一說開頭，大家七嘴八舌的議論起來。有的說余魚同近來行爲古怪，教人捉摸不透，有的說他爲何躲在李可秀府裏，混了這麼多時候。常氏雙俠又提到他救護李可秀的事。說了一會，章進叫道：「大夥兒去問個淸楚。我不是疑心十四弟對大家不起，他當然是血性男子。不過旣是異性骨肉，生死之交，何事不能實說，幹麼要瞞咱們？」衆人齊聲說是。

徐天宏道：「十四弟或者有甚麼難言之隱，當面問他怕不肯說，要心硯假意送點心，去察看一下怎樣？」蔣四根道：「七哥這法子不錯。」周仲英嘴唇動了一下想說話，但又忍住，眼望陳家洛，瞧他是甚麼主張。

陳家洛道：「闖進來的那人躲在十四弟房裏，那是大家都瞧見的了。十四弟和大夥兒一起同生共死，這次又拚了性命相救四哥，咱們對他決沒半點疑心，他既這麼幹，總有他的道理。我剛才請陸老前輩在房外照顧，祇是防那人傷害於他。只要他平安無事，我想其餘的事不必查究，別傷了大夥兒的義氣。」周仲英叫道：「陳總舵主的話對極。」陳家洛道：「將來他要是肯說，自然會說，否則大家也不必提起。少年人逞強好勝，或者有甚麼風流韻事，有時也是免不了的，祇要他不犯會規，十二哥自然不會找他算帳。大家請安睡吧。明天要上路呢。」

這番話衆人聽了都十分心服。徐天宏暗暗慚愧，心想：「講到胸襟氣度，總舵主可比我高得多了。」

駱冰笑道：「春宵一刻値千金，你們新婚夫婦還在這裏幹麼呀？」衆人都大笑起來。這一笑之下，大宅子中又是一片喜氣洋洋。

余魚同待衆人一走，急忙下床，站在桌旁，等衆人腳步消失，亮火摺子點了蠟燭，低聲道：「你來幹麼？」

床上那人揭開棉被，跳下床來，坐在床沿之上，低頭不語，胸口起伏，淚珠瑩然，正是李可秀的女兒、陸菲青的女徒弟李沅芷。祇見她一身黑衣，更襯得肌膚勝雪，一雙手白玉一般，放在膝蓋上，一言不發，眼淚一滴一滴落在手背。

那日提督府一戰，余魚同隨紅花會羣雄飄然而去，李沅芷傷心欲絕，整天騎了馬在杭州城裏城外亂闖。李可秀明白女兒心事，也不加管束，讓她自行散心。這天黎明，她在西城馳馬，剛巧遇到駱冰從巡撫衙門盜了玉瓶回去。她曾和駱冰數次會面，知她是紅花會中人物，於是遠遠跟隨，直到天目山來。只是她萬萬料想不到，自己魂牽夢縈的那個心上人，竟然就是對這個美貌少婦夢縈魂牽。李沅芷十分機伶小心，駱冰又心情暢快，絲毫沒加提防，居然沒發覺後面有人悄悄跟蹤。

當晚李沅芷蹤跡數次被眾人發現，均得僥倖躲過。她只想找到余魚同，向他剖白心事，卻闖到了徐天宏和周綺的新房之外。心硯一叫嚷，眾人四下攔截，李沅芷左肩終於吃了常赫志一掌。她忍痛在暗中一躲，聲東擊西的丟了幾塊石子，直闖到後院來，在庭中劈面遇到陸菲青，被他一把拉住。李沅芷驚叫：「師父。」陸菲青怒道：「你來幹甚麼？」李沅芷道：「我找余師哥有話說。」陸菲青嘆氣搖頭，心中不忍，向左邊的廂房一指。李沅芷拍門，叫了幾聲：「余師哥。」

當眾人四下巡查之時，余魚同已然醒來，手持金笛，斜倚床邊，以防敵人襲擊，忽然聽得李沅芷的聲音，大吃一驚，忙拔開門閂，李沅芷衝了進去。他想：黑暗之中，孤男寡女同處一室甚是不妥，便亮火摺點燃蠟燭，剛想詢問，衆人已查問過來。此情此景，原本無私，卻成有弊，實在好不尷尬，只得先行遮掩再說，以免她從此難以做人。他身上有傷，行動不便，便用笛中短箭打滅燭火。兩人屏息不動。待聽得徐天宏拍門，李沅芷低聲道：「余師哥救我。」余魚同無法可想，只得讓她躲進了被窩。

若非陳家洛一力迴護，這被子一揭，當眞不堪設想。好容易脫險，但見她淚眼盈盈，深情款款，余魚同心腸登時軟了，嘆了口氣，說道：「你對我一片眞心，我又不是蠢牛木馬，那會不知？但你是官家小姐，我卻是江湖上的亡命之徒，怎敢害了你的終身？」

李沅芷哭道：「你這麼突然一走，就算了嗎？」余魚同道：「我也知對你不起。但我是苦命之人，心如槁木死灰……你，你還是回去吧。」李沅芷道：「你爲了救朋友，跟我爹爹作對，我並不怪你，你是爲了義氣。」沉吟了一下又道：「似你這般文武雙全，幹麼不好好做事，圖個功名富貴？偏要在江湖上廝混，這多麼沒出息，只要你向好，我爹爹……」余魚同怒道：「我們紅花會行俠仗義，個個是鐵錚錚的漢子，怎能做朝廷的走狗？」

李沅芷知道說錯了話，漲紅了臉，過了一會，低聲道：「你罵我爹爹！人各有志，我也不敢勉強。只要你愛這樣，我也會覺得好的。我應承聽你的話，以後決不再去幫爹爹，我想我師父也會歡喜。」最後兩句話說得聲音響了些，多半窗外的陸菲青也聽見了。余魚同坐在桌邊，只是不語。李沅芷低聲道：「你說我官家小姐不好，那我就不做官家小姐。你說你紅花會好，那我也……我也跟著你做……做江湖上的亡命之徒……」這幾句話用了極大的氣力才說出口，說到最後，又羞又急，竟哭了出來。

余魚同柔聲道：「我當初身受重傷，若非得你相救，千山萬水的送到杭州你府上調養，這條性命早就沒啦，按理說，那是粉身碎骨也報答不了。只是……唉，你的恩德，只好來生圖報了。」

李沅芷霍地站起，說道：「你是不是另有美貌賢慧的心上人，以致這樣把我瞧得一錢不值？」在余魚同，那確是「除卻巫山不是雲」，他始終對駱冰一往情深。李沅芷人品相貌並不在駱冰之下，但情有獨鍾，卻是無可奈何，聽她如此相詢，不知怎生回答才是。

李沅芷道：「你對她這樣傾心，那她定是勝我十倍了，帶我去見見成不成？」余魚同給她纏得無法可施，忽然拉下臉上蒙著的手帕，說道：「我已變成這麼一個醜八怪，你瞧個清楚吧！」李沅芷驀地見到他臉上凹凹凸凸，儘是焦黃的瘡疤，燭光映照下可怖異常，不由得嚇了一跳，倒退兩步，低低驚呼一聲。

余魚同憤然道：「我是不祥之人。我心地不好，對人不住，做了壞事，又是生來命苦……現今你好走了吧！」李沅芷驟然見到他這副模樣，心驚膽戰，不知如何是好。余魚同哈哈大笑，說道：「我這副醜怪樣子，你見一眼也受不了。李小姐，你後悔今晚到這裏來了吧？哈哈，哈哈！」他邊說邊笑，狀若瘋狂。李沅芷更是害怕，輕呼一聲，掩面奔出房去。余魚同笑了一會，自悲身世，伏在桌上痛哭起來。

陸菲青坐在房外階石之上，雖然不明詳情，也已料到了七八成，心知這時對余魚同勸慰開導都無用處，心想：「沅芷夜來之事，雖然有關女孩子的名節，但如不說明謝罪，可對不起紅花會衆位朋友。」於是走到陳家洛房來。

陳家洛剛睡下。心硯聽得陸菲青叫門，忙開房門，陳家洛起床披衣相迎。陸菲青道：「總舵主，我向你請罪來啦！」陳家洛驚道：「甚麼？十四弟怎麼樣？」只道余魚同遭遇凶險。陸菲青道：「不是，他很好。你道今晚來搗亂的是誰？」陳家洛道：「不知。」陸菲青道：「那是我的小徒。我管教無方，縱得她任性胡爲。今日是七爺大喜的日子，無禮打擾，驚動各位，實在是萬分抱憾。」陳家洛默然不語。陸菲青道：「小徒已經走了，日後我定要找到她，向各位賠罪。現今我先行謝過。」說著站起來深深一揖。

陳家洛忙站起還禮，隔了一會，說道：「令徒武功得自前輩眞傳，身手確是不凡。」陸菲青只道陳家洛是指她今晚闖莊而言，那知他兩人曾在西湖交過手，說道：「這孩子少不更事，到處惹禍，得罪朋友，我有時眞後悔收了這個不成器的徒兒。」陳家洛道：「前輩太客氣了。令徒曾到過回部吧？」陸菲青道：「她從小在西北一帶。」陳家洛道：「嗯，我見他和那位回人姑娘好似交情不錯。」霍青桐和陳家洛離別之時，曾說過一句話：「那人是怎樣的人，你可以去問她師父。」陳家洛幾次想問陸菲青，總覺太著痕跡，始終忍著不問，此刻陸菲青自己過來談起，這才輕描淡寫、似乎漠不關心的問了幾句，其實心中已在怦怦暗跳，手心滲出汗水。

陸菲青道：「那是爲了搶可蘭經的事，才和她結識的。起初有過一點誤會，霍青桐姑娘還和小徒交過兩次手，後來我出來說明跟天山雙鷹的交情，兩人才結成朋友。年輕人一見如故，倒著實親熱呢。」說罷撚鬚微笑。陳家洛聽著卻滿不是味兒。

陸菲青只道他早知李沅芷是女子，始終沒提她女扮男裝的事。陳家洛心中不快，臉上雖然沒顯出來，但語言之間不免稍露冷淡。陸菲青只道他心惱李沅芷無禮闖莊，紅花會這許多英雄人物，居然沒能扣住一個初出道的少女，未免有失面子，心下甚是歉然，那猜得到他另有心事，當下又道歉幾句，正要告退，忽然門外心硯叫道：「少爺，十四爺來啦！」

門簾一掀，一名莊丁扶著余魚同進來，他見陸菲青也在這裏，不覺一愣。莊丁退了出去。陳家洛道：「你有事對我說，我過來不是一樣？你身上有傷，別多走動。」余魚同道：「總舵主，剛才有個人躲在我房裏，你一定瞧出來了。你當時故作不知，給我面子，做兄弟的很感激你的好意。你雖然不問，我可不能不說。」陳家洛道：「咱們情同骨肉，還有甚麼信不過的。」余魚同道：「這人全是衝著小弟一人而來，和大夥決無干係。只因這事說來和人名節有關……」陳家洛道：「既然如此，那不必說了。好啦，這事以後咱們誰也別提，你回去休息。心硯，扶十四爺回去。」余魚同以為陸菲青已將此事說過，陳家洛怕他不好意思，是以不願再提，於是致謝回房，陸菲青也即作別。

次晨眾人齊下山來。各人互道珍重，分頭進發。

陳家洛和周仲英一路本是同往西北，但周仲英說，他當年在嵩山少林寺學藝之時，便曾聽師父及師伯叔們說起，南方莆田少林下院的武功與嵩山少林一脈相傳，但數百年來莆田少林寺出了幾位了不起的人物，於少林派武功頗有發揚，乘著此番南來，意欲就近前去探訪，盼有機緣切磋求教。陳家洛道：「南少林門人弟子遍於江南，聲勢浩大，周老前輩於切磋武功之餘，盼多所結納。日後咱們舉事，要是少林寺肯助一臂之力，實是天下百姓之福。」周仲英道：「謹當奉命。」於是帶同妻子、徒弟孟健雄、安健剛，啓程向南。

臨別時周大奶奶對周綺再三叮囑，現今做了媳婦，不可再鬧小性子，爭鬥生事。周綺撅起嘴唇道：「要是他欺侮我呢？」說著嘴唇向徐天宏背心一歪。周大奶奶道：「好好的怎會欺侮你？」昨晚花燭之夜，李沅芷前來一鬧，駱冰把他們的衣服搬了個地方，也不知那個法兒還靈不靈，周綺心中很是惦記，但不好意思再問駱冰，這時見父母遠別，不禁掉下淚來。

周仲英囑咐了女兒幾句，對徐天宏道：「你妹子性子直爽，很不懂事，宏兒你要多多擔待。要是她衝撞於你，可別跟她一般見識，將來讓我罰她。」周綺急道：「爹爹你也幫他，難道定會是我不好？」周仲英一笑上馬，向陳家洛和文泰來等抱拳作別，向南而去。

陳家洛、文泰來、駱冰、徐天宏、周綺、章進、余魚同、心硯一行八人，向北經孝豐、安吉、溧陽，到了江寧。渡過長江後，文泰來傷勢已然痊愈，余魚同也已大好。一路往北，天時漸寒，時逢霜雪，已是初冬景象。過開封後，余魚同傷勢痊可，便棄車乘馬。

這一日出了開封西門，八騎馬放開腳步，沿著大道奔去。朔風怒號，塵沙撲面。文泰來所乘白馬腳程奇快，一騎馬先衝了上去，一口氣奔出五十里，來到一處鎮甸，叫飯店殺鷄做飯，先行預備，等衆人到時打尖。他坐在店口，泡了壺茶，拿著手巾抹臉，忽見東邊店房中人影一晃，有人探頭張望，一見到他便疾忙縮回。文泰來起了疑心，背轉身喝茶。過了小半個時辰，陳家洛等也都趕上來了，文泰來悄悄和衆人說知。徐天宏向東店房一看，只見窗紙舐濕，一顆烏溜溜的眼珠正向他們注視，見到徐天宏的眼光射來，立即避開。徐天宏低聲笑道：「那是初出道的雛兒，半點規矩也不懂，一下子就露出了馬腳。」駱冰笑道：「這樣的人也出來混道兒，看來還在打咱們的主意呢。」

陳家洛向心硯道：「你過去瞧瞧，要是他手頭不便，就接濟他一點。」心硯應聲站起，走到那店房門口，高聲吟道：「天下萬水俱同源，紅花綠葉是一家。」這是紅花會招呼同道的訊號。江湖上各幫會互通聲氣，患難相助，縱然不是紅花會會友，只要知道訊號，回答一句：「小弟是某某幫某某舵主屬下，有求紅花會大哥相助。」那麼幾兩銀子的接濟是一定有的。心硯見房中寂然無聲，又說了一遍，忽然房門呀的一聲打開，一個黑衣人走了出來，那人一頂大帽遮住了半邊臉，伸手遞過一個紙團，道：「給你們十四爺。」心硯接住了，正要詢問，那人已奔出店門，上馬疾馳而去。

心硯把紙團交給余魚同，道：「十四爺，那人叫我給你的。」余魚同接過打開，見紙上寫著十六個細字：「情深意眞，豈在醜俊？千山萬水，苦隨君行。」筆致娟秀，認得是李沅芷的字跡，不料她竟一路跟隨而來，他眉頭一皺，把字條交給陳家洛。

陳家洛看了，料想是男女私情之事，不便多問，將字條還了給他。余魚同道：「這人跟我糾纏不清，現下一定在前路等待。小弟想在此棄陸乘舟，避開這人，到潼關再和大家會齊。」章進怒道：「咱們這許多人在這裏，又何必怕他？他本事再好，咱們也鬥他一鬥。」余魚同道：「不是怕，我是不想見這個人。」章進道：「那麼咱們教訓教訓他，教他不敢跟隨就是了。這是甚麼人？這般不識好歹！」余魚同好生爲難，不便回答。

陳家洛知他有難言之隱，說道：「十四弟既要坐船，那也好，在船上可以多睡睡，沒騎馬那麼勞頓。心硯，你跟著服侍十四爺。」心硯答應了，他小孩心性，嫌坐船氣悶，雖然公子之命不敢違抗，不免怏怏。余魚同看出了他的心意，堅稱傷勢已經痊愈，不必心硯隨伴。於是衆人來到黃河邊上，包了一艘船，言明直放潼關。

陳家洛等送余魚同上船，眼見那船張帆遠去，才乘馬又行。章進對余魚同吞吞吐吐的神氣很是不滿，連罵：「酸秀才，不知搞甚麼鬼。」駱冰道：「十四弟燒壞臉後，心情很是不快，作事不免有點異常，咱們就順著他點兒。」周綺道：「那次咱們在文光鎭上，聽說他和一個姑娘在一起，後來又不知怎樣的到了杭州。」章進道：「他鬼鬼祟祟的，多半跟娘兒們有關，否則爲甚麼怕人家找麻煩？」文泰來喝道：「十弟你別胡說。」

余魚同坐船行了幾日，見李沅芷不再跟來，才放下了心。這日遇上了逆風，天色已黑，離鎮甸仍遠，水勢湍急，舟子不敢夜航，只得在荒野間泊了船。余魚同喝了幾杯酒，倒頭便睡，中夜醒來，只見一輪圓月映在大河之上，濁流滾滾而下，黃浪翻湧，氣象雄偉，逸興忽起，抽出金笛，悠悠揚揚的吹了起來。他感懷身世，滿腔心事，都在這笛聲中發洩出來，一時激越，一時淒楚，正自全神吹奏，忽聽背後有人高聲喝采：「好笛子！」微微一驚，收笛回頭，月光下只見有三人沿河岸走來。

三人走近，其中一人說道：「我們貪趕路程，錯過了宿頭，正自煩惱，聽閣下笛聲清亮，禁不住喝采，還請勿怪。」余魚同聽他說得客氣，忙站了起來，說道：「荒野之間，小弟胡亂吹奏，聒噪擾耳，有辱清聽。」那人聽他說話文謅謅地，似是個讀書人，緩緩走近。

余魚同道：「如蒙不棄，請下舟來小酌一番如何？」那人道：「最好，最好！」三人走到岸邊，縱身躍起，都輕飄飄的落在船頭。只那魁梧大漢所揹兵刃看來十分沉重，落下時船頭一沉。余魚同心中吃驚，暗忖：「這三人武功不弱，不知是何等人物，倒要小心在意。」當下假作文弱膽怯，雙手緊緊握住船邊，只怕船側而落下水去。

只見當先一人軀幹魁偉，穿件繭綢面棉袍，似是個鄉紳。第二人滿腮濃鬚，整張臉只見黑漆一團。第三人卻穿蒙古裝束，一件羊羔皮袍翻出半截，身形舉止，顯得剽悍異常。這三人都揹著包裹，帶了兵刃。余魚同知金笛惹眼，在三人上船之前早就收起。他叫醒舟子，命暖酒做飯，款待來客。舟子見深夜中忽然來了生人，甚是疑懼，但一路上余魚同使錢十分豪爽，既是僱主吩咐，也就照辦。

那身材魁梧的人道：「深夜打擾，實在冒昧。」余魚同道：「四海之內，皆兄弟也，何冒昧之有？」那人聽余魚同說話愛掉文，說道：「請教閣下尊姓大名？」余魚同道：「小弟姓于名通，金陵人氏，名字雖然叫通，可是實在不通之極，此番應舉子業，竟爾名落孫山，回鄉愧對父老，說來汗顏無地。」那人道：「原來是一位秀才相公，失敬了。」余魚同道：「小弟鄉試不捷，禍不單行，舍下復遭回祿。祝融肆虐，房屋固是片瓦無存，顏面亦是大毀，難以見人，無可奈何，只得想到甘肅去投親，擬謀一席西賓，聊作鷦寄。唉，時也命也，生不逢辰，夫復何言？」這番話只把另外兩人聽得面面相覷，不知所云。那鄉紳模樣的人卻讀過一點書，說道：「相公也不必灰心。」

余魚同道：「請教三位尊姓。」那人道：「小弟姓滕。」指著那黑臉鬍子道：「這位姓顧。」指著那蒙古裝束的人道：「這位姓哈，是蒙古人。」余魚同作揖，連說：「久仰，久仰。萍水相逢，三生有幸。」那姓滕的見他酸氣沖天，肚裏暗笑。余魚同聽他說話是遼東口音，心想：「這三人不知是敵是友，如是江湖好漢，倒可結交一番，日後舉事，也可多一臂助。」說道：「三位深夜趕路，那可危險得緊哪？」姓滕的道：「不知有甚麼危險？」余魚同搖頭晃腦的道：「道路不寧，萑苻遍地，險之甚矣，險之甚也。」那姓顧的一拉姓滕的袖子，問道：「他說甚麼？」姓滕的道：「他說道上盜賊很多。」姓顧的和姓哈的一聽，都哈哈大笑。

這時舟子把酒菜拿了出來，那三個客人也不和余魚同客氣，大吃大喝起來。那姓滕的道：「相公笛子吹得眞好，請再吹一曲行麼？」余魚同怕金笛洩露了自己行藏，只是推辭，道：「小弟生性怯場，一見有人，便手足無措。文戰失利，亦緣於此。」那姓哈的道：「我來吹一段。」從衣底摸出一隻鑲銀的羊角，站直身子，嗚嗚嗚的吹了起來。余魚同聽那角聲悲壯激昂，宛然是「風吹草低見牛羊」的大漠風光，心中激賞，暗暗默記曲調。

三人喝完酒後，起來道謝告辭。余魚同有心結納，說道：「如承不棄，就在舟上委屈一宵，天明再行如何？」那姓滕的道：「那也好，只是打擾了。」余魚同仍是睡在後艙，那三人也不脫衣，便在前艙臥下。不一會，余魚同假裝鼾聲大作，凝神竊聽三人說話。

只聽那姓哈的道：「這秀才雖然酸得討厭，倒不小氣。」姓顧的道：「算他運氣。」姓哈的道：「明天能到洛陽麼？」姓滕的道：「過了河，找三匹馬，趕一趕也許能行。」姓哈的道：「我就擔心韓大哥不在家，讓咱們白跑一趟。」姓顧的道：「要是見他不著，咱們就找到紅花會的太湖老巢去，鬧他個天翻地覆。」姓滕的忙道：「悄聲。」余魚同大吃一驚，心想：「原來這三人是紅花會的仇人，他們到洛陽去找姓韓的，多半是找韓文沖了。」

那姓滕的道：「紅花會好手很多，他們老當家雖然死了，聽說新任的總舵主也是個厲害腳色。這裏不比關東，老二你可別胡來。」姓顧的道：「咱們關東六魔橫行關外，江湖上好漢提到咱們名頭，那個不忌憚幾分？那知老三和老五、老六忽然都不明不白的給紅花會人害死了，這仇要是報不了，咱們也不用做人啦。」言下極是氣憤。余魚同心想：「原來是關東六魔中的人物，三魔焦文期是陸師叔殺的，五魔閻世魁、六魔閻世章死於回人之手，怎麼這幾筆帳都寫在紅花會頭上？」

原來關東六魔中大魔滕一雷是遼東大豪，家資累萬，開了不少參場、牧場和金礦。二魔顧金標是著名馬賊。四魔哈合台本是蒙古牧人，流落關東，也做了盜賊。他們在遼東聽說焦文期受託找尋一個被紅花會拐去的貴公子，突然失蹤，數年來音訊全無。最近接到焦文期的師弟韓文沖來信，才知這結義兄弟已在陝西遇害。三人怒不可遏，當即南下，要找紅花會報仇。到北京後，得悉閻氏兄弟也給人害了，這事與紅花會也有干係。三人更是驚怒，趕到洛陽來找韓文沖要問個淸楚，卻與余魚同在黃河中相遇。

那三人談了一會，就睡著了。余魚同卻滿腹心事，直到天色將明才矇矓入睡，只合眼了一會，忽聽得人聲嘈雜，吆喝叫嚷之聲，響成一片。他從夢中驚醒，跳起身來，抽金笛在手，從船艙中望出去，只見河中數百艘大船連檣而來。當先一艘船上豎著一面大纛，寫著：「定邊大將軍糧運」七個大字，原來是接濟兆惠的軍糧。大船過去，後面跟著數十艘小船，都是官兵沿河擄來載運私人物品的。

余魚同那船的舟子見情勢不對，正要趨避，已有六七名清兵手執刀槍跳上船來，不問情由，就打了舟子一個耳光，命他駕船跟隨。余魚同知道官兵欺壓百姓已慣，難以理喻，也就順其自然。哈合台甚是惱怒，想出去和清兵拚鬥，給滕一雷一把拉住。

清兵走到後艙，見余魚同秀才打扮，態度稍和，喝問滕一雷等三人幹甚麼的。滕一雷道：「咱們上洛陽去探親。」一名清兵喝道：「都到前艙去，把後艙讓出來。」哈合台怒目相向，便欲出手。滕一雷叫道：「老四，你怎麼啦？」哈合台忍住怒氣。余魚同便到前艙，低聲道：「秀才遇著兵，有理說不清。我索性不說，你兵大爺豈能奈何我秀才哉？」

幾名清兵搭上跳板，從另一艘小船裏接過幾個人來。一名清兵道：「言老爺，這艘船乾淨得多，你老人家瞧瞧中不中意？」那言老爺從後梢跨進艙來，瞧了一眼，道：「就是這裏吧！」大剌剌的坐了下去。余魚同向那言老爺望得一眼，心中突突亂跳。原來這人便是曾去鐵膽莊捉拿文泰來的言伯乾。他給余魚同的短箭射瞎了一隻眼睛後，剛養好傷不久，帶了一個師弟、兩個徒弟，要到兆惠軍中去效力立功。

言伯乾雖然只剩一目，眼光仍然敏銳，一見余魚同身形，便即起疑，又見他臉上遮布，疑心更盛，假意走到前艙來，和滕一雷攀談了幾句，忽然身子微側，似乎在船上立腳不定，右手在空中亂抓幾下，一把抓住余魚同臉上的布巾，拉了下來。其時顧金標見他要摔向自己身上，自然而然的伸出左掌，向他肩頭輕輕捺去。言伯乾猛然一縮，竟沒讓他捺到，這一來，兩人都知道對方武功不弱，對瞧了一眼。

言伯乾先不理會顧金標，向余魚同臉上瞧去，見他滿臉瘡疤，難看異常，與射瞎他的那個俊俏小夥子全不相同，說道：「船晃了晃，沒站穩，對不住啦。」一把帕子還給了他。余魚同接過，蒙在臉上，說道：「家裏失火燒壞了臉，這副德性見不得人，沒嚇壞你吧？」

言伯乾聽他口音，心中又是一動，但想到他的相貌，不再有絲毫疑心，轉身對顧金標道：「老兄原來是江湖同道，請進來坐吧。」滕一雷等三人也不客氣，先問言伯乾的姓名，聽說他是辰州言家拳的掌門人，江湖上說來也頗有名望，於是不加隱瞞，說了自己姓名。言伯乾的師弟名叫彭三春，是湖南邵陽人。雙方談些關外與三湘的武林軼事，倒也投契。這一來喧賓奪主，余魚同反給冷落在前艙了。

余魚同見兩路仇人會合，自己孤身一人，實是凶險異常，他本來心灰意懶，這時大敵當前，敵愾之氣一生，反而打起了精神，獨自在前艙吟哦從前考秀才時的制藝八股，甚麼「先王之道，聖人之心」，甚麼「刑不上大夫，禮不下庶人」，越讀聲音越響，得意非常，一面卻用心竊聽他們談話。言伯乾聽了他背書之聲，只覺有些討厭，更加沒了疑心。吃晚飯時，余魚同拿酒出來款客，言伯乾溫言和他敷衍了幾句。余魚同只是之乎者也的掉文，四人聽了自是膩煩之極，都不去理他，自行高談闊論。

言伯乾探問三人進關來有甚麼事，滕一雷只說到洛陽訪友，後來談到南方的武林幫會，哈合台忽然提到了紅花會。言伯乾倏然變色，連問他們識得紅花會中何人。滕一雷不動聲色，只推不認識，也不提報仇之事。雙方兜來兜去的試探，都怕對方與紅花會有甚淵源。這一來相互有了顧忌，你防我，我防你，說話就沒先前爽快了。

這天逆風仍勁，整天只駛出二十幾里，還沒到孟津，糧船隊便都停泊了。晚飯過後，滕一雷等三人和余魚同自在前艙安息。余魚同睡入被窩，不敢脫衣，把金笛藏在被內，二更時分，忽然隔船傳來兩聲慘厲的叫喊，靜夜聽來，令人毛骨悚然。接著一個女人聲音大叫：「救命哪，救命！」余魚同料知鄰船官兵在幹傷天害理之事，本應就去救援，但一來官兵勢大，二來身旁強敵環伺，只要自己身分一露，立時便是殺身大禍，正要用被頭蒙住耳朵不聽，那女人叫得更慘了：「總爺，你行行好事，饒了我們吧！」又聽得一個孩子哭叫：「媽媽，媽媽！」

余魚同忍耐不住，坐起身來，側耳細聽，聽得又有另一個女子的哭聲。一名清兵粗聲喝道：「你不肯，老子先殺了你的兒子。」在女人慘叫與哀告聲中，夾著幾名官兵的狂笑，接著聽得兩個女人嗚嗚嗚的叫不出聲，嘴巴已給人按住。

余魚同氣憤填膺，再也顧不得自己生死安危，走到船舷邊，聽得哈合台道：「咱們去瞧瞧。」滕一雷道：「老四你莫管閒事，那姓言的師兄弟很有點門道，倘若他們跟紅花會是一路，咱們可先露了……」余魚同不等他說完話，腳下使勁，已縱到鄰船後梢。關東三魔見這秀才居然一身輕功，甚是了得，都吃了一驚，互打手勢，跟了過去。這時言伯乾和彭三春也已驚醒，見余魚同等先後躍過船去，便各取兵刃，站在船舷上觀看。

余魚同見後梢無人，在船舷上縮身向艙內張去，只見艙裏蠟燭點得明晃晃地，七八名清兵拉住兩個女子，正要施行強暴。一個女人跪在艙板上不住哭求，另一個女人死命摟住一個幼兒，嚇得只是發抖。艙板上有幾個男子的屍首，幾隻衣箱打開著，到處散滿了衣物銀兩。看情形顯是清兵借運糧爲名，沿河強拉民船，夜中殺死客商，謀財劫色。

余魚同怒火上沖，正要跳進艙去，忽聽得背後哈合台道：「老大，這事我非管不可。」滕一雷道：「不行！」就在這時，一名清兵從那女人懷中奪過幼兒，狠命往艙板上摔落，擲得腦漿迸裂。那女人一呆，登時暈了過去。兩名清兵哈哈大笑，將她按倒在地，撕她衣服。

余魚同心中默祝：「紅花老祖在上，弟子余魚同今日捨命救人，求你保佑。」他不抽金笛，大喝一聲，空手跳進船艙，左腳踢出，右手一拳，將按住女子的兩名清兵打翻，跟著揪住一名清兵頭頸一扭，那兵痛得大叫，他隨手奪過了刀，砍斷一名清兵右腳。其餘清兵紛抽兵刃抵敵，余魚同使刀雖不熟手，但只鬥數合，又砍翻兩名清兵。餘下清兵紛向船頭逃去，只聽撲通、撲通數聲，都被哈合台踢下河去。

余魚同拉起兩個女子，說道：「快上岸逃命。」兩個女子嚇得呆了，這時鄰船的兵士聽得格鬥叫喊之聲，已有人點了火把，站在船頭喝問。哈合台走進艙來，說道：「好秀才，佩服，佩服。」余魚同挾住一個女子，跳上岸去，接著哈合台也帶了一個女子上來。顧金標抽出背上的短柄獵虎叉，站在河邊斷後。滕一雷兩足站在岸邊淺水處，雙手抓住船舷，喝一聲：「起！」雙臂用力，把那艘船翻了轉來，船底朝天，死屍雜物，紛紛落水。余魚同暗驚：「這人好大力氣！」四人乘著清兵亂鬨鬨查看翻船，在黑暗中帶了兩個女人走了。

余魚同儘揀樹木茂密之地奔去，見清兵沒有追來，停步問那女人：「家裏男人都給官兵殺了嗎？」那女人驚魂未定，跪在地下不住磕頭，一句話也說不出來。余魚同道：「眼下你已脫險，躲在這裏別動，等明天兵船開了再出去。」他提高嗓音，向後面三人叫道：「三位大哥，多謝相助，小弟告辭了。」不等他們回答，轉身就走。

剛跨出三步，只聽得前面黑暗中一人陰惻惻的道：「余十四爺，且請留步。」余魚同退後一步，那人從黑影中走了出來，正是死對頭言伯乾，後面還跟著他的師弟彭三春。彭三春雙手握三節棍往右邊一站，隱然監視，防余魚同逃走。這時滕一雷等三人也帶了那個女子趕到，見言伯乾忽然出現，頗感訝異。

余魚同一拱手，說道：「後會有期。」向滕一雷與顧金標兩人之間竄了過去。彭三春右膝略彎，噹啷一聲，三節棍出手，向余魚同下盤橫掃過來。余魚同一個「鯉躍龍門」，跳過三節棍，左腳在地上點撐，躍出尋丈。彭三春一擊不中，三節棍餘勢甚勁，將要掃到顧金標腿上，忙向外一抖，向前送出，三節棍筆直的向余魚同背心點來。余魚同向前跌撲，待三節棍在頭頂掠過，仍不還手，乘隙脫逃，忽然金刃劈風，黑暗中白光閃動，兩柄單刀迎面砍來，原來是言伯乾的兩個徒弟宋天保、覃天丞趕到。

余魚同三面受敵，避無可避，右手在左邊衣袖中抽出金笛，噹噹兩聲，架開雙刀。彭三春正要上前夾擊，在旁觀看的哈合台怒道：「喂，三個打一個，算甚麼好漢？」彭三春一怔，哈合台出手奇快，已抓住三節棍尾梢向外甩出。彭三春疾忙回奪，兩人都沒脫手。

彭三春欺進半步，左手在三節棍中截一搭，右手棍端突然離手，彎過來打向哈合台左肩，這是他三節棍的救命變招，叫做「毒蛇擺尾」。哈合台猝不及防，黑暗中只覺棍端砸來，忙向右避讓，棍端已掃中他肩頭，砰的一聲，甚是疼痛。哈合台大怒，鬆手撤棍，一把抓住彭三春腰帶，大叫一聲：「呼！」將他肥肥一個身軀舉過頭頂，摔在地下。哈合台擅於蒙古人摔跤之技，這一下把彭三春摔得頭昏腦脹，眼前金星亂冒。

滕一雷見哈合台取勝，叫道：「別惹禍，快走！」言伯乾叫道：「好哇，關東六魔原來投降了紅花會。」顧金標轉頭怒道：「你說甚麼？」言伯乾道：「你們不投降紅花會，幹麼要幫這紅花會的頭目？」滕一雷大奇，問道：「他是紅花會的？」

言伯乾見兩個徒弟給余魚同逼得手忙腳亂，形勢危急，不暇回答，從長衫底下掏出一對鋼環，嗆啷啷一抖，左環向余魚同背心砸去。余魚同金笛回轉，向他「期門穴」點到。兩人搭上手拆了數招。滕一雷連叫住手，言伯乾只是不聽，想起傷目之恨，雙環如狂風驟雨般向仇人要害打去。滕一雷從背上卸下獨腳銅人，縱近身去，向下壓落，只聽得噹的一聲猛響，兩件兵器都給震了開去。余魚同和言伯乾手臂發麻，暗暗心驚。滕一雷的銅人以鋼鐵鑄成，外包黃銅，甚是沉重厲害。

滕一雷轉頭問余魚同道：「閣下是紅花會的麼？」余魚同心想，今日之事，走為上著，也不回答，突然向黑暗處躍去。宋天保站得最近，挺刀追來，余魚同回身持笛一吹，颼的一聲，一支短箭釘上了宋天保面頰，痛得他哇哇大叫。滕一雷和言伯乾隨後追來，黑暗中看不清楚，又怕余魚同吹箭厲害，不敢十分迫近。

余魚同越逃越遠，慢慢挨向河邊，心想：還是混到清兵糧船上最為太平，明天開船，就不妨事了。他在樹叢中傾聽追兵聲音，伏在地上慢慢爬行，忽聽前面兩聲女人驚叫，夾著清兵的怒罵之聲，原來救出來的那兩個女人又給清兵找著了。

他這時自身難保，顧不得旁人，縮身不動，但叫聲越來越慘厲，忍不住探頭出去一張，只見一個清兵雙手各拖一個女人向河岸走去。兩個女人不肯走，大聲哭叫，卻被清兵在地上橫拖倒曳而去。余魚同心道：「貪生忘義，非丈夫也！」金笛對準清兵後腦，用力吹出，短箭飛去，沒入腦中，清兵狂叫一聲，登時斃命。余魚同一箭吹出，隨即向岸上疾奔。

這一箭終於洩露了行藏，他奔出數丈，顧金標斜刺裏挺獵虎叉前來攔住。余魚同展開柔雲劍術，想打倒了他逃命，豈料數招過後，只覺對方身手迅捷，竟是勁敵。顧金標一面打，一面連聲呼哨。余魚同見遠處黑影掩襲而來，不敢戀戰，以進爲退，和身向前撲去，左手雙指直點敵人胸前要穴。顧金標虎叉橫胸。余魚同倒退躍開，但彭三春的三節棍已打了過來。同時滕一雷和言伯乾、覃天丞也均趕到，四面合圍。

滕一雷叫道：「拋下兵器！」余魚同不理，使笛如風，混戰中挺腳把覃天丞踹倒。滕一雷手揮銅人，呼的一聲當頭砸了下來。余魚同知道他力大異常，不敢擋架，縱身閃過。

滕一雷兵刃笨重，但因膂力奇大，使用之際仍十分靈活，一砸不中，隨即收勢，

「橫掃千軍」，向余魚同腰裏揮擊過來。余魚同一低頭，銅人在頭頂飛過，立時猱身直進，欺到滕一雷懷裏，挺笛向他「氣俞穴」點去。滕一雷銅人豎起，欲待震飛金笛。余魚同拔起身子，躍過宋天保頭頂，落下時順勢挺膝蓋在他背心一頂。宋天保站腳不住，向滕一雷的銅人上撞去。言伯乾斜刺裏急抄挽住，罵道：「送死麼？」滕一雷讚了句余魚同：「好俊身手！」這邊彭三春和顧金標又已截住去路。

哈合台在旁觀戰，見眾人兵刃齊下，眼見余魚同要血濺當地，心中敬他救援婦孺的俠義心腸，忽地縱入戰圈，叫道：「老大、老二退開。」滕一雷和顧金標分別躍出。余魚同力敵數人，已累得渾身是汗，笛子打出去全然不成章法，滕顧兩人剛躍開，言伯乾右手鋼環已套住笛端，左手鋼環猛力砸向笛身，噹的一聲，金笛脫手飛出，鋼環順勢又向余魚同太陽穴砸到。哈合台把余魚同向後一拉，避開了這一擊，同時使出蒙古摔跤之法，右腳橫勾，左手在他肩頭一扳，余魚同站立不穩，跌倒在地，被哈合台按住擒牢。金笛從空中落下，顧金標伸手接住，插入腰裏。

宋天保和覃天丞吃過余魚同的苦頭，奔過來要打。哈合台道：「且慢！」撕下余魚同長衫衣襟把他反手縛住，拉起來站定，說道：「朋友，我知你是好漢子，有話好好說，我們決不難爲你。」余魚同哼了一聲，並不言語。

滕一雷道：「朋友，你是紅花會的麼？」余魚同道：「我姓余名魚同，江湖上人稱金笛秀才，在紅花會坐的是第十四把交椅。」滕一雷點頭道：「這就是了，我也聽到過你的名頭，我向你打聽幾個人。」余魚同道：「你要問焦文期和閻氏兄弟的下落，我老實告訴你，那不是我們紅花會殺的。」

言伯乾在一旁冷冷的道：「現今你當然不認啦！」余魚同潑口大罵：「你這瞎眼賊，我又不是跟你說話，你的眼是我射瞎的，怎麼樣？老子怕了你不是好漢。」宋天保大怒，舉刀砍來。哈合台鬆開擱在余魚同腿邊的右腳，余魚同雙足頓得自由，向左偏頭，讓過這一刀，右腿飛起，踢在宋天保左腿「伏兔穴」上。宋天保單刀脫手，登時軟痳在地。覃天丞忙搶過來扶起。

彭三春見師姪丟臉，舉拳撲將過來。哈合台道：「要打架？我放了他和你一對一打個痛快如何？」彭三春怒道：「我先和你比劃比劃也可以。」嗆啷啷一抖三節棍。哈合台道：「想再摔一跤麼？」

言伯乾忙把彭三春往身後一拉，靜觀滕一雷如何處置。滕一雷又問余魚同道：「江湖上多說我們三個兄弟是紅花會所害，冤有頭，債有主，只要你老實說一句，這件事是何人指使、何人動手，我們自會去找他算帳，你不必畏懼隱瞞。難道我們還能把紅花會幾萬人斬盡殺絕不成？」余魚同道：「今日落在你們手裏，要殺便殺，何必多說。你以爲紅花會怕你們這幾個人，那眞是在做夢了。」哈合台道：「你是好漢子，我是很佩服的，我只請問，我們三兄弟到底是誰害的。」余魚同道：「老實說，這三人是誰殺死的，我知道得淸淸楚楚，不過決不是紅花會。」顧金標道：「那麼你說出來，我們馬上放你。」余魚同道：「余某雖是無名小卒，旣然身屬紅花會，豈能讓人威迫？殺死那三人的是誰，本來跟你們說了也不相干，他也不會怕你們去尋仇。但你們如此逼迫，我偏偏不說。」顧金標抖動獵虎叉，叉桿上三個鐵環噹啷啷一陣響，喝道：「你說不說？」

余魚同昂頭也喝：「不說怎樣？你有種就在胸口上給我一叉。我們紅花會兄弟給我報起仇來，可不會像你這麼膿包，到今天連仇人是誰也不知道。」顧金標氣得只是抖叉，連聲咒罵。哈合台道：「你如認爲我這朋友還可交交，那麼請你告訴我。」余魚同見這幾人中只有哈合台對他有友善之意，便道：「你們幹麼不去問韓文沖？不過他不在洛陽，現下跟威震河朔王維揚一起在杭州。」滕一雷道：「當眞？」余魚同喝道：「我幾時說過假話？」

哈合台見他雖然被擒，反而越來越強項，對他更是敬佩，把滕一雷和顧金標拉在一邊，勸道：「再逼也無用，放了他吧。」顧金標道：「咱們放他，江湖上還道關東六魔不敢惹紅花會，依我說，斃了算啦。」滕一雷道：「斃了也沒好處，咱們就奔杭州去找韓文沖，把他帶著，在路上慢慢套問，總要問個水落石出，再殺不遲。」顧金標道：「好，就是這樣。」

滕一雷回來對余魚同道：「我們把你帶到杭州去和韓大哥對質。要是你說的不錯，我們就放你。」余魚同心想：「這很好，一路上不遇救援，也總有脫身之策。」於是點頭答應。滕一雷向言伯乾一舉手，說道：「後會有期。」轉身要走。

言伯乾縱上一步，說道：「慢來，慢來。這人是咱們一起擒住的，就這樣便宜的讓你帶走？」哈合台怒道：「你要怎樣？」言伯乾自忖，己方雖有四人，但對方三人武功高強，自己雖然還可對付，師弟和徒弟就不行了，用強不能取勝，說道：「他射瞎了我一隻眼，我便剜他兩隻眼抵帳，人就讓你們帶走。」

滕一雷和顧金標心想，擒拿余魚同，他確是也有功勞，他是官府中人，何必得罪了他，而且余魚同沒了眼睛，帶他上路時反而方便，不怕他逃走，當下並不阻攔。言伯乾右手食中兩指「雙龍搶珠」，向余魚同雙目戳了過來。余魚同退後一步想避，顧金標執住他身子向前一推，使他動彈不得。

陳家洛等一行沿黃河西上，只見遍地沙礫污泥，盡是大水過後的遺跡，黃沙之中偶然還見到屍體骷髏，想像當日波濤自天而降，衆百姓掙扎逃命、終於葬身澤國的慘狀，都不禁惻然。陳家洛吟道：「安得禹復生，爲唐水官伯，手提倚天劍，重來親指畫！」心硯心想：「白樂天這幾句詩憂國憂民，眞是氣魄非凡。我們紅花會現今提劍只是殺賊，那一日能提劍指畫萬民而治水，才是我們的心願。」

不一日來到潼關，徐天宏和章進兩人分頭到各處街頭牆角查看，不見有余魚同留下的記號，知他尚未到達，便在一家客店中住了下來，等了三日，始終不見他到來。徐天宏和章進到水陸兩路碼頭查問，都說不見有這麼一位秀才相公。到第四日上，大家一計議，都覺事有蹊蹺，只怕中途出了亂子。

潼關一帶佔碼頭的幫會是龍門幫，紅花會和他們素無交往，生怕余魚同著了他們的道兒，於是徐天宏拿了自己名帖，去拜訪龍門幫的龍頭大哥上官毅山。

上官毅山聽得徐天宏來訪，知他是紅花會七當家、江湖上有名的武諸葛，忙迎接出來。徐天宏說明來意。上官毅山道：「久慕貴會仁義包天，只是貴會一向在江南開山立櫃，無緣結交。要是早知貴會十四當家在黃河中坐船，一定好好接待。我馬上派人去查問。」當著徐天宏的面，立即派出八名弟兄出去，叫四人到河中查詢，四人沿黃河兩岸迎接下去，一見到余十四當家，馬上接待到潼關來。

徐天宏見他著力辦事，很講交情，不住道謝。上官毅山留他在家中居住，徐天宏一定不肯。下午上官毅山前來回拜。陳家洛怕驚動了人，都迴避不見，只徐天宏一人接待。

上官毅山當晚大排筵席，給徐天宏接風，遍邀當地武林豪傑作陪。潼關武林人士識得周仲英的人很多，聽說徐天宏是名震西北的鐵膽周之壻，更是傾心結納。有些人私下議論，武諸葛名聞江湖，那知竟是如此瘦弱矮小，眞是人不可以貌相。衆人見他談吐豪爽，很夠朋友，都生敬仰之心。

次日上午，上官毅山又到客店拜訪，說手下人並未找到余魚同，但得了一點線索：「據水路上弟兄報知，這幾日征西大軍趕運軍糧，黃河中封船，只怕余十四爺給糧運阻住了。」徐天宏稍覺放心，道了勞。

到得晚間，上官毅山又親來通知，說陸上弟兄報知，孟津大街的醉仙樓上，十天前曾有一個相貌怕人的秀才和人打架，把酒樓打得一塌胡塗。徐天宏驚道：「那就是余十四弟，後來怎樣？」上官毅山道：「兄弟派去查訪的人還沒回來，這是他叫人帶來的消息，詳細情形不大清楚。」徐天宏道：「上官大哥如此盡心，眞是感激萬分，兄弟給你引見幾位朋友。」於是到隔壁房裏把陳家洛、文泰來、駱冰、章進、周綺都請過來和他相見。

上官毅山欣喜異常，雙方互道仰慕。陳家洛道：「十四弟爲人精細，決不會使酒鬧事，他既跟人打架，定是遇上了仇家，咱們快去孟津。」文泰來道：「對，立刻就走。」

上官毅山道：「各位來到潼關，兄弟本應稍盡地主之誼，現今既有急事，兄弟隨伴各位同走一遭。」陳家洛見他重義，也不客氣推辭。上官毅山帶了兩名副手，衆人乘馬急奔孟津而去。

文泰來騎了白馬，越衆當先。衆人離孟津還有六十多里，文泰來已回頭迎上，說道：「我去醉仙樓打聽。酒保說確有這回事。和十四弟打架的是本地一個大紳士，叫甚麼孫大善人，還有幾個衙門裏的捕快。」上官毅山奇道：「孫大善人今年已六十多歲，不會武功，一向對人客客氣氣，怎會和他打架？」陳家洛道：「後來怎樣？」文泰來道：「後來的事那酒保吞吞吐吐的說不明白。」陳家洛道：「好，咱們快去。」

衆人催馬前行，到孟津後上官毅山到醉仙樓去找老闆。那老闆見是龍門幫的龍頭大哥，忙不迭的擺酒招待，絲毫不敢隱瞞，但所說也和文泰來打聽到的差不了多少。那老闆指著欄干和板壁上兵刃所砍痕跡，說是那天打鬥留下來的。

那日言伯乾要剜余魚同雙目，眼見他手指便將戳到，哈合台忽地伸手抓住言伯乾後心，猛力一拉，將他拉得退後了數尺。言伯乾大怒，左掌向後撩出，啪的一聲，擊在哈合台右腕之上。哈合台吃痛，疾忙放手。兩人各自縱出一步，拉開架式便要放對。滕一雷搶到兩人之間，銅人一擺，說道：「咱們好朋友莫傷了和氣。」

哈合台對言伯乾道：「你要報仇，等我們的事了結之後，你再去找他，我們誰也不幫。這時候你要胡來，那可不行。」滕一雷知道哈合台性情鯁直，說過了的話決不輕易變更，雖然這麼辦不甚妥當，但在外人面前，自己兄弟間不能爭辯，免得給人笑話，當下不作一聲。言伯乾情知用武不能取勝，氣忿忿的收了雙環，說道：「終有一日我取了他的雙眼給你瞧瞧。」哈合台道：「那很好，再見啦。」關東三魔押了余魚同便走。言伯乾給徒弟解開腿上被點穴道，心中很不服氣，遠遠跟在後面。

巳牌時分，滕一雷等到了孟津，上酒樓吃飯。那酒樓叫做「醉仙酒樓」。滕一雷要了酒菜，和余魚同同席而坐。剛吃了幾杯酒，只聽樓梯上腳步響，上來七八名捕快和一個衣飾考究的老人。那老人叫下不少酒菜，宴請捕快。捕快和酒保都叫他「孫老爺」，言下很是恭敬，看來這人是當地有面子的縉紳。

過了一會，又上來四人，哈合台倏然變色，原來言伯乾師徒竟也跟著到了。余魚同裝作不見，神色自若的飲酒。滕一雷對哈合台道：「老四，咱們到關內來是給老三報仇，你怎麼反而儘護著仇家，老三他們在九泉之下怕要怪你呢。」哈合台道：「我怎麼護著仇家？我不過見他是條漢子，不許別人胡亂作賤。倘若查明他眞是仇家，我首先就取他性命。」顧金標道：「這裏到杭州路遠著呢，他們……」說著向言伯乾等嘴一努：「又不死心，陰魂不散，讓他們剜了他眼睛就是，否則路上必出亂子。」哈合台只是不依，三人吵嚷了起來。

哈合台勢孤，一向又是聽大魔滕一雷指點慣了的，拗不過他們，氣忿忿的站起，道：「老大、老二，我先走一步，在杭州等你們。這個人的事我不管啦！」飯也不吃，大踏步下樓去了。顧金標伸手相拉，給他一摔手，險些跌了一交。哈合台自幼熟習蒙古摔跤之技，隨手一摔，都是勁道十足。

滕一雷道：「老二，莫理他，他是牛脾氣。你看住這個人。」顧金標拔出匕首，翻轉藏在腕底，低聲對余魚同道：「你要逃走，我先給你幾個透明窟窿。」余魚同置之不理。滕一雷走到言伯乾桌邊去打招呼、套交情。

余魚同見哈合台一去，知道禍在眉睫，望見言伯乾臉有喜色，自是滕一雷跟他說了，讓他來剜自己眼珠，一時焦急無計。這時酒保端上一大碗熱騰騰的黃河鯉魚羹，顧金標喝了一口，叫道：「老大，魚羹很鮮，快來喝吧。」余魚同伸出羹匙，也去舀羹，手伸近時突然在碗底一抄，把一碗熱羹劈面倒到顧金標臉上。

顧金標正在喜嘗魚羹美味，那知變起俄頃，一碗熱羹突然飛來，眼上鼻上全是羹湯，痛得哇哇亂叫。余魚同不等他定神，掀起桌子，碗筷菜餚全倒在他身上。顧金標睜不開眼，那能避讓。滕一雷和言伯乾等忙縱過救援。余魚同又掀翻一張桌子，阻住敵人來路，暗忖此時雖可脫逃，但逃不多遠，勢必又會給追上了，唯有覓地躲避，以待外援，鬧市之中，最穩妥的躲避處莫過於官家監獄。

酒樓上登時大亂，酒客紛向樓下奔跑。余魚同縱到那孫老爺面前，啪的一聲，結結實實打了他個巴掌。那孫老爺只覺眼前金星亂冒，坐倒在地。余魚同扯住他鬍子，提了起來，緊緊扭住。衆捕快大驚，奔上救護。余魚同抱住孫老爺不放，向滕一雷等招手道：「老大老二快來啊，我得手啦，你們快來把鷹爪孫趕開。」衆捕快聽得土匪要綁架孫大善人，抽出鐵鍊鋼刀，連叫：「好大的膽子！」向滕一雷等奔來。

這幾名捕快那在滕一雷心上，但孟津是大地方，跟捕快衙役一爭鬥，官兵馬上就到。滕一雷暗罵余魚同狡猾，踢倒一名捕快，拉了顧金標飛身下樓。言伯乾大叫：「咱們是官兵，來捉強盜的啊！」但混亂中又怎聽得清楚？轉眼間彭三春已打倒了一名捕快，其餘的連聲呼哨，招集同伴，遠處噹噹噹銅鑼響起，看來大隊援兵便要趕到。言伯乾喝道：「彭師弟，快走！」師徒四人衝下樓去，衆捕快怎攔得住，只用鐵鍊鎖住了余魚同一人。

言伯乾等一行四人逃出孟津，找了個荒僻地方休息。彭三春大罵余魚同詭計多端。言伯乾陰沉沉的道：「諒這小小孟津衙門，也不能庇護了他，咱們今晚就去劫獄，把這惡賊劫出來痛痛快快的折磨。」彭三春怕官，聽說要劫獄，很是躊躇，可是師兄的話又不敢違拗。到得三更，各人蒙起了臉，向孟津衙門奔來，彭三春落在後面，很不起勁。言伯乾知他甚是勉強，也不點破。將近官衙，忽見前面人影一晃，有人一掠而過。言伯乾見這人身手甚快，向徒弟叮囑：「小心！」忽然身後有人低呼：「是言兄麼？」言伯乾轉過身來，見是滕一雷和顧金標。滕一雷道：「大夥兒齊心來幹，那更好啦。」顧金標道：「咱們不能讓這臭賊痛痛快快的吃一刀就算，先得讓他多受點兒罪。」他臉上給燙起了無數熱泡，對余魚同可恨入了骨。當下六人越牆入內。

陳家洛和上官毅山細問醉仙樓的老闆，再也問不出甚麼了，只知那秀才後來給捕快鎖了去。陳家洛聽說余魚同被捕，便放了心，就算犯了死罪，官府公文來往，也得耽擱好久才會處決，於是和上官毅山去拜訪孫大善人。

孫大善人是當地首富，田莊、當鋪不計其數。他見上官毅山和一個自稱姓陸的公子來訪，心中嚇了一跳，打好了主意，如果龍門幫要錢，只好捨財消災。那知上官毅山寒暄了幾句之後，口風轉到那天在酒樓鬧事的秀才身上，孫大善人更是吃驚，連稱：「兄弟年紀這麼一大把，素來不敢得罪甚麼人，要是江湖上朋友們手頭不便，兄弟一向量力而為，決不敢小氣。」上官毅山道：「那位秀才相公和小弟有點淵源，不知為甚麼跟孫老爺打了起來。」孫大善人道：「我實在不知，看他們神色，似乎要綁架兄弟。」於是說了當時情形。

陳家洛暗忖：「十四弟怎會約人來綁架他，中間一定另有隱情。孟津幾名捕快，又怎能把十四弟逮去，難道此地另有能人？」於是對上官毅山道：「那麼請孫老爺引我們去監獄探探這個秀才。」孫大善人忙道：「這秀才當晚就給人劫出獄去，難道你們不知？」陳家洛更是奇怪，向上官毅山使個眼色，告辭出來，只見許多公差捕快喬裝改扮了，在孫宅前後保護。

上官毅山和陳家洛等來到孟津龍門幫頭目家裏，派人到衙門打聽，果然那秀才當晚便給人劫出，還傷了好幾名牢頭禁子。陳家洛雙眉深皺，和徐天宏琢磨了半天，絲毫尋不著頭緒。

晚飯後眾人到監獄附近踏勘，駱冰忽然一指牆腳，道：「瞧！」眾人一看，喜形於色。上官毅山卻莫名其妙。徐天宏道：「這是十四弟留下的記號，他說給仇人追逼，迫得向西逃避。」章進道：「甚麼仇人？定是纏著他的那個少年。」徐天宏道：「這少年的武功不及十四弟，局面不致如此緊急，料來另有別情。」文泰來道：「咱們快去。」

眾人向西尋去，到了郊外，在一株大樹腳邊記號又現，畫得潦草異常，顯得處境十分危急。眾人加緊腳步，在一條通到山中的岔路邊又見到了記號。

文泰來和章進當先奔馳入山，沿途只見所畫的記號愈來愈不成模樣，有時只是隨手一鉤一畫。轉了幾個彎，章進忽然咦的一聲，縱上前去，在一株小樹上拔下一枝竹箭。文泰來和徐天宏同時叫了出來。他二人久歷江湖，見多識廣，認得這是湖南辰州言家拳的獨門暗器。文泰來怒道：「原來追逼十四弟的是言伯乾這奸賊。」這時駱冰又從樹叢中發見了幾枝竹箭。周綺忽然驚呼一聲，指著地下。衆人看時，見是點點血跡。沿著血點追尋過去，撥開樹叢，忽見黑黝黝的一個山洞。山洞淺小，僅足容身，洞旁竹箭、鋼鏢、飛錐、小鋼叉等落了一大堆，想見余魚同那日受人圍攻時打得十分激烈。衆人甚是擔憂，不知他性命如何。

徐天宏和文泰來撿起暗器細看，鋼鏢和飛錐武林常見，瞧不出用者身分，發小鋼叉的人卻極少，不知是何等人物。從諸般暗器看來，圍攻余魚同的至少也有四五人。

那天滕一雷、顧金標、言伯乾等六人越牆入獄，想找獄卒逼問監禁余魚同的所在。宋天保忽然腳下一絆，險些跌了一交，俯身看時，見一人給反背綁在地下，忙提他起來，晃亮火摺，見是個身穿號衣的獄卒，口中塞著甚麼東西，眼睛骨碌碌的亂轉，說不出話來。言伯乾右手扠住他喉嚨，左手挖出他口中之物，卻是兩塊繡花手帕。言伯乾低喝：「今天抓來的秀才關在那裏？快說！你一叫就扠死你。」那獄卒嚇得不住發抖，說道：「在……在那邊第三……第三號牢房。」言伯乾懶得再綁他，手下使勁，獄卒頓時閉氣而死。滕一雷道：「快去，怕已有人先來劫獄。」

衆人趕到牢房，果然聽得有銼物之聲。顧金標晃亮火摺，見一個黑衣人蹲在余魚同身邊，顯是他朋友前來救人。余魚同見到火光，叫道：「有人來。」黑衣人並不理會，鉎得更急。滕一雷低喝：「是誰？」黑衣人突然躍起，回身劍出，這一劍又快又準，寒光閃處，劍鋒已及面門。滕一雷身子雖胖，動作卻極迅捷，右手銅人疾向劍刃壓下。黑衣人手上劇震，虎口發痛，知道對方力大異常，不敢戀戰，迴劍向覃天丞刺去。覃天丞急閃避讓，黑衣人已跳出牢房。言伯乾叫道：「別追，劫人要緊！」這麼一交手，滿牢獄卒都已驚醒，知道有人劫獄，登時大亂。滕一雷在牢門口一站，喝道：「你們快鉎，我在這裏抵擋。」言伯乾和顧金標各自拿出鐵鉎，同時使力，不一刻已把鎖住余魚同手腳的鐵鍊鉎斷。

言伯乾扣住余魚同脈門，和彭三春兩人合力將他抬出牢房。衙役軍士湧上來攔截，都被滕一雷揮銅人打傷。衆人見他猛惡，不敢近前，只在遠處吶喊。顧金標當先開路，宋天保、覃天丞斷後，擁著余魚同越牆而出。此時監獄外已有大隊軍士守候，刀槍並舉，圍了上來。顧金標、言伯乾、彭三春分頭迎敵，登時砍傷了幾名，官兵人衆，吶喊殺上。

混戰中突然牆角一條黑影飛出，奔到余魚同身邊。覃天丞過來攔阻，那人手一揚，覃天丞只感到胸口劇痛，已中了甚麼暗器，支持不住，蹲下地去。宋天保一呆間，那人已拉了余魚同逃走。宋天保大叫：「師父，那……那人逃啦！」

余魚同卻並不急奔，蹲在地下匆匆畫了些記號。言伯乾撲將過去，斜刺裏突然有劍刺到。言伯乾舉環鎖拿，那人劍法奇快，早已變招，拆不兩招，余魚同把一名軍官拉下馬來，躍上馬背，縱馬馳近，大叫一聲，向言伯乾迎面衝來。言伯乾向旁躍開，余魚同拉住使劍人的手，將那人提上馬背，兩人一騎，向西奔去。

這時滕一雷已翻出牆外，見余魚同逃走，暗罵言伯乾師徒無用，大叫：「快追！」彭三春和宋天保左右挾住了覃天丞，向余魚同馬後趕去。他們腳下甚快，奔出數里，已把官差拋在後面。衆官差眼見追不上，便收兵回去了。

滕一雷等趕了一陣，功夫便即分出高下，滕一雷遙遙在前，顧金標和他相距不遠，言伯乾卻已被拋在後面，彭三春等更加落後。滕一雷在遼東雖然養尊處優，功夫卻沒擱下，輕功著實了得。山路馳馬不便，余魚同的馬上騎了兩人，那馬又非良馬，追逐了一會，滕一雷越趕越近。黑暗中那馬突然踏入山道中一個小坑，左足跪了下去，頭一低，把余魚同拋下馬來。

余魚同一個觔斗，輕輕落下。馬上那人一提韁繩，那馬哀嘶一聲，竟沒站起，原來左腿脛骨已經折斷。那人見滕一雷追近，飛身下馬，和余魚同攜手穿入了樹叢。行不數步，見前面有個山洞，兩人躲了進去。

余魚同嘆道：「李師妹，又是你來救我。」

那黑衣人便是李沅芷。她跟隨紅花會人衆，忽然不見了余魚同，略一凝思，猜到他必是改走水路，便沿著黃河上溯尋訪。到得孟津，在茶館酒樓中聽得到處都談論醜臉秀才綁架孫大善人不遂之事，於是半夜裏前來劫獄，那名獄卒就是她綁住的。

李沅芷救出了余魚同，芳心喜慰，叫余魚同躺下養神，自己在洞口守禦。余魚同坐在地上，望著她俏生生的背影，感慨萬千，一陣寒風吹來，只見她微微顫抖，便脫下長袍，給她披在身上。李沅芷自識得這位師哥以來，這是他第一次對自己稍示憐惜之意，不由得回頭嫣然一笑，身上心頭，溫暖異常。

正要說話，忽然前面颼的一聲，一枝竹箭射了過來。余魚同見她沒察覺暗器襲到，忙伸手將她一推，左手接住竹箭，叫道：「留神暗器！」

話聲未畢，外面又擲了一塊飛蝗石進來。李沅芷閃身接住，只聽得外面喝罵：「奸賊，快滾出來，免得大爺動手。」同時幾個黑影迫近洞口。余魚同提起竹箭箭尾，用打甩手箭手法向黑影擲去。一人呼痛跳開，卻是彭三春胯上中箭。

滕一雷等以敵暗我明，不敢過份迫近，諸般暗器紛紛向洞裏擲去。余魚同和李沅芷縮在一邊，撿起落在洞內的飛鏢小叉，在敵人攻近時就還敬一枚。李沅芷靠在余魚同身上，雖然情勢危急，反覺實是生平未歷之佳境，山洞寒冷黑髒，洞外強敵環攻，然而提督府中的繡樓香閨卻無此溫馨。

余魚同低聲問道：「咱們怎生出去？」李沅芷笑道：「何必出去？反正他們又攻不

進來。」余魚同急道：「天明了怎麼辦？」李沅芷聽他語氣焦急，笑道：「好，我想法子……喂，暗器來啦！」余魚同向後急縮，一柄小鋼叉釘在腳邊地上。顧金標氣憤之極，兩柄小叉發出，使動鋼叉護住門面，搶到洞口。

李沅芷揚手發出三枚芙蓉金針。暗器細小，又在黑暗之中，本難閃避，但她發針手法未臻化境，顧金標總算及時發覺，猛一縮頭，兩針落空，只一針刺進頭髮，刺傷了頭皮。他頭頂刺痛，想到這類細微暗器多半帶有劇毒，心下大駭，疾忙跳開，拔下金針，亮火摺看時，見針尖之血並非黑色，知道無毒，這才放心。

滕一雷接過金針一看，氣得哇哇大叫，說道：「老三頭骨上釘的，不就是這等金針？原來害死他的便是這奸賊。」

那日焦文期給陸菲青以金針射瞎雙目，屍首過了幾年才給人在山谷中發現，其時面目早已腐壞，只從他兵器和衣飾上才認了出來，臉上肌肉爛去，露出幾枚金針牢牢的釘在頭骨之上。當日陸菲青以一把金針擲在焦文期臉上，大部分拔回，但深入肉裏的幾枚卻未起出。韓文沖信中曾詳述此事和金針形狀。豈知當時殺焦文期的固然不是余魚同，而今日射傷顧金標的也並不是這金笛秀才。

滕顧兩人憤怒異常，攻得更緊，但害怕金針厲害，不敢再竄近洞口。

李沅芷眼望洞外禦敵，說道：「你幹麼避開我？難道你見到我就討厭嗎？」余魚同道：「李師妹，你幹麼問這些話？咱們脫了險之後再說行不行？」李沅芷默然不語，過了一會，說道：「那時候你又要避開我了。」余魚同聽她語氣淒楚，心中一動，頗感歉疚。突然蓬的一聲，一個火把擲在洞口，余魚同一呆，火光中只見她俏臉含怨，淚珠瑩然，一張雪白的臉蛋映在艷紅的火光之下，更顯嬌艷。

李沅芷叫道：「他們要用煙薰。」她縱身出去想踏滅火把，敵人暗器紛紛攢擊，只得退回。不出她所料，言伯乾和宋天保果然割了不少草來，擲在火把上，濃煙升起，順風湧進山洞，把兩人薰得不住咳嗽。不久火光漸熄，煙卻越來越濃。

李沅芷知道在洞中無法再躭，說道：「你守住洞口。」把劍交給余魚同，退到他身後。余魚同聽到背後衣衫抖動之聲，不知她在幹甚麼，回頭一望。李沅芷忙叫：「回過頭去！」余魚同煙霧中見她在解外衣，大爲奇怪。這時他雙目被濃煙薰得不住流淚，強自撐住。

李沅芷走上前來，接過長劍，把一件長衣擲在他身上，說道：「快穿上。」余魚同想問。李沅芷連催：「快穿，快穿。」見他穿了，又把劍交給了他。

這時濃煙漸弱，又是一個火把擲了過來，這次的火把更旺，照得一片明亮。李沅芷道：「咱們分頭走，你千萬不可跟我。」不等余魚同回答，已空手縱出洞去。余魚同大驚，伸手急拉，卻沒拉住。

陳家洛走回湖邊，只見紅花樹下坐著一個白衣如雪的少女，長髮垂肩，正自慢慢梳理，見她赤了雙腳，臉上髮上都是水珠，肌膚勝玉，心道：「天下那有這樣的美女？」

第十三回　吐氣揚眉雷掌疾　驚才絕艷雪蓮馨

陳家洛等一行在山洞附近察看，又發見了煙薰火焚的痕跡，可是余魚同性命如何，去了何方，卻無絲毫端倪。文泰來憂心如焚，把幾枝竹箭在手中折成寸斷。駱冰道：「十四弟機警得很，打不過人家定會逃走，咱們相煩上官大哥多派弟兄在附近尋訪，必有頭緒。」上官毅山道：「文四奶奶說得對，咱們馬上回去。」

眾人回到孟津，上官毅山把當地龍門幫得力的弟兄都派了出去，叮囑如發見可疑眼生之人，立即回報。挨到初更時分，眾人勸文泰來安睡。徐天宏道：「四哥，你不吃飯，不睡覺，要是須得立即出去相救十四弟，怎有精神對敵？」文泰來皺眉道：「我如何睡得著？」又等了一會，上官毅山走進房來，搖頭道：「沒消息。」徐天宏道：「這幾天中可有甚麼特異事情？」上官毅山沉吟道：「只曾聽人說，西郊寶相寺這幾日有人去囉唆吵鬧，還說要放火燒寺。我想這事跟十四爺一定沒干係。」衆人心想，和尚與流氓爭鬧事屬尋常，無論如何牽扯不到余魚同身上。當下言定第二日分頭再訪。

文泰來在床上翻來覆去，想起余魚同幾次捨命相救的義氣，熱血上湧，怎能入夢？見身旁駱冰睡得甚沉，於是悄悄起身，開窗跳出房去，心想：「我到處瞎闖一番，也好過在房中睡不著焦躁。」展開輕功疾奔，不到半個時辰，已在孟津東南西北各處溜了一遍，鬱積稍舒，忽見黑影閃動，一個人影向西奔了下去。他精神一振，提氣疾追。

那人影奔跑一陣，輕輕拍掌，遠處有數人拍掌相應。文泰來見對方人衆，悄悄跟蹤。那人一路向西，不一刻已到郊外。四周地勢空曠，文泰來怕他發覺，遠離相隨，行了七八里，那人向一座山崗上走去，便跟著上山，望見山頂有座屋宇，料來那人定是向屋走去，於是不再跟隨，縮身樹叢，抬頭望時，不禁大失所望，原來那屋宇是座古廟，廟額匾上三個大字，朦朧微光中隱約可辨：「寶相寺」。

文泰來低呼：「倒霉！」跟了半天，跟的卻是要跟寺中和尚爲難的流氓。轉念一想，既然來了，便瞧瞧到底誰是誰非，要是有人恃強凌弱，不妨伸手打個抱不平，聊洩數日來胸中惡氣，當下溜到廟邊，越牆入內，從東邊窗內向大殿望去，見一個和尚跪在蒲團上虔誠禮佛。過了一會，那和尚慢慢站起，回過頭來，文泰來眼見之下，不由得驚喜交集。

當日滕一雷等見火光中一人穿著長衫、蒙了臉從洞中竄出，忙上前兜截。那人喝道：「金笛秀才在此，你們敢追來麼？」滕、顧、言三人對他都欲得之而甘心，不再去理會洞中那黑衣人，一齊急步追趕。滕一雷腳步最快，轉眼間已撲到那人身後，獨腳銅人前送，一招「毒龍出洞」，直向他後心點去。那人縱出一步，回手一揚，滕一雷急忙倒退，怕他金針厲害。那人其實是李沅芷，她披了余魚同的長衫，要引開敵人，好讓余魚同脫逃，手中扣了金針，敵人追近時便發針抵擋。滕一雷武功雖高，可是在黑暗之中，實在懼怕這無聲無影的細微暗器，只得遠遠跟住，卻也毫不放鬆，直追到孟津市上。相持了半夜，其時天色已明。李沅芷見一家客店正打開門板，便闖了進去。

店伴嚇了一跳，張口要問，李沅芷掏出一塊銀子往他手裏一塞，說道：「給我找一間房。」店伴手裏一掂，銀子總有三四兩重，便不多問，引她到了東廂一間空房裏。李沅芷道：「外面有幾個債主追著要債，你別說我在這裏。我只住一晚，多下來的錢都給你。」店伴大喜，笑道：「你老放心，打發債主，小的可是大行家。」

店伴剛帶上房門出去，滕一雷等已闖進店來，連問：「剛才進來的那個秀才住在那裏？咱們找他有事。」店伴道：「甚麼秀才？」言伯乾道：「剛才進來的那個。」店伴道：「大清早有甚麼人進來？你老人家眼花了吧。秀才是沒有，狀元、宰相倒有幾個在此。」

顧金標大怒，伸手便要打人。滕一雷忙把他拉開，悄聲道：「咱們昨晚剛劫了獄，這時風聲一定很緊，快別多事。」言伯乾對店伴道：「好，我們一間間房挨著瞧去，搜出來要你的好看。」店伴道：「啊喲，瞧你這副兇相，難道是皇親國戚？」這時掌櫃的也過來查問了。顧金標不去理他，一把推開，闖到北邊上房門前，砰的一聲，踢開房門。房內一個大胖子吃了一驚，赤條條的從被窩中跳了出來。顧金標一見不對，又去推第二間房的門。那大胖子滿口粗言穢語，顧金標的十八代祖宗自然是倒上了大霉。

客店中正自大亂，忽然東廂房門呀的一聲開了，一個美貌少女走了出來。言伯乾回頭一望，只覺這少女美秀異常，卻也不以爲意，仍是挨房尋查。李沅芷換了女裝，笑吟吟的走出房外，剛到街上，只見一隊捕快公差蜂擁而來，原來得到客店掌櫃的稟報，前來拿人了。

余魚同見勁敵已被引開，持劍出洞。彭三春和宋天保、覃天丞上前夾攻。余魚同展開柔雲劍術，三四招一攻，又把本已受傷的覃天丞左臂刺傷，乘空竄出。彭三春三節棍著地橫掃，余魚同身子縱起，三節棍從腳下掠過，忽然「啊喲」一聲，向前摔倒。彭三春和宋天保大喜，雙雙撲來，滿擬生擒活捉，不料想他突然回身，左手揚處，一大把灰土飛了過來，彭宋二人登時滿臉滿眼儘是塵沙。這些灰土就是他們燒草薰洞時留下來的。彭三春著地滾出數步，宋天保卻仍然站在當地，雙手在臉上亂擦。余魚同挺劍刺進他的左腿，轉身便走。

彭三春擦去眼中灰土，只見兩個師姪一個哼，一個哈，痛得蹲在地下，敵人卻已不知去向。彭三春又是氣惱，又是慚愧，給兩人包紮了傷口，叫他們在山洞中暫時休息，自己再出去追蹤，沿山道走了七八里路，卻遇見了言伯乾、滕一雷等人。哈合台又和他們在一起了，還多了一個不相識的，這人四十上下年紀，揹著個鐵琵琶，腳步矯健，看來武功甚精。

言伯乾見師弟在路上東張西望，神態狼狽，忙上前相問。彭三春含羞帶愧的說了，幸好滕一雷等三人也是一無所獲，大家半斤八兩。

回到山洞，言伯乾給彭三春引見了，那背負鐵琵琶之人便是韓文沖。他在杭州給紅花會擺佈得哭笑不得，心灰意懶，王維揚要他回鎮遠鏢局任事，他無論如何不肯，反勸總鏢頭及早收山。王維揚和張召重在獅子峯一戰，死裏逃生，心想此後幫紅花會固然不行，跟他們作對也是不妥，事在兩難，聽韓文沖一說，連聲道：「對，對！」便即北上，去收束鏢局。韓文沖自回洛陽，滿擬從此閉門家居，封刀退出武林，那知卻在道上遇見了正要上杭州去找他的哈合台。他不願再見武林朋友，低頭假裝不見，但他背上的鐵琵琶極是起眼，終於躲不開，給哈合台認了出來。

兩人在客店中一談，韓文沖把焦閻三魔送命的經過詳細說了，哈合台才知金笛秀才和紅花會果然不是他們仇人，他對余魚同很有好感，忙約韓文沖趕去解救。韓文沖不想再混入是非圈子，但哈合台說，只有他去解釋，滕顧兩人才不致跟余魚同為難，否則傷了此人，日後紅花會追究尋仇，他焉能置身事外？韓文沖一想不錯。兩人趕到孟津，正逢滕一雷等從客店中打退公差奔出。五人會合在一處，回頭來找山洞中的黑衣人。

余魚同逃離險地，心想仇人中三個好手都追李沅芷去了，她一個少年女子，如何抵擋，甚是憂急，一路尋找，不見影蹤，尋到孟津郊外，知道公門中識得自己的人多，不敢尋將下去，挨到晚上，闖到一家小客店歇了。這一晚又那裏睡得著？心下自責無情，李沅芷兩次相救，然而眼前心上，仍然儘是駱冰的聲音笑靨，遠遠聽得「的篤、的篤、鏜鏜」的打更聲，卻是已交二更天了。

正要矇矓合眼，忽然隔房「東弄」一響，有人輕彈琵琶。他雅好音律，側耳傾聽，琵琶聲輕柔宛轉，蕩人心魄，跟著一個女人聲音低低的唱起曲來：「多才惹得多愁，多情便有多憂，不重不輕證候，甘心消受，誰教你會風流？」

他心中思量著「多情便有多憂」這一句，不由得痴了。過了一會，歌聲隱約，隔房聽不清楚，只聽得幾句：「……美人皓如玉，轉眼歸黃土……」出神半晌，不由得怔怔的流下淚來，突然大叫一聲，越窗而出。

他在荒郊中狂奔一陣，漸漸的緩下了腳步，適才聽到的「美人皓如玉，轉眼歸黃土」那兩句，儘在耳邊縈繞不去，想起駱冰、李沅芷等人，這當兒固然是星眼流波，皓齒排玉，明艷非常，然而百年之後，豈不同是化為骷髏？現今為她們憂急傷心，再過一百年想來，眞是可笑之至了。言念及此，不禁心灰意懶，低頭亂走，見前面山腳下一顆大樹亭亭如蓋，過去坐在樹下休息一陣。連日驚恐奔波，這時已疲累非凡，靠在樹上，矇矇矓矓的便睡著了。

睡夢中忽聽得鐘聲鏜鏜，一驚而醒，一抽身邊金笛沒抽到，想起早已被顧金標搶去，不覺啞然。這時天已黎明，鐘聲悠長清越，隱隱傳來。他睡了半夜，精神已復，心想：「暮鼓晨鐘，眞是發人深省。」信步隨著鐘聲走去，原來是山崗上一所寺院中所發。依著山道上崗，見廟宇已頗殘破，匾額上寫著「寶相寺」三字。

走進大殿，見殿上一尊佛像，垂頭低眉，似憐世人愁苦無盡，心下感慨，只見四壁繪滿了壁畫，正待觀看，一個老和尚迎了出來，打個問訊，道：「居士光降小寺，可有事麼？」余魚同一怔，道：「在下到處遊山玩水，見寶刹十分清幽，想借住數日，納還香金，不知會打擾麼？」那老僧道：「小寺本為十方所捨，居士要住，請進來吧。」命知客僧接待到客房裏，素麵相待。

余魚同吃過麵後，又睡了兩個時辰。睡醒起來，紅日滿窗，已是正午，佛殿上傳來木魚之聲。出得房來，想下崗去找李沅芷，經過殿堂時見到壁畫，駐足略觀，見畫的是八位高僧出家的經過，一幅畫中題詞說道，這位高僧在酒樓上聽到一句曲詞，因而大徹大悟。余魚同不即往下看去，閉目凝思，那是一句甚麼曲詞，能有偌大力量？睜開眼來，見題詞中寫著七字：「你既無心我便休」。這七個字猶如當頭棒喝，耳中嗡嗡作響，登時便呆住了。

痴痴呆呆的回到客房，反來覆去的唸著「你既無心我便休」七字，一時似乎悟了，一時又迷糊起來。當日不飲不食，如癲如狂。知客僧來看了幾次，只道他病了，勸他早睡。余魚同睡在床上，聽寺外風聲如嘯、松濤似海，心中也像波浪般起伏不定，二十三年來往事，一幕幕湧上心頭，中秀才、殺仇人、走江湖、行俠仗義，不知經歷了多少危險，卻一直無憂無慮，逍遙自在，那知在太湖總舵中有一日斗然遇見了這個前生冤孽，從此丟不開、放不下，苦惱萬分。回想駱冰對待自己，何曾有過一絲一毫情意？你既無心，我應便休，然而豈能便休？豈能割捨？心緒煩躁，坐起來點亮了燈，見桌上有一部經書，乃是從天竺最早傳到中國的《四十二章經》。

隨手一翻，翻到了經中「樹下一宿」的故事，敘述天神獻了一個美麗異常的玉女給佛，佛說：「革囊衆穢，爾來何為？」看到這裏，胸口猶似受了重重一擊，登時神智全失。過了良久，才醒覺過來，心想：「佛見玉女，說她不過是皮囊中包了一堆污肉穢血，我何以又如此沉迷執著？」當下再不多想，衝出去叫醒老僧，求他剃度。

那老僧勸之再三，余魚同心意愈堅。老僧拗他不過，次日早晨只得集合僧眾，在佛前爲他剃度了，授以戒律，法名空色。

余魚同禮佛誦經，過了幾天清靜日子。這一日跪在佛前做早課，默念我佛慈悲，普渡眾生，心頭清涼明淨，眞似一塵不染。忽聽得背後一人說江湖黑話：「孟津周圍都找遍了，這合字在這裏又沒垛子窯，能扯到那裏去呢？」余魚同一驚：「這聲音好熟。」又聽得另一人陰森森的道：「就是把孟津翻個身，也要找到這小賊。」余魚同一咬牙，心道：「好，你們終究尋來了。」原來滕一雷和言伯乾等人這時已站在他的身後。

他一動不動，聽哈合台和顧金標在他背後激烈爭辯。哈合台力主即刻動身，到回部去找霍青桐報仇，顧金標不依，定要先找余魚同。不久聽得言伯乾詢問住持，有沒有一個醜臉秀才到寺裏來過。住持一呆，支吾其詞。言伯乾起了疑心，闖到後院各房中去搜查，在僧房中找到了李沅芷那件黑衫。

言伯乾立即變色，回出來嚴詞質問。住持說：「那秀才相公早已不在了，你們永遠找不到這秀才了。」余魚同站起身來，敲著木魚，慢慢走向後殿。言伯乾起了疑心，向宋天保一努嘴。宋天保會意，直跟進去，叫道：「喂，你那和尚，我有話說。」余魚同不理，腳下加快。宋天保追上去伸手抓他後心。余魚同身子一側，僧袍左袖揮起，拂向他臉。宋天保疾忙後退，只覺脅下奇痛，原來已被木魚槌重重戳了一記，叫道：「哎唷，好痛！」蹲下地來。余魚同唸道：「阿彌陀佛，痛是不痛，不痛是痛！」敲著木魚，走向後院去了。

言伯乾等聽木魚篤篤之聲漸遠，卻不見宋天保出來，忙撇下住持搶到後殿，見他坐在地上，愁眉苦臉的按住脅下。彭三春喝道：「坐在這裏幹甚麼？那和尚呢？」宋天保說不出話，滿頭大汗，向後面一指。彭三春和顧金標向後追去，除了廚下有個火工，此外不見有人。言伯乾拉起宋天保，看他脅下傷處，只見烏青了一塊，傷勢竟自不輕，忙問：「那和尚傷的？」宋天保點點頭。言伯乾又問：「那和尚是怎樣一個人？」宋天保張口結舌，說不出話來，他始終沒見到和尚一面。

這時滕一雷已把住持抓了進來，覺他手腳軟弱無力，知他不會武功，喝問：「剛才那和尚是那裏來的？」住持推說是外地來的掛單和尚，不知來歷。滕一雷等雖然疑心，但問了半天，問不出結果，只得罷了。言伯乾說要放火燒寺，那住持很有骨氣，並不畏懼。

滕一雷使個眼色，眾人退出寺去。滕一雷道：「這廟很有點古怪，咱們晚上來探。」眾人到附近鄉村中買些麵食吃了，晚上越牆進寺，窺探了一個多時辰，毫無動靜。第二天韓文沖力勸三人別跟紅花會尋仇，哈合台嚷著要到回部找霍青桐，顧金標卻記著潑羹之恨，又到寺裏跟住持爭執了一回，對哈合台道：「今晚如再找不到那惡和尚，明天一早就依你動身。」文泰來夜中所見到的黑影，便是滕一雷和言伯乾那批人。

文泰來見那和尚回過頭來，滿臉傷疤，竟是十四弟余魚同，又驚又喜：「他怎麼躲在此地，做了和尚？」心下大奇，且不招呼，縮在一旁觀看動靜。就在此時，蓬的一聲，殿門推倒，七八個人闖了進來，文泰來只識得言伯乾一人，想起這人在鐵膽莊捉拿自己，後來在涼州又對自己肆意侮辱，仇人一見，怒火上衝，暗道：「菩薩有靈，教這賊子今日撞在我手裏！」

滕一雷等奔進大殿，各舉兵刃，在余魚同身周圍住。那知他跪在佛像面前，對敵人毫不理會，雙手合十祝告：「弟子罪孽深重，招引邪魔外道，滋擾清淨佛地，我佛慈悲。」衆人見他如此，頗爲訝異。言伯乾一把抓住他右臂，喝道：「搗甚麼鬼，走吧！」

寺中住持和僧衆聞聲起來，見這干人手執明晃晃的兵器，猶似兇神惡煞一般，都躲在殿後，不敢出來。余魚同並不抵抗，跟著言伯乾便走。覃天丞搶到前面，拉開殿門。大門開處，只見一人默不作聲的擋在門口。衆人出其不意，都退後了一步，只見這人身穿灰布衫褲，腰中紮了一條布帶，圓睜雙眼，虎虎生威。

言伯乾認得他是文泰來，這一驚非同小可，此人越獄之事，他還未知曉，喝道：「你……你是奔雷……」話未說完，文泰來右掌已向他手腕擊下。這一招快得異乎尋常，言伯乾不及招架退縮，急忙鬆手，手腕已被拂中，余魚同也被他扯了過去。言伯乾跳出兩步，才覺到手腕上一陣劇痛，似乎骨頭都已斷了幾根。

滕一雷等七人都未見過文泰來，但見他手法快得出奇，不免心驚。滕一雷一擺銅人，站在門口，心想己方共有八人，有五人是江湖上一等一的好手，對方再厲害，也敵不過人多，搶在門口截攔，以防敵人逃走。

文泰來把余魚同拉過，一齊躍到殿左。余魚同叫道：「四哥，你……」文泰來道：「受傷了嗎？」余魚同道：「沒有。」文泰來道：「好，咱哥倆今日打個痛快。」余魚同未及回話，宋天保和覃天丞已各挺兵刃撲了上來。

文泰來一見二人身法，知是辰州言家拳一派中人，他本就嫉惡如仇，這幾個月來又遭到生平從所未有的屈辱，這時下手再不容情，身子一晃，已竄到了宋覃兩人背後。兩人兵刃尚未砸下，敵人忽已不見，正要收招轉身，後領已被抓住。彭三春站得最近，三節棍「毒蛇出洞」，向文泰來後心點來。文泰來雙手抓住兩人，陡然轉身，把兩人提著打了個圈子，大喝一聲，猶如晴空打了個霹靂。彭三春一驚，三節棍嗆啷啷一聲掉在地下。大喝聲中，文泰來雙臂平舉，用力合攏，覃宋兩人頭蓋碰頭蓋，砰的一聲，撞得血肉模糊，腦漿迸裂。

文泰來毫不停手，提起兩具屍體向敵人擲去，顧金標等躍開避過。言伯乾畢竟師徒關心，伸手接住了覃天丞，卻沒餘裕想到是具屍體。這只是剎那間之事，彭三春嚇得胡塗了，手足無措，既不拾棍，也不逃開。文泰來踏上一步，左手反手一拳，彭三春舉臂擋格，喀喇一聲，臂骨早斷。文泰來左手已順勢抓住他胸衣。彭三春情急拚命，飛起鴛鴦連環腿，向他胸口踢來。文泰來右手如風，一把抓住他左腳，左手推下，右手上舉，把他倒提起來。顧金標和言伯乾雙雙來救。文泰來又是猛喝一聲，雙手用力向地下打樁般錘落，彭三春頭蓋撞在佛殿的青石板上，焉得不碎？這兩招迅速已極，彭三春本來是連環雙腿，左腳踢出，右腳隨上，那知頭蓋撞破之後，右腳方才踢出。

奔雷手大展神威，頃刻間連斃三敵，眼見顧金標和言伯乾左右攻來，知道這兩人乃是勁敵，迥非適才三人可比，忽地後躍，順手舉起供桌上的大香爐，向顧金標猛擲過去。這香爐重達七八十斤，加上這急擲之勢，顧金標那裏敢接，忙斜身閃避。香爐勢挾勁風，直向滕一雷飛去。滕一雷被顧金標遮住目光，等他躍開時，香爐已到眼前。哈合台急叫：「老大，留神！」滕一雷不及避讓，提起獨腳銅人猛力砸開，砰的一聲大響，石香爐碎成數塊，石屑香灰四處亂飛。

這時言伯乾和文泰來已交上了手。余魚同搶起一個鼓槌，站在文泰來身後衛護。滕顧兩人臉上都被石屑擦傷數處。顧金標挺叉上前，正要加入戰團，文泰來身法如風，在言伯乾臉前虛晃一掌，倏地搶到了哈合台身邊。他觀看情勢，雖然已斃三人，仍是敵衆我寡，而且其餘五人武功似乎均非泛泛，必須出其不意再傷數人，才能取勝。他見哈合台與韓文沖兩人站得較遠，突然縱身過去，發掌打向哈合台後心。

哈合台矮身讓開了這掌，反手勾拿敵腕。文泰來見他手法快捷，「咦」了一聲，左掌橫過他面門，斜擊對方項頸。哈合台又是一低頭，伸手抓他手腕。文泰來見他每招出手都是擒拿手，可是手法甚怪，頗感驚奇。

哈合台和文泰來拆了兩招，兩次都沒勾住他手腕，這本是他百不失一的絕技，心中一驚，蓬的一聲，背上已中了一掌。文泰來見這一掌居然沒能將他打倒，更是驚奇，卻不知哈合台雖在遼東多年，仍是依照蒙古人習俗，穿著牛皮背心。

這一掌如中敗革，文泰來還道他練有奇特功夫，哈合台卻也一直痛到了前心，突往地下一坐，伸臂來抓文泰來腰側。文泰來右掌翻過，「電母照鏡」，橫擊對方臉頰。哈合台一側頭，已抓住他右腕，抬手把他甩起，正要擲向地下，忽然手腕一麻，半身酸軟。

余魚同見文泰來遭危，大驚上來搶救，剛縱出一步，忽見文泰來落在地上，已把哈合台夾在腋下，原來文泰來順手點中了他的穴道，反手擒住，雙手一送，將他直摜了出去。余魚同急叫：「四哥，那是朋友！」哈合台頭前腳下，平平向巨鐘撞去。滕一雷和顧金標站在門口，搶來相救已然不及。

文泰來聽余魚同一叫，倏然如箭般撲將上去，去勢竟比哈合台飛身撞出更快，便在千鈞一髮之際，伸手抓住他右足皮靴，硬生生的抓了回來，左掌在他「肩井穴」一拍一揉，拉起站立，說道：「啊，是朋友，對不住。」哈合台死逃生，怔怔的站在當地。滕一雷和顧金標突見文泰來救了盟弟性命，本來雙雙撲上拚命，忽地收住，滕一雷把哈合台扶在一旁。

余魚同叫道：「小心後面！」文泰來猛覺腦後風生，回身一個掃堂腿，不避不讓，先踢敵人。言伯乾雙手鋼環叮噹一碰，和身躍起，右環護身，左環平身，掃向文泰來腰骨，將要掃到，忽地收住，右環斗然發了出去。文泰來大喝一聲，伸手奪環。

這次仇人相見，不見死活不收手，佛殿中燈火黯淡，如來佛俯首低眉，望著座前兩人狠惡拚鬥。余魚同靠在佛像一旁，滕一雷、顧金標、哈合台、韓文沖四人站在門口，面向殿裏。大殿上橫著三具屍首，都是頭蓋破裂，血肉模糊。言伯乾見滕一雷等居然並不上前相助，心中憤怒異常，把雙環使得呼呼風響。

他拳法上固有獨得之秘，在這對雙環上也是下了數十年苦功。文泰來和他拆了十餘招，見他攻守嚴密，動作迅捷，頗有法度，猛喝一聲，雙掌翻飛，拳法已變。每一拳掌之出都是猛喝一聲，或先呼喝而掌隨至，或拳先出而聲後發，或拳聲齊作，或有聲無拳，喝聲和掌法拳招搓揉一起，身法愈快，喝聲愈響，神威逼人，言伯乾漸見不支。

文泰來這路「霹靂掌」的掌風喝聲之中，隱隱蓄有風雷之勢。言伯乾支撐到此刻，已是全身大汗淋漓，雙臂發麻，雙環交叉，退後一步，他知文泰來必定搶攻，果然對方毫不放鬆，踏步發掌。言伯乾雙環「白燕剪尾」，右環本來在左，左環本來在右，這時驀地向兩旁豁開，眼見敵人一條前臂便要被雙環砸斷。那知文泰來將計就計，伸掌直按向他胸前。言伯乾知道這一掌如被按上了不死也傷，只得回過左環，擋在胸前，右環反砸敵肩。文泰來大喝一聲，五指彎轉，已抓住鋼環，跟著飛快繞到敵人身後。言伯乾呆得一呆，右環也已被抓住。文泰來用力扳轉，言伯乾雙手彎了過來，如不放手，雙手立斷，只得鬆了十指，一對鋼環已落入對方手中，疾忙向前縱出三步，方才回身。

文泰來喝道：「還你的！」雙環向他擲去。這一下勁道大得出奇，言伯乾雖見兵刃飛回，然而耳聽風聲勁急，鋼環來勢凌厲，若是伸手去接，手指非折斷不可，忙向右閃避，噹噹兩聲大響，雙環嵌入了巨鐘。滕一雷、顧金標等不自禁的同聲喝采。

言伯乾忽然兩目上翻，雙臂平舉，僵直了身子，一跳一跳的縱躍過來，行動儼如僵屍。這是言家拳中的一路奇門武功，混合了辰州祝由科的懾心術而成。他雙目如電，勾魂懾魄的射向敵人，兩臂直上直下的亂打，膝頭雖不彎曲，縱跳卻極靈便。文泰來和他目光甫接，機伶伶的打個冷戰，心中一震，急忙轉頭，展開霹靂掌，接戰他這江湖上罕見的「僵屍拳」，又拆了十餘招，大聲猛喝，突然跳開。

言伯乾兩眼發直，如同醉酒，身子不住搖晃，忽然流下淚來。衆人正感奇怪，他「哇」的一聲，大股鮮血從口中直噴而出，身子僵直，站著絲毫不動。

衆人見他如此陰森可怖，均覺有一陣寒氣迫人而來。文泰來見他流淚吐血，也就不再追迫。余魚同道：「禍福無門，唯人自召，你去吧！」言伯乾雙目直視，絲毫不動。

韓文沖道：「言大哥，咱們走吧！」見他不動，拉他一把，不料言伯乾應手而倒，摸他身子，早已氣絕多時了。他前腦後背連接被文泰來擊中兩掌，已然震死。

韓文沖嘆了一口氣，向文泰來拱手道：「這位是奔雷手文四爺？」文泰來點了點頭。韓文沖道：「兄弟韓文沖。」文泰來知道他是鎮遠鏢局的人，又點了點頭。以前率人到鐵膽莊來拿他的，是鎮遠鏢局的童兆和，可是這次在杭州獅子峯鬥張召重，他鏢局又和紅花會聯手，因此這人可說是介於友敵之間。韓文沖指著滕一雷等三人，說了姓名，相互點了點頭，都不說話。韓文沖道：「他們三位過去對紅花會有點誤會，現下已由兄弟分說明白了。」他見文泰來冷冷的，知他心中對鎮遠鏢局尚有餘怒，說道：「告辭了。」拱手為禮，轉身出寺。關東三魔也跟著走出殿去。

文泰來見顧金標轉過身來，背後腰裏插著余魚同那枝金笛，走上兩步，叫道：「顧老哥，把我兄弟的兵器留下吧。」顧金標停步轉身，怒道：「好，他有本事，自己來取。」他武功頗非泛泛，十餘年來縱橫遼東，殺人越貨，罕逢敵手，除了對老大滕一雷稍有忌憚外，誰都沒放在眼裏，對余魚同的沸羹潑面之辱，更是恨得牙癢癢地，適才見了文泰來的神威，自知非敵，不敢生事，但他既惹到自己頭上，卻也不肯示弱，就此將金笛乖乖的送上，當下抖動虎叉，準備迎敵。文泰來伸手就來奪他虎叉。

兩人正要廝拚，余魚同突然躍出，說道：「四哥，小弟已經出家，這笛子用不著了，讓顧大哥帶去吧。」文泰來見他這麼說，倒也不便再代他出頭，哼了一聲，讓開了兩步。顧金標收起虎叉，躍出殿外。

滕一雷心想：「這姓文的好橫，你武功雖好，難道我們就懼怕於你？不如顯上一手，也好教你知道厲害。」這時三人已走到外殿，見韋護手執降魔寶杵，站在正中，神像前點著油燈，四大金剛坐在兩旁。滕一雷躍上神座，運起功力，把每個神像都搖晃了一會，喝道：「走吧！」

文泰來和余魚同聽得殿外格格聲響，奔出來看，猛見五個神像似乎活了一般，一一撲將下來。這時回身已然不及，文泰來暗叫：「不好！」抓住余魚同左臂，使開「瞬息千里」輕身功夫，躍出山門。腳未落地，已聽得殿裏蓬蓬蓬幾聲巨響，煙霧瀰漫，塵土飛揚，幾尊神像跌得粉碎。四大金剛又大又重，跌下來聲勢十分猛惡。文泰來大怒，拔步追出。余魚同道：「四哥，今晚殺了四人，已經夠啦！」文泰來一怔停步，問道：「你怎麼做了和尚？」

滕一雷弄倒神像，卻也怕文泰來趕來尋釁，和顧金標等疾向山下奔去。顧金標忽覺後腰一動，伸手一摸，金笛已然不見，大駭之下，「咦」的一聲驚呼。滕一雷等停步詢問。顧金標又驚又怒，罵道：「操他奶奶雄，這姓文的像鬼一樣，把金笛偷去啦。」四人明明瞧見文泰來和余魚同從殿裏奔出，相距甚遠，怎麼轉眼之間便能趕上來搶回金笛，身法之快，令人不寒而慄。哈合台道：「老二，別罵啦，要是他不拿金笛，給你背上一掌，你還有命嗎？」顧金標心想文泰來確是手下留情，也就不言語了。

四人商量著到回部去找霍青桐，給閻世魁等報仇。韓文沖一定不肯同去，三人不便勉強，到了孟津就此分手。韓文沖回到洛陽隱居，閉門靜彈琵琶，甚麼「平沙落雁」、「昭君出塞」，彈個不亦樂乎，從此不涉江湖，終於得享天年。

余魚同聽文泰來問他出家原因，嘆了口氣，說道：「四哥，我對你不住，你肯原諒我嗎？」文泰來道：「咱們是好兄弟，別說你沒甚麼對我不起，就是有，那也是無心之過，我怎會介意？」余魚同道：「這不是無心之故，乃是有意的忘恩負義。」文泰來微微一笑，道：「你捨命救我，非止一次，若說對我無義，有誰能信？」月光下見他身披袈裟，面目毀傷，又怎是昔日那個英俊少年，不由得一陣心酸，輕撫他肩頭，說道：「十四弟，咱們是生死骨肉的交情。過去你少年人一時胡塗，四哥從來不放在心上，何必如此心灰意懶？」

余魚同自從父母被害，流落江湖，以往紅花會衆兄弟間雖然交情都好，但從沒人如此眞如親哥哥般對他說話，不覺動情，但轉念一想，我既已出家，一切情絲俗緣都要斬斷，於是硬起心腸，冷冷的道：「四哥，你請回去吧。以後咱們不一定有再見之日。我叫空色，你別再叫我十四弟啦。」說罷突然轉身進寺。

文泰來呆了半晌，看他神情，知道再勸也是無用，雖然掌斃強敵，得報深仇，然見余魚同如此，心情甚是悶鬱，不由得長嘆一聲，悄回孟津。

余魚同回入寺中，只見滿殿佛像碎片，四具屍體橫臥就地。他跪在殘破的佛像之前，深切懺悔，忽聽得輕輕的噹啷一響，抬起頭來，自己那枝金笛竟便在面前閃閃生光。他吃了一驚，回過頭來，只見李沅芷站在身後。這時她穿了女裝，燈光下越顯嫵媚，只是滿臉幽怨。余魚同合十打了一躬，並不作聲。李沅芷見他如此忍心，欲言又止，再也忍不住，坐在地下掩面哭了出來。

文泰來回到客店，駱冰已穿好衣服，帶了兵刃，正要出外尋他，見他回來，心中大喜，怪道：「怎麼悄悄一個人出去，也不叫人家一聲。」文泰來道：「誰叫你睡得這樣沉？那一天讓人綁了去，怕還睡得不知道呢。」駱冰笑道：「那最好，也好讓你嚐嚐著急的滋味。」見丈夫神色淒然，忙問：「怎麼啦？」文泰來道：「我見到了十四弟，他做了和尙。」駱冰一怔。文泰來道：「咱們見總舵主去。」叫醒了陳家洛、徐天宏等人，述說經過，章進第一個忍不住，跳起身來。衆人忙奔寶相寺而去。

到得寺中，只見空盪盪的已無一人，想是寺僧見衆人惡鬥兇殺，嚇得逃走了還沒敢回來。駱冰見佛像前供桌上壓著一張字條，取在手中，衆人圍攏來看，見字條上寫道：「總舵主暨各位哥哥英鑒：小弟罪孽深重，出家懺悔，以了塵緣，望各位努力大事，以成不世功業，小弟日夕在佛前爲此禱告。小弟現出外募化，重修佛像金身，或數月之後，方能歸也。關東三魔已首途回部，尋翠羽黃衫去矣，務請設法攔阻爲要。小弟魚同頓首再拜」

衆人看了都很傷感，駱冰心中更是說不出的滋味。章進怒道：「出甚麼屁家？咱們把這廟放火燒了，瞧他還做不做成和尙？」說著拿了燭台，就要去放火，駱冰連忙喝止。

徐天宏道：「我看十四弟凡心未斷，未必能做一輩子和尙。」文泰來忙問：「怎見得？」徐天宏道：「第一、他還掛念咱們的大事。第二、他要募化重修佛像，但他素來心高氣傲，不屑求人，要他募化，那能成功？我瞧他勢必仍用老法子，要去劫盜為富不仁的大戶。」說到這裏，衆人都笑了起來。陳家洛笑道：「那還像甚麼和尚？」徐天宏道：「他連翠羽黃衫都還放心不下，只怕做和尚很難。這字條上署的是他本名，不寫和尚法名。看來他對自己的和尚身分也不怎麼在乎。」衆人聽他一說，都覺有理，也就寬懷。

文泰來道：「這關東三魔武功很強，不知那翠羽黃衫能敵得住嗎？」徐天宏道：「我們曾見霍青桐姑娘跟六魔閻世章相鬥，霍姑娘稍勝他一籌。不過若非總舵主出手相救，只怕也已遭了他的毒手。」文泰來道：「那不成，這大魔滕一雷力氣大得異乎尋常，甚是了得。」徐天宏道：「那麼咱們趕快動身去回部，路上把三魔截住。等咱們辦完正事，再回來勸十四弟吧。」衆人都說不錯。

衆人回到孟津，天已發白，便到酒樓去吃麵喝酒。

徐天宏道：「三魔既已動身，咱們最好有人騎四嫂的白馬趕過頭去。眼下回部軍情緊迫，木卓倫老英雄他們正忙於應付，別讓翠羽黃衫冷不防的給三魔打個措手不及。」陳家洛心想此言甚是，皺眉不語。

章進道：「那我先去吧，你們隨後來。」徐天宏道：「你性子急，別途中惹事，誤了大事。」章進道：「我不惹事就是。」駱冰明白徐天宏的意思，說道：「你不懂回語，途中好生不便，眼下到處有戰事，別讓回人們起了誤會。」座中只有陳家洛和心硯兩人在回疆住過十年之久，精通回語，駱冰這句話明明是要他們去了。陳家洛仍是不語。心硯道：「少爺，那麼我先走吧。」徐天宏道：「總舵主，我瞧你還是先走最妥。你懂回語，功夫又好，關東三魔跟你沒朝過相，就是狹路相逢，動手不動手都不打緊。你趕到之後，要是兆惠仍不停手，你還可以幫他們出些主意。」陳家洛沉吟半晌，說道：「好吧！」吃過麵後，謝了上官毅山，和眾人作別，跨上駱冰的白馬，向西馳去。

陳家洛得知關東三魔要去找霍青桐報仇，甚是關切，翠羽黃衫的背影在大漠塵沙中逐漸隱沒的情景，當即襲上心頭。但想到那姓李少年和她親密異常的模樣，雖看出那少年似是女扮男裝，但這人容貌秀美，倒似做戲的小旦兒一般，心中瞧他不起，而霍青桐英氣逼人，又似渾不將自己一個紅花會總舵主瞧在眼裏，雖蒙贈以短劍，心中醋意萌生，總覺難以親近，每當念及，往往當她是個英俠好友，卻難生兒女柔情。

白馬腳程好快，只覺耳旁風生，山崗樹木如飛般在身旁掠過。到得午間，已奔出二百多里，自必早把關東三魔遠遠拋在後面。打過尖後，縱馬又馳，心想今日再奔跑一日，關東三魔永遠別想再趕得上，晚間在客店中歇宿時，已全然放心。

不一日已到肅州，登上嘉峪關頭，倚樓縱目，只見長城環抱，控扼大荒，蜿蜒如線，俯視城方如斗，心中頗為感慨，出得關來，也照例取石向城牆投擲。關外風沙險惡，旅途艱危，相傳出關時取石投擲城牆，便可生還關內。行不數里，但見煙塵滾滾，日色昏黃，只聽得駱駝背上有人唱道：「一過嘉峪關，兩眼淚不乾，前邊是戈壁，後面是沙灘。」歌聲蒼涼，遠播四野。

一路曉行夜宿，過玉門、安西後，沙漠由淺黃逐漸變為深黃，再由深黃漸轉灰黑，便近戈壁邊緣了。這一帶更無人煙，一望無垠，廣漠無際，那白馬到了用武之地，精神振奮，發力奔跑，不久遠處出現了一抹崗巒。

轉眼之間，石壁越來越近，一字排開，直伸出去，山石間雲霧瀰漫，似乎其中別有天地。再奔近時，忽覺峭壁中間露出一條縫來，白馬沿山道直奔了進去，那便是甘肅和回疆之間的交通孔道星星峽。峽內兩旁石壁峨然筆立，有如用刀削成，抬頭望天，只覺天色又藍又亮，宛如潛在海底仰望一般。若在夜晚，抬頭唯見星星，星星峽之名當由此而來。峽內岩石全係深黑，烏光發亮。道路彎來彎去，曲折異常。這時已入冬季，峽內初有積雪，黑白相映，蔚為奇觀，心想：「這峽內形勢如此險峻，用兵西攻，殊為不易。」當年陳家洛初來回疆，年紀尚幼，雖見奇景，並未多加留神。

過了星星峽，在一所小屋中宿歇一晚。次日又行，兩旁仍是綿亙的黑色山崗。奔馳了幾個時辰，已到大戈壁上。戈壁平坦，猶如一面大黑鏡，和沙漠上的沙丘起伏全然不同，凝眸遠眺，只覺天地相接，萬籟無聲，宇宙間似乎唯有他一人一騎。他雖武藝高強，身當此境，不禁也生慄慄之感，頓覺大千無限，一己渺小異常。

到哈密城後，心想軍情緊急，對外來旅客盤查必嚴，於是繞過城市，逕到城西的二堡。次日起來，尋思一過二堡向西，就要打聽霍青桐的所在了，自己是漢人，只怕回人疑心自己是奸細，如何取得他們信任，倒要費一番周折，還是換了回人裝束較好，於是在二堡買了回人戴的繡花小帽、皮靴和條紋衣衫，到曠野中換了，把原來衣服埋在沙中。臨溪一照，宛然是個回族少年，自覺有趣，不禁失笑。

可是一路之上，竟沒遇到一個回人。沿途回人聚集的村落市集都已燒成白地，自是兆惠大軍幹的好事，所有回人必定都已逃入沙漠腹地。不由得著急起來，在這無邊無際的大漠之上，卻到那裏去找霍青桐？心想如沿大路尋訪，只怕再也找不到一人，於是折而向南，儘往偏僻山地中亂走。回疆本就荒涼，不循大路，更是難遇人煙，向南走了三天，乾糧吃完，幸好不久便打死了一隻黃羊。

又走了兩日，途中見到幾個牧人，一問之下，卻都是哈薩克族人。他們只知滿清大軍來了之後，回部大隊人衆都往西退走，卻不知退往何處。

徬徨無計，只得縱馬向西，信蹄所之，不加控馭，每天奔馳三四百里。如此走了四日，眼見皆是黃沙，天色濛暗，不知盡頭。

這日天氣忽然熱了起來，大漠之中氣候變化劇烈，往往一日之內數歷寒暑。本來水囊中的水都結了薄冰，這時卻越走越熱，烈日當空，人馬身上都是汗水，他想找個陰涼所在休息，四顧茫茫，盡是沙丘，只得馳到一個大沙丘的背日處，打開水袋喝了三口，也讓白馬喝了三口，雖然奇渴難當，卻不敢多喝，只怕附近找不到水源，喝光了水那可是死路一條。

人馬休息了一個時辰，上馬又行。正走得昏昏沉沉、人困馬乏之時，忽然白馬仰起頭來，向天空嗅了幾嗅，振鬣長嘶，轉過身來，向南奔馳，陳家洛知道此馬頗具靈性，便也由牠。奔不多時，沙丘間忽然出現了稀稀落落的鐵草，再奔一陣，地下青草漸多。陳家洛知道前面必有水源，心中大喜。那白馬這時精神大振，四蹄如飛。不一會，已聽得淙淙水聲。

轉眼之間，面前出現一條小溪，白馬奔到溪邊，陳家洛跳下馬來，見水清見底，撫摸馬背，笑道：「多虧你找到這條小溪，咱們一起喝吧！」俯身溪邊，掬了一口水喝下，只覺一陣清涼，直透心肺。那水甘美之中還帶有微微香氣，想必出自一處絕佳的泉水。溪水中無數小塊碎冰互相撞擊，發出清脆聲音，叮叮咚咚，宛如仙樂。那馬喝了幾口水後，長嘶一聲，跳躍了數下，也是說不出的歡喜。

陳家洛飲足溪水，心曠神怡，胸襟爽朗，回顧身上滿是沙塵，於是捲起褲腳，踏入水中，把頭臉手腳洗了個乾淨，再把馬牽過，給牠洗刷一遍。然後在兩隻皮袋中裝滿了水。冰塊閃耀之中，忽見夾雜有花瓣飄流，溪水芳香，當是上游有花之故，心想：「沿溪上溯，或許遇得到人，能問到霍青桐的行蹤。」於是騎上了馬，沿溪水向上游行去。

漸行溪流漸大。沙漠中的河流大都上游水大，到下游時水流逐漸被沙漠吸乾，終於消失。他久住回疆，也不以爲奇。縱馬急馳了一陣，地勢漸高，進入丘陵，溪水轉彎繞過一塊高地，忽然眼前一片銀瀑，水聲轟轟不絕，匹練自一座山峯瀉下，飛珠濺玉，蔚爲奇觀。

在這荒涼的大漠之中突然見此美景，不覺身神俱爽，好奇心起，想看看瀑布之上更有甚麼景色，牽馬從西面繞道而上。轉了幾個彎，從一排參天青松中穿了出去，登時驚得呆了。

眼前一片大湖，湖的南端又是一條大瀑布，水花四濺，日光映照，現出一條彩虹，湖周花樹參差，雜花紅白相間，倒映在碧綠的湖水之中，奇麗莫名。遠處是大片青草平原，無邊無際的延伸出去，與天相接，草地上幾百隻白羊在奔跑吃草。草原西端一座高山參天而起，聳入雲霄，從山腰起全是皚皚白雪，山腰以下卻生滿蒼翠樹木。

他一時口呆目瞪，心搖神馳。只聽樹上小鳥鳴啾，湖中冰塊撞擊，與瀑布聲交織成一片樂音。凝望湖面，忽見湖水中微微起了一點漪漣，一隻潔白如玉的手臂從湖中伸了上來，接著一個濕淋淋的頭從水中鑽出，一轉頭，看見了他，一聲驚叫，又鑽入水中。

就在這一剎那，陳家洛已看清楚是個明艷絕倫、秀美之極的少女，心中一驚：「難道眞有山精水怪不成？」摸出三粒圍棋子扣在手中。

只見湖面一條水線向東伸去，忽喇一聲，那少女的頭在花樹叢中鑽了起來，青翠的樹木空隙之間，露出皓如白雪的肌膚，漆黑的長髮散在湖面，一雙像天上星星那麼亮的眼睛凝望過來。這時他那裏還當她是妖精，心想凡人必無如此之美，不是水神，便是天仙了，只聽一個清脆的聲音問道：「你是誰？到這裏來幹麼？」

說的是回語，陳家洛雖然聽見，卻似乎不懂，怔怔的沒作聲，一時縹緲恍惚，如夢如醉。那聲音又道：「你走開，讓我穿衣服！」陳家洛臉上一陣發燒，疾忙轉身，竄入林中。

他坐在地下，心中突突發跳，暗想：「難道這只是個尋常的回人少女？她裸著身子在湖中洗澡，我居然看見了還不避開，咳，眞是不該。」他十分不好意思，就想馬上逃開，但想好容易見到了人，怎不問問她霍青桐的信息，一時委決不下。忽然湖那邊傳來了嬌柔清亮的歌聲：

「過路的大哥你回來，

為甚麼口不開？逃得快？

人家洗澡你來偷看，
我問你喲，
這樣的大膽該不該？」
歌聲輕快活潑，想見唱歌的人頰邊含有笑意。
陳家洛聽她歌中含意嘲弄多於責怪，於是慢慢走回湖邊，緩緩抬頭，只見湖邊紅花樹下，坐著一個全身白衣如雪的少女，長髮垂肩，正拿著一把梳子慢慢梳理。她赤了雙腳，臉上髮上都是水珠。陳家洛一見她如明珠、似美玉的容顏，一顆心又是怦怦而跳，暗想：「天下那有這樣的美女？」只見她舒雅自在的坐在湖邊，明艷聖潔，幾乎不信是凡人，白衣倒映水中，落花一瓣一瓣的掉在她頭上、衣上、影子上。他平時瀟洒自如，這時竟吶吶的說不出話來。
那少女向他嫣然一笑，招手要他走近。陳家洛用回語說道：「在下路過此地，天熱口渴，忽然遇到這條清涼的溪水，找到了這裏。不料無意沖撞了姑娘，實是無心之過，還請原諒。」說著躬身深深行了一禮。那少女見他說得斯文，又是一笑，唱了起來：
「過路的大哥那裏來？
你過了多少沙漠多少山？
你是大草原上牧牛羊？

還是趕了駝馬做買賣？」

陳家洛知道回人喜愛唱歌，平時說話對答，常以歌唱代替，出口成韻，風致天然，自己雖在大漠多年，但每日勤練武功，卻沒學到這項本事。他不知這少女的來歷，不願把自己的事據實以告，說道：「我從東邊來，原是在關內趕駱駝做生意的，現今有件要事，要找一個人，要向姑娘打聽。」

那少女見他不會唱歌，微微一笑，也就不唱了，問道：「你叫甚麼名字？」陳家洛道：「我叫阿密特。」那是回人最常用的男人名字。那少女笑道：「好吧，那麼我叫愛西翰。」那也是回人女子中最多用的名字，有如漢人的芬芳貞淑之類。

那少女又道：「你要找誰？」陳家洛道：「我要找木卓倫老英雄。」那少女微微一怔，說道：「你識得他麼？找他有甚麼事？」陳家洛道：「我識得他。我還識得他的兒子霍阿伊和女兒霍青桐。」

那少女道：「你在那裏見過他們？」陳家洛道：「他們到中原去奪還聖經，我剛巧遇著。」那少女道：「這就是了，你坐下吧，我去拿點東西給你吃。」她赤著雙腳，奔進樹叢中，不一會拿來一個碧綠的哈密瓜，一大碗馬乳酒，遞給了他。陳家洛謝了，先喝一口馬乳酒，甚覺甘美。那少女又遞給他一把小銀刀，剖開瓜來，瓜肉如黃色緞子一般，咬了一口，香甜爽脆，汁液勝蜜。

那少女問道：「你找木卓倫老爺子有甚麼事？」陳家洛聽她語氣，對木卓倫很是尊敬，問道：「木卓倫老英雄是姑娘一族的麼？」那少女點點頭。陳家洛道：「他們在奪還聖經時殺了幾名鏢師，現今鏢師的朋友要來找霍青桐姑娘報仇。我得知訊息，趕來報信，好教他們防備。」

那少女本來一直笑口吟吟，聽了這話，登現關懷之色，忙問：「來報仇的人很厲害麼？人很多麼？」陳家洛道：「人倒不多，不過武藝很好。但咱們只要事先有備，也不必怕。」那少女放了心，笑道：「那麼我馬上領你去，路上得走好幾天呢。」她一面梳髮結辮，一面道：「滿清大軍無緣無故的來打我們，男人都打仗去啦，我和姊妹們在這裏瞧著牲口。天氣熱，我下湖洗澡，那想到這裏還有你這個男人躲著。」陳家洛見她說話時天真爛漫，毫無機心，而玉容麗色，生平連做夢也想像不到，此情此境，非復人間，一時不由得痴了。

那少女梳完了頭，拿起一隻牛角來嗚嗚的吹了幾下，便有幾個回族女子騎馬從草原上奔來。那少女迎上去，和她們說了一陣，想來總是說要領他到木卓倫那裏，要她們幫同照料牲口之意。那幾個女子不住打量陳家洛，甚感好奇。

那少女回到林中帳篷，拿了乾糧和使用物品，牽了一匹紅馬過來。這馬全身上下如火炭般紅，並無半根雜毛，腿長膘肥，也是匹良駒。陳家洛去牽了白馬。那少女道：

「你這匹馬很好。咱們走吧！」一躍上馬，體態輕盈。她當先領路，沿著溪流逕往南行。

那少女道：「你到了漢人的地方，漢人對你好不好呀？」陳家洛道：「有的好，有的壞，不過好的多。」這時本想說明自己乃是漢人，但見她毫無猜疑的神情，一時倒說不出口。那少女問起漢人地方的風土人情，陳家洛揀有趣的說了一些，她聽得憨憨的出了神。

這天將到傍晚，行到了一座大山之側，那少女一抬頭，忽然驚叫起來。陳家洛依著她目光望去，只見半山腰裏峭壁之上，生著兩朵海碗般大的奇花，花瓣碧綠，四周都是積雪，白中映碧，加上夕陽金光映照，嬌艷華美，奇麗萬狀。

那少女道：「這是很難遇上的雪中蓮啊，你聞聞那香氣。」陳家洛果然聞到幽幽甜香，從峭壁上飄將下來，那花離地約有二十餘丈，仍然如此芬芳馥郁，足見花香之濃。那少女望著那兩朵花，戀戀不捨的不願便走。

陳家洛知她心中愛極，說道：「你想要麼？」那少女歎了一口氣，道：「走吧，咱們今日見到了雪中蓮，聞到了花香，那也是很大福氣了。」陳家洛微微一笑，忽然縱身離鞍，向峭壁上躍去。那少女驚叫起來：「喂，你幹麼啊？」

陳家洛這時凝神屏氣，全神貫注，已聽不到她的叫聲。他丹田中一股內息提在胸腹之間，以自己輕功是否能上得峭壁，實無把握，但這時渾沒計及生死，手腳並用，緩緩的攀上了十多丈，再向上時，峭壁上積雪都結了冰，滑溜不堪，幾次失足，都是以輕功借勢旁竄，才沒落下。爬到離花還有丈許之地，峭壁忽然整塊凸出，在下面看來並不明顯，要爬上去卻絕無可能。心想：「難道到了這裏，仍然功虧一簣？」靈機一動，從懷裏取出珠索，看準花旁一塊凸出的山石，拋了上去纏住了。這時劍盾已拿在左手，右手拉著珠索一使勁，凌空躍起，看準地點，落在雪中蓮之旁，左手劍盾牢牢按在堅冰之中，這才長長吁了口氣，只覺幽香中人欲醉，於是輕輕把兩朵大花折下，交在左手，以劍盾護住。

下去時看似艱險，於身有武功之人卻甚容易，他沿著峭壁直溜下去，溜得太快時劍盾便在山石上一按，盾上劍尖嵌入堅冰，便稍阻下墮之勢，到離地三四丈時，雙腳在峭壁上一撐，如一隻大鳥般撲下來，輕飄飄的落在少女馬前，拋下劍盾珠索，微微一笑，雙手將兩朵蓮花捧到她面前。

那少女伸出一雙纖纖素手來接住了。陳家洛見她的手微微顫動，抬頭望她臉時，只見珍珠般的眼淚滾了下來，有幾滴淚水落在花上，輕輕抖動，明澈如朝露。陳家洛不明白她爲甚麼流淚，卻也不問。

兩人默默無言的上馬走了一陣，陳家洛心想：「我今日眞如傻了一般，也不知爲甚麼，她想要那花，我就不顧性命的去給她取來。」回頭瞧那峭壁，但見峨然聳立，氣象森嚴，自己也不禁心驚。忽覺全身一片冰涼，原來攀上峭壁時大汗淋漓，濕透衣衫，這時汗水冷了，手足也隱隱酸軟。那少女的至美之中，似乎蘊蓄著一股極大的力量，教人爲她粉身碎骨，死而無悔。

天色將黑時，兩人在河旁的一塊大石下歇宿。那少女生了火，把帶著的乾黃羊烤熟，切開了與他共吃。她一直不說話，陳家洛也不敢開口，好似一說話便褻瀆了這聖潔的情景。那少女默默望了他一眼，忽然奔出數十步，俯伏在地，向神禱祝。火光熊熊，映著她背影，四下寂靜，只有雪中蓮的香氣暗暗浮動。

那少女站起身來時，笑容滿臉，走回來說道：「你不怕摔死嗎？」陳家洛道：「那時沒想到會不會摔死，就怕摘不到你心愛的那兩朵花。」那少女微微一笑，分了一朵雪中蓮給他，道：「這朵給你。」

陳家洛本想推辭，但她溫婉柔和的一句話，卻似是最嚴峻的命令一般，教人無法違抗，便接了過來，暗忖：「要是紅花會衆兄弟見到，他們總舵主竟這般乖乖的聽一個女孩子的話，不知會怎樣想？」

那少女問道：「你學過武功是不是？怎麼能爬到那樣高的山崖上去？」陳家洛聽她語氣，知她全不會武，因此竟沒看出自己一身上乘的輕身功夫，說道：「其實也不怎樣難的，只要膽子大一些，也就成了。」那少女不知這是謙辭，想了一會，讚歎道：

「啊，你眞勇敢！」

她隨即告訴他，自己從小在草原上牧羊，最愛花草。她說：「有許多許多好看的花，開在草地上。你一眼望出去，鮮花一直開到天邊。我寧可不吃羊肉，也要吃花。」陳家洛奇道：「花也可吃麼？」那少女道：「當然啦，我從小吃到現在。爸爸和哥哥本來不許，可是我一個人出來牧羊，他們又管我不著。後來見我吃了沒事，也就不管啦！」陳家洛本來想說：「怪不得你像花一樣好看。」可是這句話衝到口邊，又縮了回去。坐在那少女身旁，只覺得一陣陣淡淡幽香從她身上滲出，明明不是雪中蓮的花香，也不是世間任何花香，只覺淡雅清幽，甜美難言，心想：「不見她搽甚麼脂粉，怎麼這般香？而世上脂粉之中，又那有如此優雅的香氣？」正自神魂顚倒，突然一驚，想到禮法之防，不由得稍稍坐開了些。

那少女覺察到了他辨別香氣的神態，嫣然一笑，說道：「想是因爲我愛吃花，因此自幼兒身上就有股氣味，你不喜歡嗎？」陳家洛給她問得面紅過耳，吶吶的說不出話來，過了片刻，瞧著她說道：「我喜歡的！」那少女心裏高興，笑得更加歡了。陳家洛也仰頭而笑，轉念：「這姑娘天眞爛漫，心地坦白，我如再以世俗之見相待，反不夠光明磊落了。」登覺心中光風霽月，再無蝎蝎螫螫之態，和她暢談起來。

那少女說的儘是草原上牧羊、採花、看星、覓草，以及女孩子們的遊戲鬧玩。陳家洛自離家之後，一直與刀槍拳腳爲伍，這些嬰嬰宛宛之事早已忘得乾淨，此時聽她娓娓說來，眞有不知人間何世之感。那少女說了一陣，抬頭望天，只見耿耿銀河橫列天際，牛女雙星，夾河相對。

陳家洛指著織女星道：「這是一個姑娘。」又指著牽牛星道：「這是一個男人。」那少女很感興味，道：「你講這故事給我聽。」於是陳家洛把牛郎織女的故事說給她聽了。那少女仰望銀河，見雙星隔河相望，不能相會，登感悵惘，說道：「從前瞧見喜鵲，覺得黑黑的挺不好看，向來不喜歡，那知道牠們這麼好，會造橋給牛郎織女相會。以後我一定多餵些東西給牠們吃。」

陳家洛道：「天上兩個仙人雖然一年只會一次，可是他們千千萬萬年都能相會，比凡人數十年就要死去，又好得多了。」那少女點點頭。陳家洛道：「漢人有個詩人，做了一個歌兒，講這件事的。」於是把秦觀那闋「鵲橋仙」的詞譯成了回語。

那少女聽到「金風玉露一相逢，便勝卻人間無數」，以及「柔情似水，佳期如夢」，「兩情若是久長時，又豈在朝朝暮暮」這幾句時，眼中又有了晶瑩的淚珠，默默不語，望著火光，過了一會，悄悄說：「漢人眞聰明，會編出這樣好的歌兒來。」

大漠上一到夜晚，氣候便即奇冷，陳家洛找了些枯草樹枝，生旺了火，兩人裹著毯子，各自睡了。兩人睡處相隔很遠，然而陳家洛在夢中似乎儘聞到那少女身上的幽香。

次晨又行，向西走了四日，已到塔里木河邊。這天下午，忽然南面山邊出現了兩名騎馬持刀的回人。那少女迎上去和他們講了幾句話，回人行禮退開。

那少女回來對陳家洛道：「滿洲兵已佔了阿克蘇和烏什，木卓倫老英雄他們已退到了葉爾羌，這裏去還有十多天路程呢。」陳家洛聽得清兵得勝，甚是憂慮。那少女道：「剛才那兩個大哥說，清兵人多，咱們只好一路西退，叫他們糧草接濟不上，在這大戈壁裏餓得要命，沒力氣打仗。」

陳家洛本來擔心霍青桐的安危，聽了此言，心想回人大隊西退，諒來清兵一時也奈何他們不得，只要乾隆停戰的敕命一到，兆惠自會退兵。現下霍青桐離中土萬里，又是在大軍環擁之中，決不怕滕一雷等區區三人尋仇，這麼一想，便即寬慰。

兩人曉行夜宿，言笑不禁，日益融洽。陳家洛內心似乎隱隱盼望：「最好這條路永遠走不到盡頭，就這樣走一輩子。」但這個念頭卻想也不敢去想，心頭一現此意，向那純潔無邪的少女望了一眼，登感自慚形穢，但覺自己一介凡夫俗子，能陪得她同行數日，已是非份之福，豈可更有他求？

這天傍晚，眼見太陽將要在天邊草原隱沒，突然忽喇一聲，一隻小鹿從樹叢中跳了出來。那少女嚇了一跳，隨即拍手嘻笑，叫道：「一隻小鹿，一隻小鹿！」那小鹿生下不久，稚弱異常，咩咩的叫了兩聲，又跳回樹叢。

那少女跟過去瞧，突然退了回來，輕聲道：「那邊有人！」陳家洛湊到樹叢邊一望，只見五名清兵正圍著在剝切一頭大鹿。小鹿在他們身邊繞來繞去，不住悲鳴，那頭被打死的大鹿定是牠母親了。一名清兵罵道：「他媽的，連你一起吃了！」站起身來，彎弓搭箭，對準小鹿要射。小鹿不知奔逃，反越走越近。

那少女驚呼一聲，從樹叢中奔了出來，擋在小鹿面前，叫道：「別射，別射！」那清兵一驚，待看清楚時，見那少女光艷不可逼視，不由得退了一步。其餘四名清兵也都站了起來。這時陳家洛也早躍出，站在少女身旁相護。那少女俯身抱起小鹿，摸著牠柔軟的皮毛，柔聲說道：「你媽媽給人打死了，眞可憐。」側著頭親親牠，恨恨的望了清兵一眼，轉過身走出樹叢。

五名清兵議論了幾句，忽然齊聲發喊，挺刀追來。那少女也發足奔跑，要跑到馬邊。清兵的一名把總呼喝口令，五人分散了包抄上來。

陳家洛拉住少女的手，說道：「別害怕，我打死這些壞人，給小鹿的媽媽報仇。」那少女這時對他已全心全意的信任，雖想一個人要抵敵對方五人只怕不易，但他既然說了，就沒絲毫懷疑，抱著小鹿，靠在他身邊。陳家洛伸手輕撫小鹿。

五名清兵追到，四面圍攏。那把總打著半生不熟的回語喊道：「幹麼的？過來。」

那少女抬頭望著陳家洛，陳家洛向她微微一笑，那少女也報之一笑，登時寬懷，心想他是在微笑，那麼這些淸兵也決不會傷害他們了。

那把總叫道：「拿下來！」四名淸兵抛下兵刃，撲了上來。說也奇怪，這些兵士平素最喜凌辱婦女，但見了那少女的容光，竟然不敢褻瀆，都是撲向陳家洛。那少女驚叫起來，叫聲未畢，忽然呼蓬、呼蓬數響，四名淸兵先後飛出，跌倒在地，哼哼唧唧的爬不起來，原來都給點了穴道。那把總見勢頭不對，轉身飛奔。陳家洛叫道：「回來！」珠索飛出，套住他的脖子，向後一扯，那把總接連兩個觔斗，翻了過來。

那少女拍手嘻笑，眼露敬慕之色，望著陳家洛。他牽了她手，在身旁大石上坐下，用回語問那把總道：「你們到這裏來幹麼？」

那把總楞楞的爬起身來，見四名下屬都躺在當地，動彈不得，知道今日遇上了剋星，不敢倔強，說道：「我們，兆惠將軍，部下小兵。上司差去，那裏，我們，那裏。」陳家洛心想這話倒也不錯，問道：「你們五個人要到那裏？你不說實話，我就不放人，不給救治，讓你們在這大沙漠中餓死渴死。」把總聽了這話，身子發抖，忙道：「我不騙，上司差去，星星峽，接人。」他說回語結結巴巴的說不淸楚，陳家洛改用漢語問他：「去接誰？」把總也用漢語說道：「接驍騎營一位佐領。」陳家洛道：「他叫甚麼名字？你把公文拿給我看。」那把總遲疑半晌，從懷裏掏出一件公文來。陳家洛一瞥之下，吃了一驚，原來公文封皮上寫著：「呈張佐領召重大人勛啓」幾個大字。

陳家洛心想：「那日杭州獅子峯一戰，張召重已由他師兄馬眞帶去管教，怎地又到回疆來？」隨手撕開公文封套。那把總忙要攔阻，陳家洛理也不理，抽出公文看時，見文中寫道：得知張大人奉旨前來回疆，甚是欣慰，現特派人前來迎接，下面署名的是兆惠。陳家洛心想：「張召重奉旨而來，或是下達收兵的敕命，倒是不應阻攔。」把公文還給了把總，解開四名兵士身上穴道，更不多說，與那少女上馬而去。

那少女笑道：「你眞能幹。像你這樣的人，在咱們族裏一定很出名，怎麼我以前沒聽說過呀？」

陳家洛微微一笑，說道：「小鹿一定餓啦，你給牠甚麼吃的？」那少女道：「不錯，不錯！」從皮袋裏倒了些馬奶在掌，讓小鹿舐吃。她手掌白中透紅，就像一隻小小的羊脂白玉碗中盛了馬奶。小鹿吃了幾口，咩咩的叫幾聲。少女道：「牠是在叫媽媽呀！」

陳家洛等向東邊佯攻。心硯乘了駱冰的白馬，冒險出去求救。白馬放開四蹄，衝風冒雪，向西疾馳而去。清兵疏疏落落的射了幾箭，並不出力阻攔。

第十四回　密意柔情錦帶舞　長槍大戟鐵弓鳴

兩人又行了六天，第七日黎明，行不多時，忽然望見遠處一陣雲霧騰空而起。陳家洛道：「怕要颳風吧？」那少女仔細一看，說道：「這不是烏雲，是地下的塵沙。」陳家洛道：「怎麼這樣多？」那少女道：「我也不知道。咱們過去瞧瞧！」兩人縱馬疾馳，跑了一陣，前面塵沙揚得更高，更聽得隱隱傳來金鼓之聲。陳家洛一怔，急忙勒馬，說道：「是軍隊，你聽這聲音。」驀地裏號聲大作，戰鼓雷鳴。

陳家洛驚道：「雙方大軍開戰，咱們快避開了。」兩人勒馬向東，走不多時，前面塵頭大起，一彪軍馬直衝過來。只聽得鐵甲鏗鏘，塵霧中一面大旗飛出，寫著斗大一個「兆」字。陳家洛在黃河渡口曾與兆惠的鐵甲軍交過手，知道厲害，一打手勢，又折向南奔。幸好兩人坐騎腳程奇快，奔了一會，和鐵甲軍離得遠了。

那少女面現憂色，說道：「不知咱們的隊伍敵不敵得住。」陳家洛正要出言安慰，忽然前面號角齊鳴，一排排步兵列成隊伍踏步而前，又聽得左側戰鼓急擂，大地震動，數萬隻馬蹄敲打地面，漫山遍野的騎兵湧了過來。陳家洛左手一抄，把那少女抱到自己馬上，拿出劍盾，護在她胸口，柔聲道：「別害怕。」那少女回頭一笑，點點頭，說道：「你說不怕，我就不怕。」她說話時吹氣如蘭，陳家洛和她相隔既近，幽香更是中人欲醉，雖然身入重圍，心頭反生纏綿之意。

眼見東北南三面都有敵兵，於是縱馬向西馳去。那少女抱了小鹿，紅馬跟在後面。跑了一陣，忽見前面也出現清兵，隊伍來去，正自佈陣，四處已無路可走。

陳家洛暗暗心驚，縱馬馳上一個高坡，想看清戰場形勢，再找空隙衝出去。一瞧之下，登時呆了，只見西首密密層層的排著一隊隊滿清步兵，兩翼則是騎兵。對面遠處是身穿條紋衣服的回族戰士，長槍如林，彎刀似草，聲勢也極浩大。雙方射住陣腳，轉眼便要交鋒。原來陳家洛和那少女已陷在清兵陣裏。只見陣中將校往來奔馳指揮，千軍肅靜無聲。這時清軍已發見了兩人，有數名兵丁奉命前來查問。

陳家洛心想：「今日鬼使神差，陷入清兵大軍陣裏，看來這條性命要送在這裏了。」想到得與懷裏的姑娘同死，心中一甜，臉露微笑，右手一揮珠索，左手提韁，喝一聲：「快跑！」雙腿一夾，那白馬如箭離弦，一溜煙般直衝出去。清兵待要喝問，白馬早已奔過身邊。那馬奔馳奇速，一晃眼奔過三隊清兵。

陳家洛正自暗喜，白馬突然收蹄停步，卻是前面鐵甲軍排得緊密，難以逾越。陳家洛凝神屏氣，兜轉馬頭，繞過鐵甲軍隊伍，只見弓箭手彎弓搭箭，長矛手斜挺鐵矛，一個間著一個，一眼望去，不計其數。只消清兵將官一聲令下，他和懷中少女身上立時千矛叢集，萬矢齊至，縱有通天本領也逃不過去，索性勒緊馬韁，緩緩而行，挺直了身子，目光向清兵望也不望，將生死置之度外。

其時朝陽初升，兩人迎著日光，控轡徐行。那少女頭髮上、臉上、手上、衣上都是淡淡的陽光。清軍官兵數萬對眼光凝望著那少女出神，每個人的心忽然都劇烈跳動起來，不論軍官兵士，都沉醉在這絕世麗容的光照之下。清軍數萬人馬箭拔弩張，本來血戰一觸即發，突然之間，便似中邪一般，人人都獃住了。

只聽得噹啷一聲，一名清兵手中長矛掉在地下，接著噹啷連聲，無數長矛都掉下地來，弓箭手的弓矢也收了回來。軍官們忘了喝止，望著兩人的背影漸漸遠去。

兆惠在陣前親自督師，呆呆的瞧著那白衣少女遠去，眼前兀自縈繞著她的影子，但覺心中柔和寧靜，不想廝殺，回頭望去，見手下一衆都統、副都統、參領、佐領和親兵，人人神色和平，收刀入鞘，在等大帥下令收兵。

兆惠不由自主叫道：「收兵回營！」將令下達，數萬步兵騎兵翻翻滾滾的退了下來，退出數十里地，在黑水河旁紮下大營。

陳家洛脫離險境，已是渾身冷汗淋漓，雙手微微發抖，那少女卻神色自若，竟是全然不知適才經歷了九死一生的大險。她把懷中小鹿交給陳家洛，縱身躍到紅馬背上，笑道：「前面是咱們的隊伍。」陳家洛收起劍盾，兩人躍馬向回人隊伍奔去。

一小隊回人騎兵迎了上來，大聲歡呼，馳到跟前，都跳下馬來向那少女致敬。那少女說了幾句話。騎兵隊長也上來對陳家洛行禮，說道：「兄弟，辛苦啦，願真主安拉保佑你。」陳家洛回禮致謝。那少女舉手與他作別，縱馬直向隊伍中馳去。她在回人中似乎頗有威勢，紅馬到處，人人歡呼讓道。

騎兵隊長招待陳家洛到營房中休息吃飯。陳家洛要見木卓倫。隊長道：「族長出去察看敵陣去啦，待他回來，馬上給你通報。」陳家洛旅途勞頓，適才經歷奇險，死裏逃生，已是心力交疲，於是在營中睡了一覺。

過了晌午，那騎兵隊長說木卓倫要到晚上方能回來。陳家洛問他白衣少女是誰。隊長笑道：「除了她，還有誰能這樣美麗？今兒晚上咱們有偎郎大會，兄弟你也來吧，在會上準能見到族長。」陳家洛心下納悶，不便多問。到得傍晚，只見營中青年戰士忙忙碌碌，加意修飾，個個容光煥發，衣履鮮潔。

大漠上暮色漸濃，一鉤眉毛月從天邊升起。忽聽得營外鼓樂之聲大作，那騎兵隊長走進帳來，拉了陳家洛的手，說道：「新月出來啦，兄弟，走吧。」

兩人來到營外，只見平地上燒了一大堆火，回人青年戰士正從四面八方走來，圍在火旁。四周有的人烤牛羊、做抓飯，有的彈琴奏樂，一片喜樂景象。

只聽號角吹起，一隊人從中間大帳走了出來，當先一人正是木卓倫，他兒子霍阿伊跟隨在後。陳家洛心想：「等他們辦完正事之後，我再上去相認。」於是把袷袢衣襟翻起，遮住了半邊臉。

木卓倫向衆人一揮手，大家跪了下來，向眞神安拉禱告。陳家洛也隨衆俯伏。禱告完畢，木卓倫叫道：「已有妻室的弟兄們，今日你們辛苦一點，在外面守禦，讓你們的年輕兄弟高興一晚。」號角響起，三隊戰士列隊而出，各人左手牽馬，右手執著長刀。霍阿伊跨上戰馬，向坐在地下的年輕戰士叫道：「眞神保佑，讓你們今晚和心愛的姑娘歡叙。」年輕的戰士們歡呼叫喊：「眞神保佑，多謝你們辛苦抵擋敵人。」霍阿伊長刀虛劈，率領三隊戰士出外守禦去了。陳家洛見衆回人調度有方，軍容甚盛，暗暗欣慰。他久在回疆，知道回人婚配雖也由父母之命，須受財產地位等諸樣羈絆，但究比漢人的禮法要寬鬆得多。偎郎大會是回人自古相傳的習俗，青年未婚男女在大會中定情訂婚，所謂「偎郎」，是少女去偎情郎，錦帶繞頸，一舞而定終身，自來發端於女方，卻是凰求鳳，而不是鳳求凰了。

不久樂聲忽變，曲調轉柔，帳門開處，湧出大羣回人少女，衣衫鮮艷，頭上小帽金絲銀絲閃閃發亮，載歌載舞的向火堆走來。陳家洛倏地一震，只見兩個少女並肩走到木卓倫身旁，一個穿黃，一個穿白，手拉著手，神態親密。穿白的就是與他同來的美麗少女，穿黃的帽上插了一根翠羽，正是霍青桐。月光下看來，窈窕婀娜，一如當日。兩人一左一右，在木卓倫身旁坐下。

陳家洛忽然想起：「這白衣姑娘難道就是霍青桐的妹子？」他臉上發紅，手心出汗，一顆心突突亂跳。自那日與霍青桐一見，雖然情苗暗茁，但見她與陸菲青的徒弟神態親熱，以爲她已有愛侶，而這少年又比自己俊美得多，自己遠遠不及，明知無可比併，就此置之度外，盡量不再思念。這幾日與一位絕代佳人朝夕相聚，滿腔情思，早轉到了白衣少女身上。此刻並見雙姝，不由得一陣迷惘，一陣恍惚。

樂聲一停，木卓倫朗聲說道：「穆聖在可蘭經上教導咱們，第二章第一百九十節說：『你們當爲主道，抵抗進攻你們的人。』第廿二章第三十九節說：『被攻擊的人，已得抗戰的許可，因爲他們已受虧枉了。安拉援助他們，確是全能的。』咱們受人欺侮，安拉一定眷顧佑護。」衆回人轟然歡呼。木卓倫叫道：「各位兄弟姊妹們，儘量高興吧！」

馬頭琴聲中，歌聲四起，歡笑處處。司炊事的回人把抓飯、烤肉、蜜瓜、葡萄乾、馬奶酒等分給衆人。每人手中拿著一個鹽岩彫成的小碗，將烤肉在鹽碗中一擦，便吃了起來。過了一會，新月在天，歡樂更熾。許多少女在火旁跳起舞來，跳到意中人身旁，就解下腰間錦帶，套在他項頸之中，於是男男女女，成雙成對的載歌載舞。

陳家洛出身於嚴守禮法的世家，從來沒遇到過這般幕天席地、歡樂不禁的場面，歌聲在耳，情醉於心，幾杯馬奶酒一下肚，臉上微紅，甚是歡暢。

突然之間，樂聲一停，隨即奏得更緊，正在歌舞的男女紛紛手攜手散開，臉上均露詫異之色，向木卓倫等一羣人凝望。陳家洛隨著他們眼光看去，只見那白衣少女已站起身來，正輕飄飄的走向火堆。衆回人都大爲興奮，竊竊私議。陳家洛聽得身旁的騎兵隊長道：「咱們香香公主也有意中人啦，誰能配得上她呢？」

木卓倫見愛女忽然也去倶郎，大出意外，很是高興，眼中含著淚光，全神注視。霍青桐一直不知妹子已有情郎，也是又驚又喜。她妹子喀絲麗雖只十八歲，但美名播於天山南北，她身有天然幽香，大家叫她香香公主。回族青年男子見到她的絕世容光，一眼也不敢多看，從來沒人想到敢去做她的情郎，此時忽見她下座歌舞，那眞是天大的大事。

香香公主輕輕的轉了幾個身，慢慢沿著圈子走去，雙手拿著一條燦爛華美的錦帶，輕輕唱道：「誰給我採了雪中蓮，你快出來啊！誰救了我的小鹿，我在找你啊！」

陳家洛一聽，耳中嗡的一聲，登時迷迷糊糊的出了神，忽然一隻纖纖素手輕輕搭上了他肩頭，那條錦帶套到了他頭頸之中，輕輕向上拉扯。陳家洛怔怔的跟她站了起來。衆回人一陣歡呼，高聲唱起歌來。男男女女擁了上去，向兩人道喜。

朦朧月光之下，木卓倫和霍青桐都沒看清楚陳家洛的面貌，以爲只是個尋常回人，正要擠進人叢去相會，突然遠處號角嘟嘟嘟的吹了三聲。那是有緊急軍情的訊號，衆人一聽，立時散開。木卓倫與霍青桐也即歸座。

香香公主牽了陳家洛的手，坐在衆人身後。陳家洛覺得她嬌軟的身軀偎倚著自己，淡淡幽香傳入鼻端，神魂飄盪，眞不知是身在夢境，還是到了天上。陳家洛知道香香公主將錦帶在自己頸中一套，便是明白示愛，心中喜樂，猶似便欲炸開，但突然間頭腦一陣清醒：「妹妹愛上了我，我好歡喜！但姊姊呢？她送我短劍，不是已向我示意鍾情了嗎？我收了她短劍，便是受了她的情意。男子漢大丈夫，豈能出爾反爾，無信無義？我能跟喀絲麗明言嗎？我能做個負義的小人嗎？」

衆人齊向號角聲處凝望，男子抄起兵刃，預備迎戰。兩騎馬馳近，兩名回人翻身下馬，報道：「清軍兆惠將軍派使者求見。」木卓倫道：「好，領他來吧。」兩人乘馬奔出。不一會，兩騎在前，後面跟著五騎，向人羣馳來。離人羣約十餘丈時，各人下馬走來。那滿清使者身材魁梧，步履矯健，後面跟著四名隨從，卻是嚇人一跳。那四人都是七尺以上身材，比常人足足要高兩個頭，身子粗壯結實，實是罕見的巨人。

那使者走到木卓倫跟前，點了點頭，說道：「你是族長麼？」神態十分倨傲。清兵無故入侵回部，殺人放火，回人早已恨之刺骨，這時見那使者如此無禮，幾個回人少年更是忍耐不住，唰唰數聲，白光閃動，長刀出鞘。

那使者毫不在意，朗聲說道：「我奉兆惠大將軍之命，來下戰書。要是你們識得時務，及早投降，大將軍說可以饒你們性命，否則兩軍後天清晨決戰，那時全體誅滅，你們可不要後悔。」他說的是回語，衆回人一聽，都跳了起來。

木卓倫見羣情洶湧，雙手連揮，命大家坐下，凜然對使者道：「你們無緣無故來殺害我們百姓，搶掠我們財物，眞神在上，定會懲罰你們的不義行爲。要戰就戰，我們只賸一人，也決不投降。」衆回人舉刀大呼：「要戰就戰，我們只賸一人，也決不投降。」月色下刀光如雪，人人神態悲壯。衆人均知清兵勢大，決戰勝多敗少，但他們世代虔誠信奉伊斯蘭教，寶愛自由，決不做外族奴隸。

那使者見此情形，嘴唇一扁，說道：「好，到後天教你們個個都死！」一口唾沫，狠狠的吐在地上，這是嚴重侮辱對方之意。早有三個回人少年跳出人羣，喝道：「今日你是使者，我們敬重賓客，讓你好好回去，後天在戰場上相見，那時再不客氣。」那使者嘴一努，四名隨從巨人搶將上來，推開三名回人少年，團團站在使者四周。使者叫道：「呸，今日讓你們瞧瞧我們滿洲人的手段。」手掌一拍，說道：「來吧！」

一名巨人四下一望，見有幾匹駱駝繫在一株白楊樹上，便大步走到樹旁，雙手抱住白楊樹，用力搖撼幾下，猛喝一聲：「倒下！」竟把那株白楊樹扳倒橫臥。眾人見此神力，盡皆駭然。那人輕輕一拉，已把一頭大駱駝的韁繩扯斷，在駱駝後臀踢了一腳。駱駝受痛，直奔出去。駱駝平日走路慢條斯理，可是發起性來，比奔馬還快得多，等牠跑出十多丈，第二個巨人突然發腳追去。那巨人身軀雖大，行動竟然迅捷異常，一下子已趕及駱駝，捉住四腳，提了起來，把一頭幾百斤的大駱駝負在肩上，大踏步奔回，奔到火堆之旁放下，傲然站立。第三個巨人哼了一聲，伸出大掌，砰的一聲，對準駱駝頭上就是一拳。駱駝如此龐大的身軀竟爾站立不穩，搖晃幾下，撲地倒了。四個巨人分別抓住駱駝四條腿，高舉過頂，在空中打了兩個圈，齊聲叫喊，擲出六七丈之外。

這四個巨人是同胞兄弟，名叫忽倫大虎、忽倫二虎、忽倫三虎、忽倫四虎，是遼東寧古塔人氏。四兄弟一胎所生。他們母親生育這四個巨嬰時過於辛苦，勉強挨到生下忽倫四虎，就此失血而死。他們父親是個窮獵戶，死了妻子，沒母乳如何養育這四個孩子，正在徬徨煩惱之際，忽聽得林中吼聲連連，卻是一隻母虎失足陷在捕獸阱內。他和同伴把母虎綑住，見牠身邊還有三頭剛生下的小虎，靈機一動，把小虎殺了，卻把母虎養在家裏，每日獵些野獸餵牠，擠虎乳把四個孩子養大。四兄弟自幼便力大無比，長大後更是身材魁偉，神力驚人，只是有些傻裏傻氣。出獵時不用器械，見到野獸，奔過去抓住頭頸，往山石上一擲，野獸登時斃命。四兄弟食量奇大，靠打獵爲生總是不能吃飽。有一日兆惠到長白山中圍獵，遇見四人，見他們生具異相，便收爲親兵，讓他們日日飽餐，這次要他們隨同使者前來，乘機一顯威風，好叫回人見之畏服。

衆回人見四個巨人露了這麼一手，都是暗暗吃驚，但在敵人面前那肯示弱，紛紛呼喝：「好好一頭駱駝，爲甚麼弄死了？你們有人性麼？」那使者反唇相稽。衆回人更是忿怒，七張八嘴，吵了起來，眼見便要羣毆。那使者叫道：「你們想倚多爲勝，欺辱使者麼？」他知道可蘭經教導回人善待賓客，自以有恃無恐。

木卓倫喝止衆人，說道：「你是使者，卻命隨從弄死我們牲口，實是無禮已極，你若不是賓客，決計容你不得。你快走吧。」那使者傲然道：「我們堂堂滿洲人，難道會怕你們這種沒用的東西？你有回信，就交我帶去，諒你們也沒人敢去見兆惠將軍。」此言一出，衆回人又都叫嚷呼叱。

霍青桐突然站起，說道：「你說我們不敢去見兆惠將軍，哼，我們這裏個個人都敢去，別說男人，女人也敢去。」那使者仰天大笑，叫道：「女人？女人見到我們大軍不嚇死才怪呢！」霍青桐怒道：「你別小覷了人，我們馬上派人和你同去。由你來挑吧，挑著誰，誰就去。讓你瞧瞧我們穆聖信徒的氣概。」衆回人男男女女都叫了起來：「你來挑吧，挑著誰，誰就去。」

那使者冷冷的道：「好。」他要找一個最嬌弱無用的女子，嚇得她當場號哭，好教衆回人臉上無光，大大出醜。他眼珠亂轉，在人叢中東張西望，突然眼睛一亮，走到香香公主面前，指著她道：「那麼讓她去吧！」

香香公主向他望了一眼，緩緩站起，朗聲說道：「爲了全族父老兄弟姊妹，我到那裏都不怕，眞神必定祐我。」

那使者見她氣概軒昂，神態凜然，已全不是剛才那副嬌弱羞澀的模樣，更見到她的麗色容光，不由得低下頭去，心感後悔，覺得這個少女實在也殊不可侮。木卓倫、霍青桐和衆回人見他指中香香公主，而她竟絕不示弱，雖然佩服她的勇氣，但都不免暗暗擔憂。霍青桐更是懊悔，她們姊妹之情素篤，妹子不會武藝，以嬌弱之軀而投虎狼之域，危險不可言喻，說道：「她是我妹子，我代她去好了。」

那使者笑道：「我早知女子之言，全不可靠。你們不敢，何必派人？是戰是降，由我帶信去好了。」霍青桐怒道：「你如此無禮，後日在戰場上相會，可別逃走，叫你見見我們女子有沒有用。」那使者笑道：「似你這樣的美人，我自會手下留情。」衆回人聽他口舌輕薄，個個咬牙切齒。

香香公主對霍青桐道：「姊姊，我去好啦，我不怕。」俯身牽了陳家洛的手站起，說道：「他會陪我去的。」

火光照映之下，霍青桐斗然見到陳家洛的臉，一震之下，登時呆了，說不出話來。陳家洛向她微微搖了搖手，示意暫不相認，轉身對那使者道：「我們男子女子，說話一樣作數，我孤身一人，隨她到你們軍中去見兆惠將軍便是，何必像你這樣，要四條大漢保護？其實，你這四個大漢又抵得甚麼用？」香香公主道：「駱駝負千斤，人只負百斤。然而是人騎駱駝呢，還是駱駝騎人？」眾人聽了這比喻，都大笑起來。

忽倫大虎問使者道：「他們笑甚麼？」使者道：「他們笑你們身材雖巨，力氣雖大，可是並不中用。」忽倫大虎大怒，雙拳搥胸，厲聲喝道：「誰敢來和我比武？」使者對陳家洛道：「你又有甚麼用？像你這樣的瘦小子，十個加起來，也不及他的力氣大。」陳家洛心想今日如不挫折這使者的氣燄，可讓滿洲人把眾回人瞧得小了，當下走上三步，說道：「我是回人中最沒用的人，可是比你們滿洲人還中用一點。你叫這四個大傢伙上來吧！」

這時木卓倫也已看清楚陳家洛的面貌，又驚又喜，叫道：「青兒，你瞧他是誰。」霍青桐不答。木卓倫側過頭來，只見女兒眼中含淚，嘴唇顫動，登時會意，心中一陣難過：兩個女兒都是自己心肝寶貝，怎麼忽然同時都愛上了他？又不知他怎麼會和小女兒相識？一時無數不解之事湧上心頭，見他要和四個巨人比武，又是驚心擔憂。

衆回人見陳家洛生得文弱，面目如畫，站在那使者身旁，還比他矮了半個頭，和那四個巨人相較，那是小孩與大人一般的了。他是香香公主的意中人，爲了香香公主被對方使者選中，不得不挺身應戰，以免失了本族威風，這番志氣剛勇，自是可敬可佩，但強弱懸殊，如何是巨人的敵手？衆回人敵愾同仇，早有幾個族中知名的大力士站出身來，要代他決鬥。陳家洛舉手道謝，說道：「各位哥哥，這幾個滿洲人不中用得很，何勞你們動手？先讓最不濟的小弟弟來試試吧。」語氣之中，對四個巨人十分輕蔑。

那使者把他的話傳譯了。四個巨人大怒，一齊奔上，伸手要抓。陳家洛站著不動，微微而笑。那使者忙伸手攔住四人，對木卓倫道：「這位既要和我隨從比武，如有損傷，可怪不得誰，而且只能一個對一個，旁人不可相助。」他想忽倫四虎雖然神力驚人，但好漢敵不過人多，如打死了陳家洛，對方羣起而攻，終究抵擋不住。

木卓倫哼了一聲。陳家洛道：「一對一有何趣味？你叫四個大傢伙同時上來。」那使者道：「那麼你們出幾個人？」陳家洛道：「幾個人？當然就是我一人。」衆人一聽，盡皆聳動，都覺他未免過分。

那使者冷笑道：「哼，你們回人這麼厲害？大虎，你先上。」忽倫大虎應聲上前。使者對陳家洛道：「你是要文比還是武比？」陳家洛道：「文比怎樣？武比怎樣？」使者道：「文比是你打他一拳，他打你一拳，大家不許招架退讓，誰先跌倒算輸。武比就是任意出拳。」陳家洛道：「一個不夠我打，要打就四條大漢一起來。」那使者心想：「瞧這人似乎不是瘋子，多半別有詭計。」說道：「你只要能打敗這人，他們四人自然會一擁而上，有得你夠受的，何必性急？」陳家洛淡淡一笑，道：「好吧，文比武比都是一樣。」使者道：「咱們只在比力氣、鬥功夫，武比傷了和氣，還是文比吧。」看陳家洛身材，料想靈活便捷，如一味躲閃，忽倫大虎或許打他不著，是以要文比，心想：「這麼你可躲不過了。」

忽倫大虎聽使者說了，虎吼一聲，脫去上身衣服。衆人見他身上肌肉盤根錯節，就如老樹樹根一般，兩個拳頭都有大碗的碗口大小，一拳打出，大駱駝都經受不起，何況這麼一個文秀青年？

木卓倫和霍青桐離座走近。霍青桐向妹妹偷望一眼，見她容光煥發，凝望著陳家洛，眼光中流露著千般仰慕，萬種柔情，竟無絲毫擔心害怕，不由得暗暗嘆了口氣，轉頭望陳家洛時，見他神定氣閒，泰然自若。兩人目光相接，陳家洛微微點頭，溫然微笑。霍青桐臉上一陣暈紅，轉開了頭。

那使者道：「誰先打，咱們來拈鬮。」陳家洛道：「你們是客，讓他先打吧！」霍青桐搶著說：「不必跟他客氣，還是拈鬮的好。」她知陳家洛武功甚精，若比拳術兵刃，即或不勝，也決不會輸給這巨人，但如此你一拳我一拳的蠻打，又不許躲閃避讓，他究是血肉之軀，本領再好，也受不起這大鐵槌似的巨拳之一擊，如能讓他先打，或能出奇制勝。

陳家洛又向霍青桐一笑，意示感激，向忽倫大虎走上兩步，挺胸說道：「你打吧！」那使者對霍青桐說：「請你過來，咱們兩人一齊瞧著，要是誰腳步移動，用手招架，或是彎腰側身，閃避躲讓，都算輸了。」

霍青桐走到陳家洛身邊，低聲道：「別比吧，咱們另想法子勝他。」陳家洛低聲道：「你放心。」霍青桐無奈，只得和那使者站在兩側作證。

陳家洛與忽倫大虎相向而立，相距不到一臂。眾人凝神注視，數千人悄無聲息。

那使者高聲叫道：「滿洲好漢打第一拳，回族好漢打第二拳，如果大家沒事，那麼滿洲好漢打第三拳，回族好漢再打第四拳。」霍青桐抗聲說道：「第一回合你方先打，第二回合就得由我方先打，第三回合再讓你方先打。依次輪流，方得公平。」那使者還未回答，陳家洛道：「他們是客，咱們就一路讓到底吧。」那使者微微一笑，說道：「你倒慷慨大方。」提高聲音，叫道：「好啦，滿洲好漢打第一拳！」

一片寂靜之中，只聽得忽倫大虎呼呼喘氣，全身骨節格格作響，運氣提勁，突然右胸凸起，右臂粗漲了幾乎一倍。陳家洛雙腳不丁不八，身子微微前傾，笑道：「發拳吧！」

幾名回族青年見了忽倫大虎的威勢，生怕陳家洛被他一拳打得直飛出去，跌下來撞破頭骨，站在陳家洛身後，擺好馬步，以便他飛跌出來時接住。木卓倫和霍青桐默禱眞神護佑。香香公主卻是一派天眞，心想既然我的郎君說過不怕，那就一定不怕。

忽倫大虎雙腿微蹲，勁貫右臂，呼的一聲，鐵拳夾著一股疾風，向陳家洛胸上猛擊過去，突覺對方上身向後稍仰，胸部順著拳勢向後一縮。陳家洛胸部內吸之勢，和他這當胸一擊配合得若合符節，絲絲入扣，快慢尺寸，實無厘毫之差。旁人只見這一拳把他胸部打得凹了進去，可是說也奇怪，竟無半點聲息發出。

忽倫大虎一拳打到了底，明知再向前伸出半寸，便可結結實實的打在他胸上，然而就是差了這半寸，拳面不過在他衣襟上輕輕一擦。他一呆之下，拳頭一時沒縮回去。陳家洛笑道：「夠了麼？」忽倫大虎臉上一紅，這才縮回右拳。

衆人見這一拳明明是打中了，可是便如全然打在空處，無不驚奇。只有木卓倫和霍青桐看了出來，原來陳家洛內功精深，仰身卸勁，胸肌借勢消勢，登時又是佩服，又是欣慰。霍青桐笑靨如花，長長吁了口氣。那使者精通武功，也看出了這點，甚是驚疑。

陳家洛微微一笑，說道：「我要打了！」忽倫大虎大叫道：「打！」凝氣挺胸，胸口黑毛根根豎了起來。陳家洛手臂也不向後作勢，隨手一伸，輕飄飄一拳打出，波的一聲，在忽倫大虎胸前一推，使的是重手法中「大力金鋼杵」之勁。忽倫大虎覺得胸口雖不疼痛，然而有一股極大力量把他向後推去，知道腳步稍一移動，就是輸了，忙運全力，和身向前猛撞，抗拒對方這一推。這只是一刹那之事，那知陳家洛這一拳發得快，收得更快，勁未使足，倏然收回。忽倫大虎千斤之力都在向前猛挺，前面忽然失了憑依，要想收勢，那裏還來得及？只見陳家洛身子微偏，砰蓬一聲，塵土飛揚，忽倫大虎一個巨大的身軀已撲翻在地。

衆人都是一呆，這才拍手大笑起來。陳家洛一拳把這巨人打倒已經大奇，更奇的他不是仰面向天跌倒，而是俯伏在地。那使者忙伸手把他拉起，只見他滿口鮮血，哇哇大叫，原來已撞下了兩顆門牙。

忽倫三兄弟見大哥受傷，連聲怪叫，同時向陳家洛撲來。忽倫大虎一定神，嘶聲狂吼，也撲上廝拚。衆回人見狀，紛紛搶前救援，混亂中兩個人影從衆人頭頂上躍過，人羣中不見了陳家洛與霍青桐兩人。忽倫四兄弟突然找不到敵人，楞在當地。霍青桐叫道：「大家退下。」衆回人向來聽她號令，一齊退開。

陳家洛緩步上前，笑道：「我早說要你們四人齊上。這就來吧。」大虎怒極，揮拳當頭猛擊。陳家洛晃身繞到三虎背後，雙手「閉窗推月」，在他背上一推。三虎一個踉蹌，險些撞在二虎身上。四虎左肘向陳家洛頭上撞到。陳家洛矮身從他脅下鑽過，隨手在他臂窩裏掏了兩把。四虎大癢，身子縮成一團，亂顫亂動，呵呵大笑起來。

衆人見這麼一個粗蠻大漢居然和少女般嫵媚怕癢，憨態可掬，俱都鬨笑。香香公主叫道：「喂，你再呵他。」陳家洛依言縱近，又在他腰裏搔了幾下。四虎笑得蹲在地下，雙拳亂舞，卻那裏打得著人？

霍青桐驚叫：「小心後面！」陳家洛已覺到背後有拳風來襲，倏地縱身，躍起丈餘，二虎一拳便打了個空。四虎笑聲未歇，扭腰回身，右拳猛擊而出，正好打在二虎拳上。兩人一震，各自退出三步，連連怒吼，轉身來捉。

陳家洛在四人中間如穿花蝴蝶般往來遊走，存心戲弄，也不出手還擊，八個巨拳此起比落，往他身上猛敲猛打，始終連衣衫也沒能碰到。衆人初見陳家洛趨避之際，往往間不容髮，俱都爲他擔心，但時候一長，都看出四個巨人定然奈何他不得。四巨人連連大吼聲中，突然嗤的一聲，二虎的褂子被撕下了一大片，衆回人又是一陣鬨笑。那使者早看出陳家洛是武術高手，非四虎所能敵，連聲叫道：「住手，不必打啦！」忽倫四兄弟打發了性，卻那裏止得住？大虎唿哨一聲，倏然躍起，如一頭猛鷹般向陳家洛撲了下來，同時二虎、三虎、四虎一齊站到他身後，張開六條手臂，截他退路。這是他四兄弟獵獸時常用之法，縱然猛如虎豹，捷如猿猴，也是難以逃脫。衆回人一見大驚，許多少女齊聲尖叫。

陳家洛見大虎撲來，正想後退，火光下見三個巨大的影子映在地下，張開手臂，猶如鬼魅要搏人而噬。他身子微蹲，不再退避，待大虎撲到，左臂快如閃電，突然長起，在大虎左脅下一攔，用力向外推出，大虎登時在空中被他轉了小半個圈子，這時他右掌也已搭上大虎左腿，黏著一送，一半借勁，一半使力，大虎一個巨大的身軀向前直飛出去，蓬的一聲，頭下腳上，倒插在一個坑裏。這沙坑正是他適才扳倒白楊樹所留下。樹大坑深，沙土直沒到腰間，雙腳在空中亂踢，那裏掙扎得出？

四虎猛吼追來。陳家洛跟他兜了半個圈子，看準方位，突然站住。四虎飛起右腳，當胸踢到。陳家洛搶到右側，右手抓住他褲子，左手抓住他背心，順著他一踢之勢向外力甩，四虎就如騰雲駕霧般飛了出去，在空中手足亂舞，嘴裏怪叫，心裏害怕，只怕這一下要摔個半死，那知波的一聲跌下來，身子軟軟的一彈，忙翻身坐起，原來恰好壓在那頭死駱駝身上。陳家洛剛才見四兄弟手擲大駱駝，即以其人之道，還治其人之身。陳家洛膂力其實遠不及忽倫四虎，但四虎這一腳踢出使勁極大，借勢推擲，大半還是使了他自身的力道。

四虎還在半空，二虎三虎已從兩側同時搶到。二虎彎腰挺頭，向前猛衝，要一頭把敵人撞倒，三虎舉起雙臂，朝陳家洛頭頂狠狠砸下。

陳家洛立定不動，等兩人勢若瘋虎般攻到、相距不到四尺之際，右腳突然使勁，身子如箭離弦，呼的一聲，斜飛而出。他挨到最後一刻方才避開，要使這兩個巨人收勢不及。果然二虎一頭撞中三虎肚子，三虎雙拳也擊中了二虎背心。只聽得蓬蓬連聲，兩條大漢如寶塔般倒了下來。陳家洛不等他們爬起，縱身過去，乘著兩人頭暈眼花，抄起兩人辮子，牢牢的打了兩個死結，這才長笑一聲，走到香香公主身旁。香香公主樂得眉開眼笑，拍手叫好，衆回人更是吶喊歡呼。

四虎爬起身來，忙把大哥從沙坑中拔出。二虎三虎不知辮子打結，拚命掙扎，滾作一團。那使者忙去給他們拆解。只因兩人用力拉扯，辮結扯得極緊，使者解了半天方才解開。

忽倫四兄弟呆呆的望著陳家洛，非但不恨，反而齊生敬仰之心。大虎先走上來，大拇指一豎，說道：「你好本事，我大虎服了。」說著拜了下去。二虎等三兄弟也過來拜倒。陳家洛忙跪下還禮，見這四人質樸天眞，對剛才如此戲弄倒著實有點後悔。五人站起身來，陳家洛不住道歉，又讚四人力大了得，四兄弟很是高興。

忽倫四虎突然奔出去，把那頭死駱駝揹了回來。三虎把他們的四匹坐騎牽到木卓倫面前，說道：「我打死了你們的駱駝，很是不該，這四匹馬賠給你們吧。」木卓倫執意不要。

那使者見此情形，十分尷尬，對忽倫四兄弟喝道：「走吧！」跳上了馬背，心中仍不服氣，對香香公主道：「你眞的敢去？」

香香公主答道：「有甚麼不敢？」走到木卓倫面前，說道：「爹，你寫回信，我給你送去吧。」木卓倫心下躊躇，這滿洲使者一再相激，非要他這小女兒去不可，不去是失了全族面子，讓她去吧，可實在放心不下，便向陳家洛招招手。陳家洛走了過來，木卓倫離座相迎，攜了他的手走到帳中。霍青桐與香香公主姊妹隨後跟了進去。

木卓倫一進營帳，立即抱住陳家洛，說道：「陳總舵主，那一陣好風把你吹到這裏來？」陳家洛道：「我有事到天山北路來，途中得到消息，因此趕著來見你，想不到竟會遇見你的二小姐。」香香公主聽父親叫他「陳總舵主」，呆了一呆。

陳家洛雖與木卓倫講話，一直留神著她兩姊妹，見香香公主臉露惶惑之色，忙轉頭道：「有一件事很對你不起，我沒跟你說我是漢人。」木卓倫接著道：「這位陳總舵主是我族大恩人，咱們的聖經就是他給奪回來的。他救過你姊姊性命，最近又散了兆惠的軍糧，淸兵不敢迅速深入，咱們才能調集人馬抵擋。他對咱們的好處，眞是說也說不盡。」陳家洛連聲遜謝。香香公主嫣然一笑，說道：「你不說自己是漢人，原來是不肯提到你對我們的恩惠，我自然不會怪你。」

木卓倫道：「那滿洲使者如此狂傲無禮，幸得總舵主挫折了他的驕氣。他激喀絲麗去做使者，總舵主你瞧去得麼？」陳家洛心想：「他們族中大事，旁人不便代出主意，我只能從旁盡力相助。」說道：「我從內地遠來，這裏的情形完全不知，木老英雄如說可去，在下自當盡力護送。要是覺得不去的好，那麼咱們另想法子回絕他。」

香香公主凜然說道：「爹，你與姊姊天天都爲了族裏的事操心，還在戰場上跟他們性命相拚。我只恨自己沒用，不能出一點兒力。我去做一趟使者，又不是甚麼大事，要是不去，可讓滿洲人把咱們瞧得小了。」霍青桐道：「妹妹，我只怕滿洲人要難爲你。」香香公主道：「你每次出戰，也總是冒著性命危險，我冒一次險也是應該的。他本事這樣好，我跟他去一點也不怕，姊姊，我眞的不怕。」

霍青桐見妹子對陳家洛一往情深，心中一股說不出的滋味，對木卓倫道：「爹，那就讓妹子去吧。」木卓倫道：「好，陳總舵主，那麼我這小女託給你啦。」陳家洛臉上一紅。香香公主一雙明如秋水的眼睛在他臉上緩緩晃過，頰邊現出微笑。霍青桐卻把頭轉向一邊。木卓倫寫了回書，只有幾個大字：「抗暴應戰，神必佑我。」陳家洛見幾個字辭氣悲壯，連連點頭說好。木卓倫把信交給香香公主，吻吻她的面頰，給她祝福。霍青桐道：「妹妹，眞神佑你，願你平安。」香香公主抱住姊姊，笑著稱謝。

四人走到帳外，木卓倫下令設宴，款待使者和他的隨從。席上那使者方通姓名，叫作和爾大。食畢，鼓樂手奏樂歡送賓客。和爾大一舉手，縱馬當先，絕塵而去。香香公主等騎了馬跟隨在後。

霍青桐望著七人背影在黑暗中隱沒，胸中只覺空盪盪地，似乎一顆心也隨著七匹馬的蹄聲，消失在無邊無際的大漠之中。

木卓倫道：「青兒，你妹子真勇敢。」霍青桐點點頭，掩面奔進營帳。一時之間，似乎有個大鐵椎在不住敲打自己胸口，腹酸心痛，恨不得立時死了才好。

香香公主和陳家洛跟著使者奔馳半夜，黎明時到了清軍營中。和爾大請他們在一座營帳中休息，自行去見兆惠。向兆惠行禮畢，見他身旁坐著一名軍官，身穿皇帝親軍驍騎營漢軍佐領服色，向他微一點頭，對兆惠道：「稟告大將軍，小將已將戰書送去。回子很是橫蠻，不肯投降，還派人送了戰書來。」兆惠哼了一聲，道：「眞是至死不悟。」對身旁的清兵道：「傳令升帳。」

命令下去，號角齊鳴，鼓聲蓬蓬，各營正副都統、參領、佐領，齊在大帳伺候。兆惠步到帳中，衆軍官躬身施禮。兆惠命在將位左側設一座位，請奉旨到來的驍騎營軍官坐下，再命三百名鐵甲軍親兵手執兵刃，排成兩列，兵衛森嚴，然後傳回人使者入見。

香香公主在前，陳家洛跟在身後。香香公主臉露微笑，毫無畏懼之色。衆人見回人使者便是昨日陣上所見的青年男女，都感驚異。兆惠本想臨之以威，那知從刀槍叢中進來的竟是這美貌少女，一時倒呆住了。香香公主向兆惠行了禮，取出父親的覆書呈上。

兆惠的親兵過來接信，走到她跟前，忽然聞到一陣甜甜的幽香，忙低下了頭，不敢直視，正要伸手接信，突然眼前一亮，只見一雙潔白無瑕的纖纖玉手，指如柔葱，肌若凝脂，燦然瑩光，心頭一陣迷糊，頓時茫然失措。兆惠喝道：「把信拿上來！」那親兵吃了一驚，一個踉蹌，險些跌倒。香香公主把信放在他手裏，溫顏微笑。那親兵漠然相視。香香公主向兆惠一指，輕輕推他一下。那親兵這才把信放到兆惠案上。

兆惠見他如此神魂顛倒，立時大怒，喝道：「拉出去砍了！」幾名軍士擁上來，把那親兵拉到帳外，接著一顆血肉模糊的首級托在盤中，獻了上來。

兆惠喝道：「首級示衆！」士兵正要拿下，香香公主見他如此殘暴，想到那親兵爲自己而死，很是傷心，從軍士手上接過盤子，望著親兵的頭，眼淚一滴一滴的落下。

帳下諸將見到她的容光，本已心神俱醉，這時都願爲她粉身碎骨，心想：「只要我的首級能給她一哭，雖死何憾？」兆惠見諸將神情浮動，便即大聲斥罵。衆兵將俯首不語，大帳中只聽到香香公主輕輕啜泣之聲。

陳家洛見香香公主瞧著那親兵的首級，目光中全是柔和之色，似乎是瞧著一個親人模樣，心想：「這孩子哭個不了，怎是使者的樣子？」伸手輕輕扶住，低聲慰撫。

兆惠素性殘忍鷙刻，但被她一哭，心腸竟也軟了，對左右道：「把這人好好葬了。」打開回信，叫懂回文的人譯出，哼了一聲，道：「好，後天決戰，你們回去吧！」坐在他身旁的軍官忽道：「大將軍，皇上要的多半就是這個女子。」

陳家洛本來全心都在香香公主身上，對帳中諸將視若無睹，聽得這話，抬起頭來，只見坐在兆惠身旁的竟然便是大對頭張召重。這時張召重也認出了陳家洛，見他穿著回人服裝，更是訝異。兩人四目相視，均各大詫，誰都想不到對方竟會在此處現身。

陳家洛牽了香香公主的手，轉身而出。張召重忽地從座上躍起，不等落地，掌風已及陳家洛身後。陳家洛左手攬住香香公主的腰，右手反擊一掌，借著張召重掌力，搶出帳去。張召重身法奇快，直追出來。衆將對香香公主都有好感，心想大將軍已讓他們回去，何以這驍騎營軍官要多管閒事，心下不滿，均不相助攔阻。

陳家洛攬著香香公主奔向自己坐騎，只竄出兩步，張召重已繞到前面，冷笑道：「陳總舵主，幸會，幸會！」陳家洛暗暗心驚，懷中掏出六枚圍棋子，一把向他上中下三路打去，對香香公主道：「我纏住這人，你快上馬逃走！」香香公主道：「不，等你打倒他，咱們一起走。」陳家洛那有餘裕對她說明這人武功比自己高強，明知棋子打他不中，乘他躲避閃讓，抱起香香公主放上紅馬鞍子。

張召重雙手各接住兩枚棋子，低頭縱躍，向陳家洛撲來，避開了餘下的兩枚棋子，這一躍既避暗器，又追敵人，守中帶攻，不讓對方有絲毫緩手之機。陳家洛不敢戀戰，身子挫低，鑽入了白馬腹下。張召重一掌堪堪擊到馬臀，倏地收勁，改擊爲按，單掌按住馬身，人未落地，飛腳向陳家洛踢去。

陳家洛處身馬底，轉身不便，敵人這一腳又來如閃電，人急智生，忽地伸手在馬腹上一舉，白馬受驚，雙腿向後倒踢。張召重單掌使勁，倏地躍出丈餘。陳家洛翻身上馬，叫道：「快走！」香香公主提韁縱馬，張召重又已躍上，飛身向她撲去。陳家洛大驚，雙腳力踹馬蹬，和身縱起，向張召重撲去。陳家洛知道功力不如對方，正面碰撞必定吃虧，堪堪碰到，右手已拔短劍刺出。張召重左手急翻，勾住他握劍的手腕，兩人一齊落地。張召重右手隨手發掌，陳家洛施展師門絕藝「反腕勾鎖」，左手晃處，已拿住他的右掌。兩人在地下糾纏拚鬥，貼身而搏。

衆將擁出帳來觀看。忽倫四兄弟心想：「我們到回人那裏送信，他們客氣相待。怎地人家過來送信，我們便這般不講道理？」他們對陳家洛俱都敬服，見他身遭危難，四人一樣心思，也不商量，同時奔上。

陳家洛和張召重各運內力相拚，初時尙勢均力敵，時候稍長，漸感不支，又見四名巨人奔到，心道：「罷了，罷了，這次糟啦。」那知忽倫四兄弟伸出八隻巨掌齊把張召重按住，叫道：「你快走。」香香公主騎著紅馬，手牽白馬在旁等候。張召重武功雖高，但正與陳家洛僵持，四人按來，當下既無招架之力，又無迴避之地，給四虎數千斤之力壓住，運不出內力，登時動彈不得，手一鬆，陳家洛跳了起來，說道：「這時殺你，不是大丈夫行徑，再饒你一次！」說罷收劍上馬。張召重空有一身武藝，背上卻如壓著四座小山一般，眼睜睜望著兩人並轡而去。

兩人馬匹腳程奇快，倏忽已衝過大軍哨崗，待兆惠集兵來追，早去得遠了。陳家洛適才一陣劇鬥，爲時雖暫，但死拚硬搏，實已心力交瘁，奔馳一陣，漸漸支撐不住。香香公主見他困怠，又見他右腕被揑得青一塊紫一塊，心生憐惜，說道：「他們追不上啦，下馬休息一會吧。」陳家洛搖搖晃晃的跨下馬來，仰臥在地，喘息一陣。香香公主從皮囊中倒出些羊乳，給他在手腕上塗抹。陳家洛緩過氣來，正要上馬，忽聽身後蹄聲急促，喊聲大振，數十騎急馳追來。兩人不及收拾皮囊，躍上馬背，向前急奔。忽見前面塵土飛揚，又有一彪軍馬衝來。

陳家洛暗暗叫苦，雙腿一夾，那白馬如箭離弦，飛馳出去，搶過香香公主身邊。陳家洛叫道：「跟著我衝！」白馬向前飛奔，跑了一段路，見前面只七八乘馬，心中一喜，勒定馬等候，待香香公主馳到，對面各騎也已馳近。陳家洛取出點穴珠索，上馬迎敵，卻覺手臂酸軟，眼前金星亂舞，一凝神間，忽見對面當先一人翻鞍下馬，大叫：「總舵主，是你嗎？」滾滾沙塵中狼牙棒上尖刺閃耀，那人身矮背駝，陳家洛這一下喜出望外，叫道：「十哥，快來！」語聲未畢，後面淸兵羽箭已颼颼射到。

章進躍上馬背。陳家洛忙叫道：「有敵兵追來，給我抵擋一陣。」章進叫道：「好極了！」拍馬而前，剛馳到陳家洛身邊，對面一人縱馬如飛，倏忽搶在章進之前，轉瞬殺入清兵隊裏。那人生龍活虎般勇不可當，不是九命錦豹子衛春華是誰？陳家洛更覺詫異，只見文泰來、駱冰、徐天宏、周綺四人飛騎而來，經過身旁時都大呼一聲：「總舵主你好！」便衝向清兵。隨後心硯奔到，下馬向陳家洛叩頭，站起來喜孜孜的道：「少爺，我們來啦。」陳家洛問：「怎麼九哥也來了？」心硯未及回答，又有一人掠過身旁，衝入敵人隊伍。陳家洛見那人灰衣蒙面，光頭僧袍，手持金笛，心下詫異，叫道：「十四弟麼？」余魚同遙遙答應：「總舵主，你好！」

待余魚同衝到，文泰來等已把追騎的先頭部隊殺散，但見後面塵頭大起，又有大軍趕來。眾人馳回，奔到陳家洛身邊。文泰來問道：「咱們向那裏退？」陳家洛見追兵聲勢極盛，心想：「回人大軍在西，我們如向西退，追兵跟到，他們猝不及防，只怕要受損折。」叫道：「向南！」手一指，十騎馬向南奔去。眾人不意相遇，都欣喜異常。各人所乘都是好馬，和追兵越離越遠，只是大漠上一望無際，毫沒隱蔽，距離雖遠，仍是舉目可見。陳家洛見兆惠點了大軍追趕他們兩人，未免小題大做，正暗笑他這般沒見識，如何能做大將，猛然想起張召重對兆惠輕聲所說的那句話：「皇上要的多半就是這女子。」一怔之下，心中琢磨這句話的意思，忽見又有一隊追兵從南包抄上來。

眾人一驚，當刻勒馬。徐天宏道：「咱們快做掩蔽，守到夜裏再走。」陳家洛道：「不錯，在大漠上白天走不了。」眾人下馬，有的用兵刃，有的便用雙手，在沙上挖了個大坑。駱冰對香香公主道：「妹妹，你先躲進去。」香香公主不懂漢語，微微一笑，卻沒有動。

清兵漸近，駱冰抱住香香公主，首先跳進坑裏，眾人跟著跳入。文泰來、章進、徐天宏、余魚同四人這次來到回部，身上都帶備弓箭，彎弓搭箭，登時射倒了十幾名官兵。文、徐、余三人箭無虛發。章進弓箭卻不擅長，連射七八箭沒一箭射中，怒火沖天，拋下弓箭，提了狼牙棒要上去廝殺。周綺一把抓住他手臂，罵道：「去送死嗎？」駱冰見她居然已能審察敵我情勢，不再一味蠻打，自是徐天宏陶冶之功，不由得嗤的一笑。周綺橫了她一眼道：「我說得不對嗎？」駱冰笑道：「很是，很是。」

衛春華撿起章進拋下的弓箭，連珠箭射倒六名清兵。心硯連連拍手大讚：「好箭法！」吶喊聲中，一隊清兵衝到坑口。文泰來一箭射出，在一名領隊的把總胸口對穿而過，箭枝帶血，又飛出數丈，這才落地。眾兵見這一箭如此手勁，嚇得魂飛魄散，轉頭就跑。

頭一仗殺退了追兵，但一眼望出去，四面八方密密層層的圍滿了人馬，幸喜清兵並不射箭，否則縱有沙坑，也決計難避萬箭蝗集。徐天宏道：「沙坑已夠深啦，快向旁邊挖。」沙漠上面是浮沙，挖下七八尺後出現堅土，陳家洛、駱冰、周綺、心硯與香香公主一齊動手，向旁挖掘，將沙土掏出來堆在坑邊，築成擋箭的短牆，衆人才喘了一口氣。章進對心硯道：「我護著你，上去撿弓箭。」舞動狼牙棒，躍上坑邊。心硯跟著跳出，在射死的淸兵身旁撿了七八張弓，捧了一大綑箭回來。

這時陳家洛才給香香公主與衆人引見。衆人聽說她是霍青桐的妹妹，見她容顏絕麗，溫雅和藹，都生親近之意，只是言語不通，無法交談。駱冰道：「她有點像玉瓶上畫的那個姑娘，不過她更加美得多。」周綺點頭稱是。

陳家洛休息良久，力氣漸復，心想：「張召重當眞了得，我只和他相持片刻，現下仍是雙臂酸軟，開不得弓。」問道：「九哥你怎麼也來了？十二哥呢？」衛春華從坑邊躍下，說道：「總舵主精神好些了吧？我來稟告好麼？」陳家洛道：「好，你說吧。」又朗聲道：「四哥、十弟、十四弟、心硯，你們在上面看著敵兵動靜，咱們等到半夜裏再突圍。」文泰來等在上面答應。

衛春華道：「我和十二弟奉總舵主之命到北京打探朝廷動靜，一時也沒查到甚麼。有一天在街頭忽然見到張召重那奸賊和他師兄馬眞道長。」陳家洛道：「咱們把張召重交給他師兄，馬眞道長說要帶他去武當山好好管教。我正奇怪他怎麼又出來了，原來他到過北京。」徐天宏道：「總舵主最近見過他？」陳家洛道：「剛才就是和他交了手，眞是好險。」於是說了和他相遇之事。衆人都是又驚又怒。

衛春華道：「他們師兄弟一路說得很起勁，沒瞧見我們。我想：莫不是馬眞道人和師弟聯了手騙人？我們悄悄跟著，見他們走進一條胡同的一所屋裏，到天黑都不出來，看來便是住在那兒了。我和十二弟商量，得去探個明白。到了二更天，我們跳進牆去，這兩人非同小可，單是張召重，我和十二弟加起來也不是對手，何況還有他師兄？因此我們連大氣兒也不敢喘一口，在院子裏伏著不動。等了半天，聽得一間屋裏有人聲，我們悄悄過去，在窗縫中一張，見馬道長躺在炕上，那奸賊卻走動不停，兩人大聲爭論，我們不敢多看，矮了身子靜聽。原來張召重說要到北京料理些銀錢私事後才能去湖北。他師兄便和他同來。過了幾天，皇帝也回京了。」陳家洛聽得乾隆已回北京，嗯了一聲。

衛春華又道：「張召重說，皇帝給了他一道旨意，要他到回部來辦一件大事。」陳家洛忙問：「甚麼大事？」衛春華道：「他沒說淸楚，好像要來找一個甚麼人。」陳家洛眉頭微皺，隱隱覺得有甚麼事不對。

衛春華道：「馬道長的話很嚴厲，要他馬上辭官。張召重卻抬出皇帝來壓他，說聖旨怎可違抗？若是違旨，只怕武當山也要給皇帝派兵踏平了。馬道長說，咱們江山都教韃子佔了，就算再毀武當山也不足惜。兩人越說越僵，馬道長大怒，從炕上跳起來，喝道：『我在紅花會朋友們面前怎麼說的？』張召重說：『這些造反逆賊，師兄何必跟他們當眞？』只聽得豁的一聲，似乎馬道長拔了劍。我忙湊到窗縫上去看，見馬道長手中持劍，臉色鐵青，罵道：『你還記不記得師父的遺訓？你這忘恩負義之徒，一意要替滿清朝廷做走狗，眞是無恥之極。我今日先跟你拚了。』十二弟向我伸伸大拇指，暗讚馬道長是非分明，大義凜然。張召重軟了下來，嘆了口氣道：『師兄既這麼說，明兒我跟你去湖北就是。』馬道長這才收了劍，安慰了他兩句，在炕上睡了。張召重坐在椅上，臉上一忽兒滿是殺氣，一忽兒似乎躊躇不決，身子不住輕輕顫動。我和十二弟只怕給他發覺，想等他睡了再走，等了快半個時辰，張召重始終不睡，好幾次站了起來，重又坐下，突然雙眉豎起，牙齒一咬，輕輕叫道：『大師哥！』馬道長這時已睡得很熟，微微發出鼾聲。張召重悄悄走到炕前……」

說到這裏，香香公主忽然驚叫了一聲，她雖不懂衛春華的話，卻也感到了他語氣中那股森森陰氣，不自禁有慄慄之感。她拉住陳家洛的手，輕輕偎在他身上。周綺狠狠瞪了她一眼，嘴唇一動，要待說話，終於忍住。

衛春華續道：「只見張召重走到炕邊，驀地向前一撲，隨即向後縱出。只聽得馬道長慘叫一聲，跳了起來，雙眼鮮血淋漓，兩顆眼珠已被那狼心狗肺的奸賊挖了出來！」

陳家洛義憤塡膺，忽地跳起，右掌在坑邊一拍，打得泥沙紛飛，切齒說道：「不殺這奸賊，誓不爲人！我剛才不該饒他性命！」香香公主從未見過他如此大怒，心中害怕，緊緊拉住他衣袖。徐天宏等已聽衛春華說過，這時卻仍是憤怒難當。

衛春華手中雙鉤抖動，格格直響，語言發顫，續道：「馬道長不作一聲，一步一步向張召重走近，臉上神色十分怕人，突然飛腳踢出。張召重閃躍退開。馬道長瞧不見，這一腳踢在炕上，砰的一聲，土炕給他踢去了一大塊，屋中灰土飛揚。張召重似乎也有點怕了，想奪門而出，馬道長已搶到門口，攔住去路，側耳靜聽。張召重走不出去，忽然哈哈笑了兩聲。馬道長聽準來路，和身撲上，左腿橫掃過去。那知張召重是故意誘他來踢，先已把長劍揷在自己身前。馬道長這腿掃去，剛好踢到劍上，一隻左腳登時切了下來。」周綺咬牙切齒，提刀不住的狠砍身旁沙土。

衛春華道：「這時我和十二弟實在忍不住了，顧不得身在險地，非他敵手，兩人不約而同的破窗而入，齊向那奸賊殺去。想是他作了惡事心虛，又怕我們還有幫手，只鬥了幾回合就逃了。我們追出去，十二弟被奸賊的金針打中。我扶了十二弟回到屋裏，想先給馬道長止血。他只說了一句話，就在牆上撞死了。」陳家洛道：「他說了句甚麼話？」

忽然一陣寒風吹來，人人都是一凜。

衛春華道：「馬道長說：『要陸師弟跟魚同給我報仇！』這時外面聽到我們爭鬥的聲音，有人起來喝問。我忙把十二弟扶回寓所。第二天我再去探看，見他們已把馬道長收殮了。十二弟給打中五枚金針，我給他取出之後，現今在北京雙柳子胡同調養。張召重說皇帝要他來回部找一個人，我想莫非是來找總舵主的師父？曾聽總舵主說，皇帝有兩件干係重大的東西寄存在袁老前輩那裏。雖然袁老前輩武功精湛，決不懼他，只是這奸賊如此惡毒，倘若大夥兒以爲他已改過，說不定會中了他奸計，因此我日夜不停的趕來報信。在河南遇到了龍門幫的人，得知總舵主見過他們幫主上官大哥，我就去見他，剛好遇到四哥、七哥他們。我們一起去找十四弟。他得知師父遇害，傷心得不得了，大家趕到這裏，想不到會和總舵主相遇。」陳家洛道：「十二哥傷勢怎樣？」衛春華道：「傷勢可不輕，幸好沒打中要害。」

這時寒風越來越大，天上鉛雲密密層層，似欲直壓上頭來。香香公主道：「就要下雪了……」但覺寒意難當，向陳家洛身上更靠緊了些。

周綺胸頭一直憋著一股氣，這時再也忍不住，衝口而出：「她說甚麼？」陳家洛見她聲勢洶洶，有點奇怪，說道：「她說就要下雪了。」周綺怒道：「哼！她怎知道？」過了一會，板起臉說道：「總舵主，你到底心中愛的是霍青桐姊姊呢，還是愛她？」

陳家洛臉紅不答。徐天宏扯扯她衣角，叫她別胡鬧。周綺急道：「你扯我幹甚麼？霍姊姊人很好，不能讓她給人欺侮。」陳家洛心想：「我幾時欺侮過她了？」知道周綺是直性人，不說清楚下不了台，便道：「霍青桐姑娘爲人很好，咱們大家都是很敬佩的……」周綺搶著道：「那麼爲甚麼你見她妹妹好看，就撇開了她？」

陳家洛被她問得滿臉通紅。駱冰出來打圓場：「總舵主和咱們大家一樣，和她見過一次面，只說過幾句話，也不過是尋常朋友罷了，說不上甚麼愛不愛的。」周綺更急了，道：「冰姊姊，你怎麼也幫他？霍青桐姊姊送了一柄古劍給他，總舵主瞧著她的神氣，也都是那麼含情脈脈的，我雖然蠢，可也知道這是一見鍾情……」駱冰笑道：「誰說你蠢了？又是含情脈脈，又是一見鍾情的？」周綺怒道：「你別打岔，成不成？冰姊姊，咱們背地裏都說他兩個是天生一對。怎麼忽然又不算數了？他雖是總舵主，我可要問個清楚。」

香香公主聽她們語氣緊張，睜著一雙圓圓的眼睛，很是詫異。

陳家洛無奈，只得道：「霍青桐姑娘在見到我之前，就早有意中人了，就算我心中對她好，那又何必自討沒趣？」他自知言不由衷，只是無可奈何的遁詞，不禁內心有愧，臉現慚色。周綺一呆，道：「眞的麼？」陳家洛道：「我怎會騙你？」周綺登時釋然，說道：「那就是了。你很好，我錯怪你啦。害得我白生了半天氣。對不起，你別見怪。」大家見她天眞爛漫，當場認錯，都笑了起來。

周綺本來對香香公主滿懷敵意，這時過來拉住她手，很是親熱，忽然面上一涼，一抬頭，只見鵝毛般的雪花飄飄而下，喜道：「你說得眞準，果然下雪了。」陳家洛一躍而起，叫道：「咱們衝！」

眾人跳了起來，把馬匹從坑中牽上。清兵見到，吶喊衝來。眾人躍上馬背，衛春華當先衝出，奔不數丈，忽然「哎喲」一聲，連人帶馬摔倒在地。文泰來大驚，拍馬上前，尚未走近，坐馬中箭滾倒。文泰來躍起縱到衛春華身旁，衛春華已經站起，說道：「馬給射死啦，我沒事……」話聲未畢，章進與駱冰兩騎馳到。

兩人彎腰伸手，一人一個，把衛春華和文泰來拉上馬背，霎時之間，心硯與章進的馬又中箭倒下。陳家洛叫道：「回去，回去！」各人掉頭奔回坑中。清兵乘勢追來，被文泰來、余魚同、衛春華一輪箭射了回去。

這一下沒衝出重圍困，反而被射死四匹馬。清兵似乎守定「射人先射馬」的宗旨，羽箭盡是射馬。大漠之中，如無馬匹，如何突出重圍？眾人凝思無計，愁眉不展。

駱冰道：「如沒救兵，咱們死路一條。」徐天宏道：「木卓倫老英雄見總舵主和女兒久出不歸，定會派兵接應。」陳家洛道：「他們一定早已派兵，只是我們向南奔出這麼遠，只怕他們一時難以找到。」徐天宏道：「那只有派人去求救。」心硯道：「我去！我會說回語。」陳家洛沉吟一下，道：「好！」心硯從包裹中取出文房四寶。陳家洛請香香公主寫了封信求救。陳家洛對心硯道：「你騎四奶奶的白馬去。我們向東佯攻，你在西面衝出去。」說了去回人大營的方向路徑。於是眾人齊聲吶喊，徒步向東衝去。周綺和香香公主留在坑中。

心硯悄悄把白馬牽上，伏身馬腹之下，雙手抱住馬頸，兩腿勾住馬腹，右腳輕輕在馬肋上一踢。那白馬放開四蹄，向西疾奔而去。清兵疏疏落落的射了幾箭，箭力既弱，更是毫無準頭，都落在馬旁數丈之外。

衆人見心硯馳出已遠，便退回坑內，凝神遙望，見白馬衝風冒雪，突出重圍，奔馳快極，都歡呼起來。陳家洛這些年來待心硯就如兄弟一般，見他小小年紀，干冒萬險去求救兵，不知性命如何，心中一陣難受，當下命徐天宏、衛春華兩人上去守衛，把文泰來等人接替下來休息。

文泰來渾不以身處險地爲憂，下來後縱聲高歌，唱的是江南農家田歌，駱冰應聲相和：「上山砍柴唱山歌，不怕豹子不怕虎，窮人生來骨頭硬，錢財雖少仁義多。」

香香公主對陳家洛道：「你們漢人唱歌也這麼好聽。他們唱的是甚麼呀？」陳家洛把歌曲大意譯給她聽。香香公主輕輕跟著文泰來唱，學他曲調，唱了一會，便睡著了。

這時雪愈下愈大，一眼望出去，但見白茫茫的一片。天將黎明時，香香公主仍是沉睡未醒，頭髮上肩上都是積雪，臉上的雪花卻已溶成水珠，隨著她呼吸微微顫動。駱冰輕聲笑道：「這孩子眞是一點也不擔心。」

又過良久，徐天宏雙眉緊鎖，緩緩的道：「怎麼隔了這麼久還沒救兵消息？」文泰來道：「不知心硯路上會不會出事？」徐天宏道：「我擔心的是另一件事。」周綺道：

「甚麼事？怎麼吞吞吐吐，要說不說的？」

徐天宏在甘涼道上見到回人奪經之時，霍青桐發號施令，衆回人奉命唯謹，問陳家洛道：「回人營中事務，是木卓倫老英雄管呢，還是霍青桐姑娘管？」陳家洛道：「看來兩人都管。木老英雄凡事都和女兒商量。」徐天宏嘆道：「要是霍青桐不肯發兵，那就……難了。」衆人明白他的意思，默然不語。周綺卻跳了起來，急道：「你……你怎把霍姊姊看成這樣的人？她不是另有意中人嗎？再說，就算她跟妹子吃醋，難道會不救自己心中喜歡的他？」徐天宏道：「女人妒忌起來，甚麼事都做得出。」周綺大怒，嘩啦嘩啦亂叫。香香公主醒了，睜開眼睛，微笑著望她。衆人和霍青桐都只見過一面，雖然覺得她好，但她究竟爲人如何，並不深知，聽徐天宏一說，覺得也不無有理，只是周綺絕不肯信。衆人見香香公主這般美麗可愛，陳家洛移情別戀，雖然負心不該，但難以抗拒，也屬人情之常，何況見他訕訕的言語支吾，似見內愧，都不禁有憂。

心硯急馳突圍，依著陳家洛所說道路，馳入回人軍中，把信遞了上去。

木卓倫正派人四出尋訪，但茫茫大漠之中，找尋兩個人談何容易，淸兵集結之處又不能前去打探，正自焦急萬狀，一見女兒的信，大喜躍起，對親兵道：「快調集隊伍。」

霍青桐問心硯道：「圍著你們的清兵有多少人？」心硯道：「總有四五千人。」霍青桐咬著嘴唇，在帳裏走來走去，沉吟不語。不一刻，篷帳外號角吹起，人奔馬嘶，刀槍鏗鏘，隊伍已集。木卓倫正要出帳領隊前去救人，霍青桐牙齒一咬，說道：「爹，不能去救。」

木卓倫吃了一驚，回過頭來，驚疑交集，還道聽錯了話，隔了片刻，才道：「你……你說甚麼？」霍青桐道：「我說不能去救。」木卓倫紫漲了臉，怒氣上沖，但隨即想到她平素精細多智，或許另有道理，問道：「爲甚麼？」霍青桐道：「兆惠很會用兵，決不能只爲要捉咱們兩個使者，派四五千人去追趕圍困，其中必有詭計。」木卓倫道：「就算有詭計，難道你妹子與紅花會這些朋友，咱們就忍心讓清兵殺害？」霍青桐低頭不語，隔了半晌，說道：「我就怕領了兵去，不但救不出人，反而再饒上幾千條性命。」

木卓倫雙手在大腿一拍，叫道：「且別說你妹子是親骨肉，陳總舵主與紅花會這些朋友，對咱們如此仁至義盡，就算爲他們死了，又有甚麼打緊？你……你……」見女兒突然不明義理，心中又是憤怒，又是痛惜。

霍青桐道：「爹，你聽我的話，咱們不但要救他們出來，說不定還能打個大勝仗。」木卓倫喜道：「好孩子，你怎不早說？怎樣幹？我，我聽你的話。」霍青桐道：「爹，你眞肯聽我話？」木卓倫笑道：「剛才我急胡塗啦，你別放在心上。怎樣辦？快說。」霍青桐道：「那麼你把令箭交給我，這一仗由我來指揮。」木卓倫微一遲疑，信得過她智謀遠勝於己，便道：「好，就交給你。」把號令全軍的令旗令箭雙手捧著交過去。

霍青桐跪下接過，再向眞神安拉禱告，然後站起身來，道：「爹，那麼你和哥哥也得聽我號令。」木卓倫道：「只要你把人救出，打垮淸兵，要我幹甚麼都成。」霍青桐道：「好，一言爲定。」和父親走出帳外，各隊隊長已排成兩列等候。

木卓倫向衆戰士叫道：「咱們今日要和滿洲兵決一死戰，這一仗由霍青桐姑娘發施號令。」衆戰士舉起馬刀，高聲叫道：「願眞神護佑翠羽黃衫，求安拉領著咱們得到勝利。」霍青桐把令旗一展，說道：「好，現下散隊，大家回營好好休息。」各隊長率領衆人散了。木卓倫錯愕異常，說不出話來。

回入帳內，心硯撲地跪下，不住向霍青桐磕頭，哭道：「姑娘，你如不發兵去救，我家公子可活不成啦。」霍青桐道：「你起來，我又沒說不去救。」心硯哭道：「公子他們只有九人，當中姑娘的妹子是不會武的。敵兵卻有幾千。救兵遲到一步，公子他們就……就……」霍青桐道：「淸兵的鐵甲軍有沒有衝鋒？」心硯道：「還沒有。只怕這時候也已衝了。他們穿了鐵甲，箭射不進，那怎擋得住……」越想越怕，放聲大哭。霍青桐皺眉不語。

木卓倫見心硯哭得悲痛，心想：「他年紀雖小，對主人卻如此忠義。我們若不去救，如何對得起人？」在帳中踱來踱去，徬徨無策。

霍青桐道：「爹，你不見捉黃狼用的機關？鐵鉤上鉤塊羊肉，黃狼咬住肉一拖，引動機關，登時把狼拿住。兆惠想讓咱們做狼，妹子就是那塊羊肉了。沙漠之中，無險可守，紅花會的人再英雄，單憑八人，決計擋不住四五千人馬。那定是兆惠故意不叫猛攻。」木卓倫點頭說是。霍青桐又道：「這小管家說，清兵鐵甲軍沒出動，可到那裏去啦？」蹲下地來，用令旗旗桿在地下畫個小圈，道：「這是羊肉。」在圈旁畫了兩道粗線，說道：「這是鐵甲軍，那便是機關了。咱們從這裏去救，他鐵甲軍兩面夾擊，咱們還有命麼？」木卓倫回頭望著心硯，無話可說。

霍青桐道：「清兵是故意放這小管家出來求救，否則他孤身一人，又怎能夠從四五千軍馬中衝殺出來？」木卓倫道：「你說兆惠要咱們上當，那麼咱們從他隊伍側面進攻，打他個措手不及。」霍青桐道：「他們有四萬多兵，咱們卻只一萬五千，正面開仗一定吃虧。」

木卓倫大叫：「依你說，你妹子和那些朋友是死定了？我捨不下你妹子，也決不能讓紅花會的朋友們遇難。我只帶五百人去，救得出是真神保佑，救不出就跟他們一塊兒死。」霍青桐沉吟不語。

心硯見霍青桐執意不肯發兵，急得又跪下磕頭，哭道：「我們公子有甚麼地方對不起姑娘，請你寬宏包容，等救他出來之後，小人一定求公子給姑娘賠禮。姑娘救他性命，我們不會不感激姑娘的恩德。」霍青桐聽了這幾句話，知心硯已有疑她之意，秀眉一豎，怒道：「你別不清不楚的瞎說。」心硯一楞，跳起身來，說道：「姑娘這麼狠心。我去跟公子死在一塊。」哭著騎上白馬，奔馳而去。

木卓倫大聲道：「如不發兵，連這小孩子都不如了。便是刀山油鍋，今日也要去走一遭。穆聖教導：爲義而死，魂歸天國！」越說越是激昂。

霍青桐道：「爹，漢人有一部故事書，叫做《三國演義》。我師父曾給我講過不少書中用計謀打勝仗的故事，那些計策可眞妙極了。那部書中說道，將在謀而不在勇。咱們兵少，也只有出奇，方能制勝。兆惠既有毒計，咱們便將計就計，狠狠的打上一仗。」

木卓倫將信將疑，道：「當眞？」霍青桐顫聲道：「爹，難道你也疑心我？」木卓倫見她雙目含淚，臉色蒼白，心中不忍，說道：「好吧，由得你。那你就立刻發兵救人。」

霍青桐又想了一會，對親兵道：「擊鼓升帳。」鼓聲響起，各隊隊長走進帳來。霍青桐居中坐下，木卓倫和霍阿伊坐在一邊。這時帳外雪下得更大了，地下已積雪數寸。木卓倫想到小女兒被困沙漠，再加上這般大雪，不餓死也要凍死，心下甚是惶急。

霍青桐手執令箭，說道：「青旗第一隊隊長，你率領本隊人馬，在戈壁大泥淖西首如此如此，青旗第二、三、四、五、六各隊隊長，你們率領人馬，召集牧民、農民，在大泥淖旁如此如此。」六隊青旗兵隊長接奉號令，各率一千人去了。

木卓倫見女兒把本部精銳之師派出去構築工事，卻不去救人，頗感不滿。霍青桐又道：「白旗第一、二、三隊三位隊長，你們在葉爾羌城中和黑水河兩岸如此如此。黑旗第一隊隊長，哈薩克隊隊長，你們兩隊在黑水河旁的山上如此如此。蒙古隊隊長，你們這隊駐紮在英奇盤山頂，如此如此。」各隊隊長接令去了。此役清兵西侵，不但回人遭害，天山北路的哈薩克部、蒙古部也大受池魚之殃，因此不少部落和回人聯手抗敵。

霍青桐道：「爹爹，你任東路青旗軍總指揮。哥哥，你任西路白旗、黑旗、哈薩克、蒙古各隊人馬總指揮。我率領黑旗第二隊居中策應。這一仗的方略是這樣……」正要詳加解釋，木卓倫跳起身來，叫道：「誰去救人？」

霍青桐道：「黑旗第三隊隊長，你率隊從東首衝入救人。黑旗第四隊隊長，你率隊從西首衝入救人。遇到清兵時如此如此。你們兩隊和青旗軍調換馬匹，要騎最好的良馬，不許有一匹馬是次等的。」黑旗軍兩名隊長接令去了。

木卓倫叫道：「你把一萬三千名精兵全都調去幹不急之務，卻派兩千老弱小孩去救人，況且不是打仗，卻是逃跑。這是甚麼用心？」原來回人中青旗白旗兩軍最精，黑旗軍遠為不及，黑旗第三、第四兩隊由老年及未成丁少年組成，尤為疲弱，平時只做哨崗、運輸之事，極少上陣。霍阿伊對妹子素來敬服，這時心中也充滿懷疑。霍青桐道：「我的計策是……」木卓倫怒火沖天，叫道：「我再不信你的話啦！你，你喜歡陳公子，他卻喜歡了你妹子，因此你要讓他們兩人都死。你……你好狠心！」

霍青桐氣得手足冰冷，險些暈厥。木卓倫氣頭上不加思索，話一出口，便覺說得太重，呆了一呆，翻身上馬，叫道：「我去和喀絲麗死在一起！」長刀一揮，叫道：「黑旗第三、第四隊，跟我來！」兩隊老少戰士剛掉換了良馬，跟隨族長，在風雪中向大漠馳去。

霍阿伊見妹子形容委頓，說道：「妹妹，爹爹心中亂啦，自己都不知道說甚麼，你別放在心上。」霍青桐右手按住心口，額頭滲出冷汗，隔了一會，道：「我去接應爹爹。」霍阿伊道：「瞧你累得這樣子，你息著。我去接應爹爹。」霍青桐道：「不，你指揮東路青旗各隊，我去。」跨上戰馬，帶領黑旗第二隊奔了出去。

這時回人大營只餘下兩三百名傷兵病號，一萬五千名戰士空營而出。

心硯心中氣苦，騎了白馬，哭哭啼啼的向陳家洛等被圍處奔去。馳近敵軍時，清兵居然並不出力阻攔，敷衍了事般的放了十幾枝箭，羽箭飛來，都離得心硯遠遠的，少說也有丈餘。他衝近土坑，章進歡呼大叫：「心硯回來了！」

心硯一聲不響，翻身下馬，把白馬牽入坑內，坐倒在地，放聲大哭。周綺道：「別哭，別哭，怎麼啦？」徐天宏嘆道：「還有甚麼可問的？霍青桐不肯發兵。」心硯哭道：「我跪下跟她磕頭……苦苦哀求……她反而罵我……」說罷又哭。眾人默然不語。

香香公主問陳家洛這孩子爲甚麼哭。陳家洛不願讓她難受，說道：「他出去求救，走了半天，衝不出去。」香香公主掏出手帕，遞了過去。心硯接過，正要去擦眼淚，忽覺手帕上一陣清香，便不敢用，伸衣袖擦去眼淚鼻涕，把手帕還了給她。

徐天宏道：「咱們衝是衝不出去了。四哥，你說該怎麼辦？」文泰來聽徐天宏忽然問他而不問陳家洛，微一沉吟，已知他用意，說道：「總舵主，你快和這位姑娘騎白馬出去。」陳家洛訝道：「我們兩人？」文泰來道：「正是，咱們一起出去是決計不能的了。你肩頭擔負著天大擔子。不但紅花會數萬弟兄要你率領，漢家光復大業也落在你身上。」衛春華、余魚同、周綺等都道：「只要你能出去，我們死也瞑目。」陳家洛道：「你們死了，我豈能一人偷生？」徐天宏道：「總舵主，時機緊迫。你若不走，我們可要用強了。」

陳家洛頓了一頓，說道：「好。」把白馬牽出坑外，向眾人一拱手，把香香公主扶了出去。文泰來等均知這番是生離死別，都十分難過，駱冰已流下淚來。陳家洛卻若無其事的和香香公主上馬而去。

眾人心頭沉鬱，又擔心陳家洛不能衝出重圍。文泰來豪邁如昔，大聲道：「咱們這裏連總舵主和那位回人姑娘，不過十個人，現今已殺了七八十名敵兵。各位兄弟，咱們要殺滿多少人才肯死？」駱冰道：「至少再殺一百名。」周綺道：「這些滿清兵壞死啦，咱們殺足三百名。」文泰來道：「好，大家數著。」章進道：「湊足五百名！」

衛春華在上守望，回過頭來叫道：「咱們這裏還有八人。紅花會的英雄好漢要以一當百，瞧著！」這時正有三名清兵在雪地中慢慢爬過來，衛春華扯起長弓，連珠箭箭無虛發。只聽心硯數道：「一、二、三！好！九爺，好極啦。」余魚同興致也提了起來，叫道：「就是這樣，要咱們死，可不大容易，總得殺滿八百人。」徐天宏笑道：「這越來越不容易啦。要是殺不足數，咱們豈不是死不瞑目？」駱冰笑道：「那只好請五哥、六哥慢一點駕到。」眾人都大笑起來。常赫志、常伯志綽號黑無常、白無常，相傳人死時由無常鬼拘魂。

羣雄死意既決，反而興高采烈。心硯本來甚是害怕，見大家如此，也強自壯膽，心想：「公子是英雄豪傑，我可不能辱沒了他。」章進哈哈傻笑，顛來倒去的大叫：「老爺今日要歸天，先殺韃子八百人！」

忽聽得衛春華喝問：「誰？」只聽陳家洛笑道：「幹麼不殺足一千人？」衛春華叫

道：「啊，總舵主，怎麼你回來啦？」陳家洛縱身入坑，笑道：「我把她送走，自然回來啦。當年劉關張說要同年同月同日死。他們義垂千古，到頭來卻還是做不到。咱們兄弟姊妹九人，今日卻做到啦。」衆人見他如此，知道再也勸他不回，齊聲大叫：「好，咱們同年同月同日死。」陳家洛道：「心硯，好兄弟，你別再叫我少爺了。你做咱們的十五弟吧！」衆人都說：「不錯，不錯。」心硯大是感動，哭了起來。

這時坑中雪又積起數寸，衆人一面把雪抄出去，一面閒談。徐天宏笑道：「這時如有一罈老酒，可有多好。」周綺瞪了他一眼道：「又來逗我啦！」衆人笑了起來。

余魚同呆了一陣，忽道：「四哥，我有一件事很對你不起。我可不能藏在心裏死去。」文泰來一怔，道：「甚麼？」余魚同於是把自己如何對駱冰痴心、如何在鐵膽莊外調戲她的事，原原本本的說了，最後說道：「我喪心病狂，早就該死了，卻又不死，心中老大不安，只得做了和尚。四哥，你能原諒我嗎？」

文泰來哈哈大笑，說道：「十四弟，你道我以往不知麼？可是我待你曾有甚麼絲毫異樣？你四嫂從來沒提過一字，但我自然看得出來。我知你年輕人一時胡塗，向來不當它一回事，早就原諒了你，又何必要你今日再來求我？」余魚同又是慚愧，又是感激。

駱冰笑道：「十四弟，這事早過去啦，何必再提？可是有一件事我卻很不樂意。」余魚同一怔，道：「怎……怎樣？」駱冰道：「你是大和尚，歸天之後，我佛如來接引你去西方極樂世界。我們八人卻給五哥、六哥拘去陰曹地府，免不了上刀山、下油鍋。這一來，豈不是違了當年咱們有福共享、有難同當的誓言？」衆人越聽越是好笑。余魚同把身上僧袍一扯，笑道：「反正我今天已殺人破戒，我佛慈悲，弟子今日決意還俗。與衆位哥哥姊姊同赴地獄，勝於一人獨登極樂！」衆人拍手叫好。

轟笑聲中，上面衛春華與心硯叫了起來。衆人齊上坑邊，預備迎敵。月光冷冷，雪花飛舞之中，只見一個白衣人手牽白馬，緩緩走來。這時遍地瓊瑤，這白衣人踏雪而來，眞如仙子下凡一般，正是香香公主。陳家洛吃了一驚，縱出沙坑，迎了上去。

香香公主道：「你怎麼撇下我一人？」陳家洛頓足道：「我叫你逃回去啊，在這裏有死無生。」香香公主流下淚來，道：「你死了，我還活得成麼？難道你……你不知道我的心？」陳家洛呆了半晌，道：「好，咱們回去。」拉了她手，回入坑中。

周綺嘆道：「總舵主，本來我還有些怪你心志不堅，其實當眞是我錯了。」陳家洛道：「怎麼？」周綺道：「想不到這小姑娘對你竟如此情義深重。別說她似仙女一般，就算醜得像母夜叉，只要有這樣的心，我也愛她。」

陳家洛一笑，心想今日良友愛侶同在一起，雖死無憾，又想：「霍青桐如眞爲了恨自己無情負心，不肯發兵來救。我便因薄倖變心而遭懲處。」反覺釋然，自責之情似乎稍減，但轉念又想：「翠羽黃衫英姿凜然，豈能如尋常女子一般小氣生怨。唉，終究是我對她不起。她這時心中一定比我苦得多。」

駱冰對周綺道：「怪不得你這般愛七哥，原來他心好。」周綺道：「不是麼？他人雖鬼靈精，心腸卻是極好的。」徐天宏得愛妻當衆稱讚，心中樂意之極。

香香公主對陳家洛道：「我唱個故事給大家聽。」陳家洛拍手叫好。香香公主柔聲唱了起來：「孔雀河畔鐵門關，兩岸垂柳拂水面，高山嶺上一個墳喲，葬著塔依爾跟柔和娜。」她唱一段，陳家洛低聲翻譯一段。

她唱的是回族的一個傳說。古焉耆王國公主柔和娜，和首相之子塔依爾從小相戀。後來首相因直諫而被國王處死，國王不許女兒再和塔依爾相好，要把她嫁給奸臣的兒子黑英雄，把塔依爾關入箱中，順著孔雀河水放逐出境。恰好庫車國公主正在遊河，救起了他。

庫車國老國王見他英俊能幹，想招他做駙馬，並讓他繼承王位。塔依爾卻說：「陛下的財富和王位，再加上美麗的公主，也不能令我負了柔和娜的深情。」堅不接納老國王的美意，後來便偷偷回國。這時柔和娜因懷念情人而生了病，國王假造了塔依爾的書信來安慰她。等她病好，國王又強迫她嫁給黑英雄。她含著眼淚，打開百姓送來給她道賀的一隻禮物箱子時，塔依爾從箱中跳了出來。

便在這時，黑英雄闖了進來，跟塔依爾搏鬥，被塔依爾殺死。國王下令將塔依爾處死。公主向父王苦苦求情，也被憤怒的父王扼死。衆百姓抬了這對戀人的屍身，唱著輓歌，走上高山給他們舉行葬禮。

當她唱到曼長淒切的輓歌時，駱冰和周綺雖不懂詞義，也不禁淚水盈眶。衆人沉默良久，想著這對古代戀人不幸的命運。

忽然衛春華在上面哈哈大笑，叫道：「快來瞧！」大家爬到坑邊，只見六七名清兵嗚嗚亂叫，動彈不得。原來他們爬過來偷襲，衛春華早看到了，想等他們爬近些再發箭，那知他們聽到香香公主的歌聲，心神俱醉，伏在雪地裏靜聽。酷寒之中，只過得片刻，身上積雪便都結成了冰，等到歌聲停止，想再爬動時，冰塊已將他們全身牢牢膠住，再也掙不脫了。大雪不斷落下，隨落隨凍，不多時，將這幾名清兵埋葬在冰雪之中。羣雄這時也冷得抵受不住，心硯撿了一大批箭枝來，在坑中點火取暖。

第三日天明，大雪仍下個不停。徐天宏道：「大家上去，只怕清兵馬上就要進攻。」除香香公主外，衆人都彎弓搭箭守在坑邊。這時天色大亮，清兵卻只是疏疏落落的射些冷箭，並不集隊來攻。

徐天宏大惑不解，忽地想起一事，忙問心硯：「霍青桐姑娘問你些甚麼話？」心硯道：「她問我圍困咱們的清兵有多少人，又問鐵甲軍有沒衝鋒。」徐天宏大喜，叫道：「咱們有救了，有救了！」衆人瞪眼望著他。

徐天宏道：「我眞胡塗，疑心霍青桐姑娘，眞是以小人之心度人了。她可比我精明得多。」周綺道：「怎麼？」徐天宏道：「淸兵的鐵甲軍一衝過來，咱們還有命麼？」周綺道：「咦，也眞奇怪。」徐天宏道：「他們就算沒鐵甲軍，周圍這幾千人一起衝鋒，咱們八九個人怎擋得住？數千人馬也不用動手，只須排了隊擠將過來，也把咱們踏成了肉泥。再說，他們一直沒當眞向咱們射箭，只是裝個樣子。」衆人都說確是如此，這次淸兵可客氣得很，手下留情。

陳家洛登時恍然，叫道：「是了，是了。他們故意不衝，要引回人救兵過來，可是霍青桐姑娘料到了，不肯上當。」章進道：「她不上當，咱們可糟啦。」陳家洛道：「不會糟，她一定另有法子。」周綺笑道：「是麼？我本來不信她會這麼壞。」

衆人登時精神大振。留下余魚同與心硯守望，餘人回入坑中休息。

霍青桐隔著沙丘，聽得那三人大罵翠羽黃衫，卻原來是關東六魔的一夥人，尋思：「大漠之中，無可逃避。只有明日我自行迎上去，設法帶他們去見我師父師公。」。

第十五回　奇謀破敵將軍苦　兒戲降魔玉女瞋

忽倫四兄弟按住張召重，放脫了陳家洛，直至兆惠出來喝開，忽倫四兄弟這才放手。張召重憤怒異常，倏地跳起，反手一掌，又快又重，啪的一聲，把忽倫二虎打落了半邊牙齒。二虎痛得險些暈去。四兄弟大怒，同時撲上廝打。兆惠連聲喝罵，四兄弟才悻悻退下。

張召重恨恨的道：「大將軍，皇上差卑職到回疆來，有兩件欽命，第一件就是拿剛才這女子進京。」兆惠道：「張兄從未來過這裏，怎識得這女子？」張召重道：「回人送了一對玉瓶向皇上求和。玉瓶上畫了一個回人古代女子，皇上大讚美艷，說當今之世決無如此人物。回人使者說道：今日他們回族之中的美女，只有比瓶上美人更加美得多。皇上不信，很想一見其人，命卑職趕來辦這件事。這女子如此美貌，卑職生平從所未見，想必就是她了。」兆惠嗯了一聲。張召重道：「剛才那男子不是回人，是紅花會的大頭腦陳家洛。」兆惠奇道：「是麼？他怎麼到了這裏？」張召重道：「皇上要他來取幾件東西，命卑職等他取到後便截他下來。只怕皇上要的東西就在他身邊。這兩人自行投到，正是皇上洪福，咱們卻白白放過了，實在可惜。」說著不住拍腿嘆氣。

兆惠笑道：「張兄不必連聲可惜。他們使者來時，我早已調兵遣將，佈置定當。要叫這使者做餌，釣一條大魚上來。既然皇上要這兩人，那更是一舉兩得了。」轉頭對身旁親兵道：「去對德都統說，不可傷那兩人性命。」親兵應令去了。兆惠笑道：「這兩人既是非同尋常，回人定會派重兵相救。等他們過來，我的鐵甲軍從兩旁這麼一夾。」張開兩臂，往中間一合，笑道：「就是這樣！」張召重道：「大將軍神機妙算，人不可及，皇上聖明，信任有加，征回大事，便差大將軍統兵。」兆惠甚是得意，呵呵大笑。

張召重道：「大將軍這場勝仗是打定的了。只是亂軍之中，若把皇上要的那兩人殺了，或是弄得不知下落，皇上必定怪罪。」兆惠道：「你說怎樣？」張召重道：「卑職想請令先去把這兩個人擒了。我軍則繼續圍困不撤，好把回人主力引來。」兆惠沉吟道：「此刻便去，只怕給回子識破了我的計謀。張兄稍待。」直等到第三日清晨，兆惠這才發下令箭，張召重帶領了一百名鐵甲軍疾馳而去。

奔到土坑邊上，坑內十餘箭射出，三名鐵甲軍臉上中箭，撞下馬來。鐵甲軍攻勢稍挫，張召重領頭吶喊，又衝了上去。

徐天宏驚道：「鐵甲軍到了，難道我猜的不對？」衛春華大叫：「是張召重那奸賊！」

余魚同想起恩師慘死，目眦欲裂，手持金笛，縱身出坑，沒頭沒腦向張召重打去。張召重忽見一個醜臉和尚以本門武術猛打急攻而來，大為詫異，呆得一呆，衛春華挺雙鉤也已撲上。張召重揮劍擋住。他武功比這兩人高得多，但衛春華上陣向來捨命惡拚，余魚同更是甩出了性命，不惜與仇人同歸於盡。常言道：「一人拚命，萬夫莫當。」更何況兩人拚命？一時之間，三人在坑邊堪堪打了個平手。

這時數十名鐵甲軍已衝到坑邊。陳家洛、文泰來、徐天宏、章進、駱冰、心硯都跳了上去。章進揮狼牙棒噹噹亂打，鐵甲軍盔甲堅厚，傷他們不得，反而險被長矛刺中。駱冰、心硯、徐天宏也只落得奮力抵擋，却傷不了敵人。文泰來單刀砍出，給鐵甲反震回來，大喝一聲，拋去單刀，空手向一名鐵甲軍撲去。那兵挺矛疾刺，文泰來抓住矛頭一拉，那兵哎喲一聲，長矛脫手。文泰來不及輪轉矛頭，就將矛柄向他臉上倒搠進去，直插入腦心，未及拔出，聽得駱冰急叫：「留神後面！」只覺背後風勁，當即左手勾轉，已把一柄刺來的長矛夾在脅下，在背心偷襲的清兵雙手使勁拉奪。文泰來右手一提，從清兵腦袋中拔出了長矛，回身對準那清兵臉孔，一矛飛出，直插入他鼻樑，從腦後穿出，將他釘在地下。

鐵甲軍奉命擒拿陳家洛和香香公主，不同四周其餘清兵那般只是佯攻，卻是奮勇爭先，狠刺眞殺，雖見文泰來神勇，兀自不退。文泰來手挺雙矛，衝入人叢，雙矛此起彼落，猛不可當，霎時之間，九名鐵甲軍被他長矛搠入臉中而死。

陳家洛沒帶兵刃，叫道：「心硯、十哥，跟我來。」見一名鐵甲軍挺長矛當胸搠來，陳家洛身子微側，長矛搠空，左手馬鞭揮出，纏住他雙足一扯，那兵撲地倒了。陳家洛叫道：「心硯，扯下他頭盔。」鐵甲軍穿了鐵甲，身子笨重，跌倒之後，半天爬不起來。心硯早把他頭盔扯落，章進隨手一棒，打得腦漿迸裂。三人隨扯隨打，頃刻間也打死了八九名敵兵。餘兵見文泰來挺矛衝到，心寒膽落，發一聲喊，都退走了。

這時衛余兩人漸漸抵敵不住張召重的柔雲劍法，徐天宏已上去助戰。張召重見落了單，唰唰數劍，把三人逼退兩步，轉身退了下去。文泰來挺矛欲追，清兵羽箭紛射。

駱冰忽然驚叫：「你們快來！」跳進坑中。衆人紛紛跳入，只見周綺披散了頭髮，滿臉血污，一柄單刀左擋右抵，在坑中與四名鐵甲軍苦鬥。坑中長矛施展不開，四兵都使鋼刀進攻。羣雄大怒，一齊撲上。四兵一個被駱冰單刀搠死，一個被衛春華鋼鉤刺入口中，其餘兩個被文泰來左手抓住後心，右手擰住頭盔，交叉一扭，扭斷了頸骨。徐天宏忙去扶住周綺，見她肩上臂上受了兩處刀傷，甚是疼惜。香香公主撕下衣服給她裹傷。

徐天宏道：「兆惠本想把我們圍在這裏，引得回兵大隊來，才出動伏兵夾擊，定是張召重那奸賊見了總舵主，等不及搶著要建功。」陳家洛道：「他退去之後必不甘心，還會帶兵再來。」徐天宏道：「咱們快挖個陷阱，先拿住這奸賊再說。」

衆人大爲振奮，照著徐天宏的指點，在北首冰雪下挖進去。上面冰雪厚厚的凍了將近一尺，下面沙土掏空，絲毫看不出來。

陷阱挖好不久，張召重果然又率鐵甲軍衝到。他在兆惠面前誇過口，要逞豪強，竟不增兵，仍只帶領餘下的那數十名鐵甲軍。這一次每個軍士手中都拿了盾牌，擋住羣雄的羽箭，霎時間衝到坑前。陳家洛跳出坑外，向張召重喝道：「再來見過輸贏！」張召重見他手中沒兵器，將長劍往地下一拋，說道：「好，今日不分勝敗不能算完。」兩人一個展開百花錯拳，一個使起無極玄功拳，登時在雪地上鬥在一起。

文泰來、徐天宏、章進、衛春華、余魚同、心硯六人也縱出坑來接戰。陳家洛一面打，一面移動腳步，慢慢退近陷阱，眼見張召重再搶上兩步就要入伏，那知斜刺裏一名鐵甲軍衝到，一腳踏上陷阱，大聲驚叫，跌了下去，接著長聲慘呼，被守在下面的駱冰挺刀戮死。

張召重吃了一驚，暗叫：「僥倖！」手腳稍緩。陳家洛見機關敗露，驀地和身撲上，抱住他身子，用力要推他下去。張召重雙足牢牢釘在雪地，運力反推。兩人僵持在坑邊，一個掙不脫，另一個也推他不下，誰也不能鬆手。

兩名鐵甲軍挺矛來刺陳家洛。徐天宏從旁躍過，舉單拐擋開長矛，俯身雙手一抬，將陳張兩人抬入陷阱之中，隨即打滾讓開，鐵甲軍兩柄長矛刺入雪地。

陳張兩人跌入沙坑，同時鬆手躍起。駱冰右手刀向張召重砍去，卻被他施展空手入白刃功夫反拿手腕，一扯之下，已將短刀搶在手中。陳家洛背後飛腳踢到，張召重不及向駱冰進攻，回身揮刀。陳家洛側身避過，舉兩指向他腿上「陰市穴」點去。張召重右腿縮開，駱冰颼颼颼擲出三柄飛刀。沙坑之中無迴旋餘地，張召重在間不容髮之際，居然仍將三把飛刀一一避過。駱冰叫道：「總舵主接刀！」長刀丟出。

陳家洛接住刀柄，使開金剛伏虎刀法，和張召重的短刀狠鬥起來。他武功本雜，各家兵刃全都會使，不似張召重獨精劍術，登時在兵器上佔了便宜。拆了十餘合，張召重迭遇險招，左手連以拳術助守，才得化解。駱冰對自己的這對鴛鴦刀的長刀短刀本來無所偏愛，這時卻只盼長刀得勝，短刀落敗。

周綺持刀護在香香公主身前。只聽得長刀短刀錚錚交撞數下，張召重忽然把短刀擲出坑外，說道：「我空手接你兵刃。」左拳右掌，往陳家洛閃閃刀光中猛攻直進。陳家洛對駱冰叫道：「接刀！」將長刀擲還給她，左手食指往敵人「曲澤穴」點到。沙坑中尋丈之地，轉身都是不便，更別說趨避退讓，兩人竭盡生平所學，性命相搏。數十招後，漸漸分出高下，陳家洛百花錯拳雖然精妙，終不及張召重功力深厚，內力又沒他大，時刻稍長，已是攻少守多。駱冰空自著急，見兩人打得緊湊異常，要想相助，卻那裏插得下手去？

眼見陳家洛越打越落下風，張召重飛腳踢出，陳家洛向左避讓，張召重左掌反擊，其勢如風。突然坑上一人大喝：「鐵膽來了！」張召重左掌倏然收回，護住頂心。果然黑黝黝一枚鐵膽猛擲下來。張召重吃過周仲英鐵膽的苦頭，心中一寒，暗想：「這老兒怎麼也來了？他居高臨下，投擲之勢更爲兇狠。」既不敢接也不敢讓，猛然拔身向後，退開三尺，身子在沙坑邊上一撞，只聽啪的一聲，鐵膽打落坑心，徐天宏隨勢縱下。原來周仲英那日收他爲義子，當天即把稱雄武林的絕技子母鐵膽教了給他。這些日子中徐天宏奔波無定，每日仍是擠出功夫習練，今日臨敵初試，仗著岳父聲威，雖然一擊不中，但也把張召重嚇得倒退。

張召重雙足在地上力點，身子縱起，往坑外躍去，突然當頭一掌劈到，勢勁力疾，生平未遇。他右手迴帶，化解了掌力，但這樣一來，終究躍不出去，隨著落下，暗暗心驚：「這是誰？此人功夫實不在我之下。」腳剛點地，一人跟落，聲若巨雷，喝道：「奸賊，認得我麼？」那人身高膀闊，氣度威猛，正是奔雷手文泰來。

衛春華等已把鐵甲軍殺退，跟著跳下。文泰來與張召重面面相對，想起鐵膽莊被擒之辱，一路上又受了他無數折磨，劍眉倒豎，虎目生光，大喝一聲，出手便是生平絕技「霹靂掌」，呼呼數掌，疾如閃電，聲逾轟雷。

這一番惡戰，比陳張兩人剛才決鬥更爲激烈。香香公主見文泰來大聲吆喝，風雷般向張召重攻去，不禁害怕。陳家洛見到她臉上驚懼之色，靠著坑壁走到她身旁，牽住她手，向她微微一笑。香香公主凝望他的臉，露出詢問之意。陳家洛知是問他剛才打鬥是否很累，緩緩搖了搖頭。香香公主伸起衣袖，替他揩拭臉上的汗水泥污。

陳家洛摸出三粒圍棋子，以防文泰來萬一遇險，立可施救。他手中拿到棋子，心念忽動：「這眞像一局搏殺兇猛、形勢繁複的棋局。中間是文四哥與張召重全力廝拚，我們在外面圍住。在我們外面是一重清兵包圍住了。霍青桐姑娘又在外面設法施救，更在外面又有清兵大軍列陣包圍。這局勢只要棋錯一著，滿盤皆輸。」

羣雄知道文泰來滿腔怨氣，這次非親手報仇不可，都在一旁觀戰，只防張召重逃走，並不出手相助。大家素知文泰來武功卓絕，縱然不勝，也決不致落敗。但見一個猛攻，一個固守，就似大海中驚濤駭浪，浪頭一個接著一個向礁石撲去，但礁石始終屹立不動，浪頭過去，礁石又穩穩的露在海面。

陳家洛尋思：「別人出手，四哥或許會不快，但四嫂相助，他決不致見怪。」便向駱冰使個眼色。駱冰會意，想放飛刀相助，但兩人鬥得正緊，惟恐誤傷了丈夫，急道：「總舵主，你快出手，我不成。」陳家洛正要她這句話，嗤嗤嗤，三粒棋子向張召重要穴上打去。張召重不斷閃避，文泰來乘勢直上。

正要得手，忽聽得上面喊聲大振，馬匹奔馳，刀槍相交。一人衝到坑邊，大叫：「陳公子，喀絲麗，你們在那裏？」香香公主叫道：「爹爹，爹爹，我們在這裏！」陳家洛叫道：「救兵來啦，大家上，先殺了這奸賊！」衆人兵刃並舉，齊向張召重攻去。張召重雙掌如風，忽向香香公主後心擊去。衆人大驚，不約而同的搶過救援。那知他這一下是聲東擊西，身子急縮，在坑邊抓起一把沙土擲出，坑中塵沙瀰漫。衆人眼前模糊，已被他躍上坑去。只聽他哼的一聲，臀部中了徐天宏一枚鐵膽，但終於逃了出去。

羣雄紛紛躍出追擊，只見木卓倫手舞長刀，一馬當先衝到，回人戰士跟在其後，衆清兵大呼阻攔，張召重在人叢中閃得數閃，便不見了影蹤。文泰來奪得一枝長矛，跨上白馬，要殺入敵陣追趕，被駱冰伸手拖住。

木卓倫率領的黑旗隊雖是老弱，但人人奮勇，挺起盾牌，擁衛主帥。

香香公主見父親趕到，臉上、鬍子上、刀上濺滿了鮮血，縱身入懷，連叫：「爹爹！」木卓倫攬住她，輕輕拍她背脊，說道：「乖乖別怕，爹爹來救你啦。」

徐天宏站上馬背觀看形勢，見東首塵頭大起，雪地之中，尚且踏得塵土飛揚，知有鐵甲軍衝來，叫道：「木老英雄，咱們快向西面高地退卻。」木卓倫知他機智，上次可蘭經就是他使計奪回，當即發令向西。清兵隨後趕來。衆人奔了一陣，西面斜刺裏又有一彪清兵殺到，將回人夾在中間。木卓倫和文泰來雙馬並馳，大呼衝出，被清兵一陣箭雨射了回來。

木卓倫心想：「青兒的話果然不錯。剛才我是錯怪她了。她現下定然十分傷心。唉，我這一下可是凶多吉少。」只得率領衆人奔上一座大沙丘，憑勢固守，俟機脫困。回人居高臨下，清兵一時倒也無法衝上。

霍青桐率隊到離敵陣十里處駐紮。這天中午，各隊隊長和傳令騎兵先後來報，均已依令辦理。霍青桐道：「很好，各位辛苦了。」拿出令箭，說道：「青旗第二隊隊長，你率領五百名弟兄，在黑水河南岸固守，不許清兵過河。對方大軍來攻，切不可與他們硬拚，只求拖延時間，有一名清兵渡河，別來見我。」那隊長接令去了。

霍青桐又道：「白旗第一隊隊長，你帶領本部人馬，引清兵向西追趕，一路上接戰只許敗不許勝，逃入大漠，越遠越好。」那隊長素來兇悍好勝，昂然說道：「咱們回人只會打勝仗，打敗仗我可不會。」霍青桐道：「這是我的命令。你把攜帶著的四千頭牛羊一路丟棄，引得他們搶掠。」那隊長道：「幹麼把自己的牲口送人？我可不幹！」

霍青桐一張小嘴綳得緊緊的，沉聲問道：「你不聽號令？」那隊長揚刀大呼：「你領我們打勝仗，我聽你號令。你叫我打敗仗，我拚死不服。」霍青桐道：「我是領你們打勝仗。你先敗退，再反攻。」那隊長紅了眼，叫道：「連你爹爹也不信這套鬼話，怎騙得過我？你當我不知你是甚麼心思？你叫我們四散逃走，丟棄牲口，就偏不去救香香公主！」霍青桐喝道：「抓起來。」四名親兵搶上前去，抓住了他雙臂。那隊長並不抵抗，只是冷笑。

霍青桐大聲道：「滿洲兵來欺侮咱們，咱們要全軍一心，方能打勝仗。你到底聽不聽奉號令？」那隊長大叫：「不聽！你能把我怎樣？」霍青桐道：「把他砍了！」那隊長自負勇猛，以爲霍青桐不敢罰他，聽了這話，登時臉如土色。親兵將他推出帳外，一刀將他的頭割下。霍青桐下令首級示衆。衆軍無不凜然。

霍青桐令白旗第一隊副隊長升任隊長，引淸兵向大漠追趕，待見東首狼煙升起，繞道趕回。新任隊長接令去了。霍青桐再令餘下各隊，盡數開往東邊大泥淖旁集中。

她發令已畢，獨自騎馬向西，下馬跪下，淚流滿面，低聲禱祝：「萬能的眞主，願你聖道得勝，打敗入侵的敵人。現今我爹爹不相信我，哥哥不相信我，連我部下也不相信我，爲了要使他們聽令，我只得殺人。安拉，求你佑護，讓我們得勝，讓爹爹和妹妹平安歸來。如果他們要死，求你千萬放過，讓我來代替他們。求你讓陳公子和妹妹永遠相愛，永遠幸福。你把妹妹造得這樣美麗，一定對她特別眷愛，望你對她眷愛到底。」

祝禱已畢，上馬拔劍，回馬叫道：「黑旗第一、第二兩隊隨我來，其餘各隊分赴防地。」

木卓倫、陳家洛等困守沙丘。清兵衝鋒兩次，都被眾回人奮勇擋住，沙丘四周屍首堆積，雙方損折均重。

過了午間，忽然清兵陣動，一彪軍馬衝了進來。新月大纛旁只見當先一人身披黃衫，手揮長劍，頭上一根碧綠的羽毛微微顫動，正是霍青桐。木卓倫叫道：「大夥兒衝！」率領回兵往下衝殺，兩面夾擊，清兵阻攔不住。四隊黑旗軍合兵一處。香香公主縱馬上前，與姊姊擁抱。

霍青桐拉著妹妹的手，叫道：「黑旗三隊隊長，你率隊快向西退，與白旗第一隊會合，聽白旗第一隊隊長號令。」那隊長接令帶隊馳出。這一隊騎的都是特選快馬，遠遠只見紅旗晃動，清兵正紅旗精兵追了下去。

霍青桐喜道：「好極了。黑旗一隊隊長，你退向葉爾羌城中，聽我哥哥號令。黑旗二隊隊長，你向黑水河南岸退去，那邊有青旗二隊隊長接應。你聽他號令。」兩隊黑旗兵又突圍而出，只見清兵正白、鑲黃兩旗分兩路追趕而去。

霍青桐叫道：「大家向東衝！」三百名近衛親兵長刀飛舞，擁衛主帥當先開路。木卓倫、香香公主、陳家洛等衆人與黑旗第四隊人馬向東疾馳。

兆惠親率鐵甲軍兩翼包抄過來。兩翼左軍右軍是滿洲正藍旗精兵，正副都統手執長槍大戟，奮勇急追。回人戰士數百人斷後，邊戰邊逃，霎時間數百人都被清兵裹住，盡數殺死。兆惠大喜，指著霍青桐身旁的新月大纛，叫道：「誰奪到這面大纛，賞銀一百兩。」鐵甲軍爭先恐後，在大漠上狂奔追趕。

黑旗第四隊乘坐的都是精選良馬，鐵甲軍身重馬慢，追趕不上。奔出了三四十里地，回人戰士有的馬力不繼，掉隊墮後，奮力死戰，都爲清兵所殺。兆惠見所殺回人不是老人，就是少年，喜道：「他們主帥身邊沒有精兵，大家努力追趕！」再追七八里地，回兵隊伍更見散亂，只見新月大纛在一座大沙丘上迎風飛舞。

兆惠胯下是匹大宛良馬，手揮大刀，領隊衝去。衆親兵前後衛護。

霍青桐等見清軍大兵衝到，縱馬下丘。

兆惠登上沙丘，向前望去，這一下只嚇得魂飛魄散，全身猶似墮入了冰窖，但見南邊一隊隊回人戰士整整齊齊的列成方陣，毫無聲息。一眼望去，青旗似林，圓盾如雲。

兆惠雙手發軟，拋下大刀，身上一陣陣發寒，心道：「這些回人好狡獪，原來大隊人馬集中在此。」向北望去，只見一片白旗招展，又是數隊回兵緩緩推來，當下已無細思餘裕，急叫：「後隊作前隊，快退！」親兵傳令下去，清兵登時大亂。回人箭如飛蝗，直逼過來。清兵本比回人多過數倍，但分兵追趕，追到這裏只有一萬名鐵甲軍，回兵全部主力卻盡集於此，登時強弱易勢。西邊又有兩隊回兵衝將過來。兆惠見西、南、北三面都有敵兵，只東面留出空隙，叫道：「大隊向東衝。」自率親兵斷後，三面回兵逐漸逼近。

清兵大隊向東邊缺口中湧去。混亂中前面鐵甲軍忽然齊聲驚呼。一名騎兵奔到兆惠面前，大叫：「大將軍，不好啦，前面是大泥淖。」只見一千名鐵甲軍人馬已在泥淖中打滾，陷入軟泥。原來大漠之上河流不能入海，在沙漠中匯成湖泊，逐漸乾涸，便成泥淖。這大泥淖方圓十多里，軟泥深達數十丈，多的是泥鰍爬蟲之屬，卻是人獸所不至，大雪一蓋，上面毫無痕跡，若非當地土著，決難得知。霍青桐伏兵於此，兆惠貪勝猛追，竟自入了絕地。

陳家洛等站在沙丘上觀戰，只見清兵陷入泥淖的越來越多，後隊人馬想向外奔逃，回人早已掘下深溝，馬匹難以跨越。鐵甲軍三面受迫，自相踐踏，不由自主的一個個擠入泥淖之中，鐵甲沉重，下陷更快。沙泥從腳上升到膝上，再升到腰間。無數清兵在大泥淖中狂喊亂叫。等到沙泥升到口中，喊聲停息，但見雙手揮舞，過了一會，全身沉入泥中。

回人一萬多名戰士左手持盾，右手衣袖高舉，刀光與白雪交相輝映，一聲不作，聚集在深溝外監視。兩隊精兵不住向鐵甲軍猛撲。清兵越戰越少，不到半個時辰，一萬多名正藍旗鐵甲軍全數被逼入大泥淖中。兆惠在百餘名清兵捨死保護下衝開一條血路，逃了出去。

香香公主見數不清的兵士馬匹在大泥淖中滾動廝打、擁抱哭叫、拚命掙扎，心中不忍，轉過了頭不忍觀看。木卓倫狂喜之下大笑大叫，忽然住口不叫，對霍青桐道：「青兒，我剛才說錯了話，你別見怪。實在是我性子太急，是爹爹不對。」霍青桐咬住嘴唇不語。

心硯跪倒在地，向她磕了兩個頭，道：「小的該死，不知姑娘另有神機妙算，衝撞了姑娘。你大人不記小人過……」話未說完，霍青桐一提韁繩，縱馬下了沙丘，把他僵在當地。

章進笑道：「算啦，待會請總舵主給你說情吧。」他手舞足蹈，哈哈大笑，又道：「我就是不明白，幹麼她不把全部清兵都引進大泥坑中去。」徐天宏道：「眼前回兵比清兵多，方能把他們趕入大泥坑，要是清兵全軍都到了，一齊向外衝逃，又怎攔阻得住？」章進道：「不錯，剛才大家都錯怪了她。」

這時大部清軍已陷沒泥中，無影無蹤，餘下來的小部人馬也皆陷沒半身，動彈不得，只有揮手叫號的份兒，四野充塞著慘厲的呼喊。又過一會，叫聲逐漸沉寂，大泥淖把萬餘名鐵甲軍吞得乾乾淨淨。人馬、刀槍、鐵甲，竟無半點痕跡，只有幾百面旗幟散在泥淖之上。

霍青桐高聲傳令：「大隊向西，到黑水河南岸聚集。」回部各隊奉令，向西疾馳。路上陳家洛與木卓倫互道別來情況。木卓倫心下不安，兩個女兒同是自己至寶至愛，偏偏兩人都愛上了這漢人。依回教規矩，男人可娶四個妻子，但陳家洛並非清眞教徒，聽說漢人只娶一妻，第二個女人就不算正式妻子了，這事不知如何了結，心想：「把清兵殺敗了再說。青兒聰明伶俐，喀絲麗心地純良，姊妹兩人又要好，總有法子。」

大隊傍晚趕到了黑水河南岸。一名騎兵氣急敗壞的趕來報告：「清兵向我軍猛撲，青旗二隊隊長陣亡，黑旗二隊隊長重傷，兩隊兄弟傷亡很重。」霍青桐道：「叫青旗二隊副隊長督戰，不許退卻一步。」那騎兵下去傳令。

木卓倫道：「咱們上去增援吧？」霍青桐道：「不！」轉頭對親兵道：「全軍就地休息，不許舉火，不許出聲，大家吃乾糧。」命令下傳，一萬多人在黑暗中默默休息。遠遠傳來黑水河水聲濺濺，清兵與回兵殺聲震天。

一名騎兵急速奔來，報道：「青旗二隊副隊長又陣亡，弟兄們抵擋不住啦！」霍青桐道：「青旗三隊隊長，你這隊上去增援，那邊隊伍歸你指揮。」那隊長長刀一舉，大聲答應，領隊去了。

章進叫道：「霍青桐姑娘，我也上去廝殺，好嗎？」霍青桐道：「各位剛才辛苦啦，再休息一會吧。」章進見她指揮大軍，威風凜凜，不敢再說。

青旗三隊上去不久，喊聲大作，自是雙方戰鬥慘烈。又過好一會，霍青桐見戰士精力已復，叫道：「青旗各隊在東邊沙丘後面埋伏，白旗隊、哈薩克、蒙古各隊在西邊埋伏。」長劍一揮，說道：「大夥兒上去！」

衆人在親兵擁護下向前馳去，越向前奔，殺聲越響。馳到近處，金鐵交鳴之聲鏗然大作。只見回人戰士奮力守住黑水河支流上的幾座木橋，鑲黃旗清兵前仆後繼，拚死衝前奪橋。霍青桐叫道：「退後！」守橋的戰士向兩旁一撤，數千名鐵甲軍蜂湧過橋。霍青桐見清兵過來了一半，叫道：「拉去木條！」數百名回人早已牽了馬匹藏在河岸之下，橋上的木樑事先都已拆鬆，用粗索縛在馬上，一聲令下，縱韁鞭馬，百餘匹馬奮蹄向前。只聽得喀喇喇數聲大響，木樑拉去，木橋立即折斷，橋上數百名鐵甲軍墮入河中。清兵登時分爲兩截，隔河相望，相救不得。

霍青桐令旗一揮，埋伏著的隊伍掩殺上來。清兵訓練有素，雖在混亂之中，仍聽參領、佐領指揮，集合在一起，排成陣勢。回人衝到清兵陣前數百步處，突然停步。霍青桐又是令旗一招。只聽得轟隆、轟隆，巨響連珠不絕，震耳欲聾，黑煙瀰漫，清兵腳下到處炸藥爆發，只炸得血肉橫飛，隊伍登時大亂，對面亂箭射來，無處可逃，紛紛墮河。清兵身上鐵甲厚重，一落河水，立時沉底，餘下來的潰不成軍，不多時盡數被回人大軍殲滅。白雪皚皚的河岸上到處是屍體兵戈，旌旗衣甲。對岸清兵嚇得心膽俱裂，向葉爾羌城中退去。

霍青桐叫道：「渡河追擊！」戰士架起木橋，大軍向葉爾羌城衝去。

葉爾羌城中居民早已撤離一空。霍阿伊見正白旗清兵攻到，依著妹子事先囑咐，稍加抵抗，便率隊退出。不久鑲黃旗清兵從黑水河潰退下來，與城中大軍會合。喘息甫定，主帥兆惠也率領百餘殘兵趕到。兆惠見鑲黃旗精兵又遭大敗，驚怒交集，忽然部下稟報，數百名官兵喝了水井的水中毒而死。兆惠派兵到城外取水，剛想休息，只見滿天通紅，城中到處火光燭天。親兵連珠價急報，四城起火。原來回疆盛產石油，不少地方掘地見油，霍青桐早就下令各處民房中貯藏石油，平民離家出城，這時伏兵放火，把全城燒得猶如一座大火爐相似。

兆惠在親兵擁衛下冒火突煙，奪路逃命。城內清兵自相踐踏。親兵在兵卒叢中揮刀亂砍，殺開一條血路。奔到西門，對面大隊鐵甲軍湧來，報說城門已被回人堵住，衝不出去。兆惠轉而向東。這時火勢更烈，鐵甲一經火炙，熱不可當，衆清兵紛紛卸去鐵甲，亂奔亂竄。葉爾羌城內人馬雜沓，喊聲震天。

混亂中一小隊人馬奔來，大叫：「大將軍在那裏？」兆惠的親兵叫道：「在這裏。」當先一人如風趕到，正是和爾大，對兆惠道：「東門敵兵少，咱們向東衝。」兆惠雖在危急之中，仍然鎮靜，率領將士向東門突圍。回人萬箭射來，清兵沒了鐵甲，死傷纍纍，數次衝不出去。城中火勢更烈，清兵已被燒死了數千名，焦臭中人欲嘔，滿城盡是哭喊之聲。

正危急間，張召重手持長劍，率領一隊清兵馳到，內外夾擊，把兆惠救了出去。

霍青桐等在高地望見。木卓倫連叫：「可惜！可惜！」霍青桐道：「青旗四隊隊長，你率本隊去增援，堵死東門。」那隊長領隊去了。兆惠既已逃出，城中清兵羣龍無首，四門都被回人重兵堵住，東逃西竄，最後盡皆燒死在這座大熔爐中。

霍青桐道：「燒狼煙！」親兵點燃了早就準備好的大堆狼糞，黑煙巨柱沖天而起。原來狼糞之煙最濃，大漠上數十里外均可望見。周綺問徐天宏道：「燒這個幹麼呀？」徐天宏道：「那是與遠處的人通消息。」果然過不多時，西面二十多里外也是一道黑煙升起。徐天宏道：「在那邊更西的人見了這道煙，也會點燃狼糞。這樣一處傳一處，片刻之間就可把信號傳到數百里外。」周綺點頭道：「這法子眞好。」

回人連打三個大勝仗，殲滅清兵精兵三萬餘人。成千成萬戰士互相擁抱，在葉爾羌城外高歌舞蹈。

霍青桐傳集各隊隊長，說道：「各隊人馬到預定地點駐紮，晚上每個人要燒十堆火，各堆火頭距離越遠越好。」

清兵正紅旗精兵一萬餘人在都統德鄂率領之下，向西猛追回人黑旗第三隊。黑旗隊坐騎都是特選的駿馬，直馳入大漠之中。德鄂奉了兆惠之命，務必追到回兵，一鼓殲滅，是以銜尾疾追。兩軍人馬煙塵滾滾，蹄聲如雷，奔出數十里地，忽然斜刺裏衝出數千頭牛羊來。清兵大喜，紛紛捕殺飽餐，追勢稍緩。

黑旗三隊不久就與白旗一隊會合，繼續奔逃，始終不與清兵接仗。到了傍晚，遙見東邊狼煙升起，白旗一隊隊長叫道：「翠羽黃衫已打了勝仗，咱們轉向東方！」衆戰士精神大振，勒韁回馬。清兵見回人忽然回頭，很是奇怪，上前衝殺，那知回人遠遠兜了過去。德鄂叫道：「你們逃到天邊，我們追到天邊。」

兩隊回兵連夜奔逃，清兵正紅旗鐵甲軍緊追不捨。都統德鄂一心要立大功，沿途馬匹不斷倒斃，他下令死了坐騎的軍士步行隨後，其餘騎兵繼續急追。馳到半夜，幾騎軍士奔來報稱：「大將軍在右前方。」德鄂忙向右迎上，見兆惠率領著三千多名殘兵敗卒，狼狽不堪。

兆惠見正紅旗精兵開到，精神一振，心想：「敵兵大勝之後，今晚必定不備，我軍出其不意偷襲，當可轉敗爲勝。」於是下令向黑水河旁挺進。行了二三十里，前哨報知回人大軍在前紮營。兆惠與德鄂、張召重、和爾大等登高瞭望，不由得一股涼氣從心底直冒上來。

但見漫山遍野布滿了火堆，放眼望去，無窮無盡，隱隱只聽得人喧馬嘶，不知有多少回兵。兆惠默然不語。和爾大道：「原來回人有十多萬兵隱藏在這裏，咱們以寡敵衆，怪不得……怪不得受了……一些小小挫折。」他們怎知這是霍青桐虛張聲勢，她命每名回兵燒十堆火，遠遠望來，自是聲勢驚人。

兆惠下令：「各隊趕速上馬，向南撤退，不許發出一點聲息。」命令傳了下去，衆兵將不及吃飯，立即上馬。和爾大稟道：「據嚮導說，這裏向南要經過英奇盤山腳下，大雪之後，山路甚是難行。」兆惠道：「敵兵聲勢如此浩大，你瞧到處都是他們的隊伍。富德將軍有一支兵東越戈壁而來，咱們只有向東南去和他會師。」和爾大道：「大將軍用兵確然神妙。」兆惠哼了一聲，大敗之後再聽這些諂諛之言，臉皮再厚，可也不易安然領受了。

大軍南行，道路愈來愈險，左面是黑水河，右面是英奇盤山，黑夜中星月無光，只有山上白雪映出一些淡淡光芒。兆惠下令：「誰發出一點聲息，馬上砍了。」旗兵大都來自遼東苦寒之地，知道山上積雪甚厚，稍有聲音震動積雪，立即釀成雪崩巨災。衆人小心翼翼，下馬輕步而行。走了十多里，道路愈陡，幸而天色漸明，清兵一日一夜戰鬥奔馳，個個臉無人色。

忽然前面發喊，報稱有回人來攻，德鄂親率精兵上前迎敵。只見數百名回人從山坡上俯衝而下，將到臨近，突然下馬，每人拔出一柄匕首，插入馬臀。馬匹負痛，向清兵陣裏狂衝過來。道路本狹，敵我擠成一團，人馬紛紛落河。山坡上的回人投下無數巨石，登時把道路封住。德鄂急令大軍後退，卻聽後隊喊聲大作，原來後路也被截斷了。

德鄂親冒矢石，向前猛衝，只見英奇盤山頂上新月大纛迎風飄揚，大纛下站著十多人在指揮督戰。兆惠下令：「向前猛衝，不顧死傷。」一隊鐵甲軍開了上去，一半人持盾擋箭，一半人抬起路上的大石、馬匹、屍首、傷兵，盡數投入河中，清除了道路，一鼓作氣猛的衝去。前面數十名回人擋住。道路狹窄，清兵雖多，難以一湧而上，後面部隊卻繼續推上來，一時間路口擠滿了人馬。

號角聲起，擋路的回人突然散開，身後露出數十門土炮，清兵嚇得魂飛天外，發一聲喊，轉身便逃。土炮放處，鐵片鐵釘直往陣中轟來。總算那土炮每次只能放得一響，再放又要塡塞炸藥鐵片，搞上半天，清兵都已退開。這數十炮轟死了二百多名清兵，又把他們去路截斷。

兆惠又急又怒，忽聽得悉悉之聲，頸中一涼，一小團雪塊掉入衣領，抬頭望時，只見山峯上雪塊緩緩滾落。和爾大叫道：「大將軍，不好啦，快向後退！」兆惠掉轉馬頭，向後疾奔。衆親兵亂砍亂打，把兵卒向河中亂推，搶奪道路。只聽雪崩聲愈來愈響，積雪挾著沙石，從天而降，猶如天崩地裂一般，轟轟之聲，震耳欲聾。

和爾大與張召重左右衛護兆惠，奔出了三里多遠。回頭只見路上積雪十多丈，數千精兵全被埋在雪下，連都統德鄂也未逃出。向前眺望，一般的是積雪滿途，行走不得。兆惠身處絕境，四萬多精兵在一日兩夜之間全軍覆沒，不由得悲從中來，放聲大哭。

張召重道：「大將軍，咱們從山上走。」他左手拉住兆惠，提氣往山上竄去。和爾大施展輕功，手執單刀在後保護。

霍青桐在遠處山頭望見，叫道：「有人要逃，快去截攔。」數十名蒙古兵在小隊長率領下飛奔而來，跑到臨近，見爬上來的三人都穿大官服色，十分欣喜，摩拳擦掌，只待活捉。兆惠暗暗叫苦，心想今日兵敗之餘，還不免被擒受辱。

張召重一言不發，提勁疾上。他一手挽了兆惠，在這冰雪凍得滑溜異常的山上仍是步履如飛。和爾大雖然空手，拚了命還是追趕不上。張召重爬上山頂，一提之下，將兆惠甩起。數十名蒙古兵同時撲到。張召重把兆惠挾在腋下，「一鶴沖天」，從人圈中縱出。蒙古兵撲了個空，互相撞得頭腫鼻歪，回身來追，兩人早衝下山去了。和爾大被一名蒙古兵撲到扭住，兩人滾倒在地。其餘蒙古兵搶上前來，將他橫拖倒曳的擒住。

回軍各隊隊長紛紛上來向霍青桐報捷。這一役正紅旗清兵全軍覆沒，逃脫性命的除兆惠與張召重外，不過身手特別矯捷而運氣又好的數十人而已。

霍青桐等回到營帳，回人戰士將俘虜陸續解來。這時回人已攻破清兵大營，官兵、糧草、軍器，繳獲無數。俘虜中忽倫四兄弟也在其內。回人戰士報稱，攻進大營時發現他們被縛著放在篷帳之中。陳家洛詢問原委，忽倫大虎說：「兆大將軍怪我們幫你，要殺我們四人的頭，說等打了勝仗再殺。」陳家洛向霍青桐求情，放了四人。四兄弟自回遼東，仍做獵戶去了。

其時哨探又有急報，戈壁中有清兵四五千人向東而來。霍青桐一躍而起，帶了十隊回兵上前迎敵。行了數十里，果見前面塵頭大起，霍青桐令旗一招，兩隊青旗回兵乘著戰勝餘威，向前猛衝。原來這是兆惠副手富德帶來的援兵，途中與兆惠及張召重相遇，得知清兵大軍覆沒，忙收集殘兵，向東撤退，那知終於被霍青桐攔住。清兵兼程赴援，人困馬乏，人數又少，怎擋得住回人大軍乘銳衝擊。

兆惠不敢再戰，下令車輛馬匹圍成圓圈，弓箭手在圈內固守。回兵幾次衝鋒，衝不進去。霍青桐道：「他們負隅死守，強攻損失必重。現今我衆彼寡，不如圍困。」木卓倫道：「正該如此。」霍青桐下令掘壕。回兵萬餘人一齊動手，在清兵弩箭不及處四周掘起長壕深溝，要將清兵在大漠之中活活餓死渴死。到得傍晚，霍阿伊又帶領了回人援兵數千到達，在長壕之前再堆土堤。

回人在黑水河英奇盤山腳大破淸兵，再加圍困，達四月之久，史稱「黑水營之圍」。

文泰來站在高處，遠遠望見兆惠身旁一人指指點點，正是張召重，心中大怒，從回人手中接過弓箭。徐天宏道：「這奸賊原來在此，只怕太遠，射他不到。」文泰來施展神力，啪的一聲，一張鐵胎弓登時拉斷，當下拿過兩張弓來，併在一起，一箭扣雙弦，將兩張鐵胎弓都拉滿了，手一放，羽箭如流星般直向張召重面門飛去。箭到臨近，風聲勁急，張召重側身避過，那箭噗的一聲，插入了他身邊一名親兵胸膛。

衛春華道：「四哥，咱們衝進去捉這奸賊。」徐天宏道：「不行！不可犯了霍青桐姑娘的將令。」文泰來、衛春華等點頭稱是。衆人望著張召重，恨聲不絕，說道：「終有一日要拿住這奸賊碎屍萬段。」

只聽得軍中奏起哀樂，回人在地下挖掘深坑，將陣亡的將士放入坑內，面向西方，然後埋葬。陳家洛等很是奇怪，詢問身旁的戰士。那人道：「我們是伊斯蘭教徒，死了魂歸天國，肉體直立，面向西方聖地麥加。」羣雄聽了嗟嘆不已。

埋葬已畢，木卓倫率領回人全軍大禱，感謝眞神佑護，打了這樣一場大勝仗。祈禱完畢，全軍歡聲雷動，各隊隊長紛到木卓倫和霍青桐面前舉刀致敬。

衛春華道：「這一仗把淸兵殺得心碎膽裂，也給咱們出了一口惡氣。」徐天宏沉吟道：「皇帝明明跟咱們結了盟，怎麼卻不撤軍？難道他這是故意的，要把滿淸精兵在大漠中滅掉？」文泰來道：「我才不相信那皇帝呢。他怎能料到霍青桐姑娘會打這大勝仗？他派張召重來，用意顯然不善。」文泰來等一直懷疑乾隆結盟之心不誠，另有奸謀，只是礙著陳家洛的面子，不便明言，只和章進等幾人相對搖頭。文泰來悄悄和徐天宏議論，都說要好好提醒總舵主。然這是興漢驅滿的唯一良機，除此之外，亦無別策。大家都說務必小心，即使得罪了總舵主，但衆兄弟一片丹忱，亦盼他能諒鑒。

大家又都讚霍青桐用兵神妙。余魚同道：「孫子曰：『我專爲一，敵分爲十，是以十攻其一也，則我衆而敵寡。』想不到回部一位年輕姑娘用兵，竟是暗合孫子兵法。」周綺睜大了一雙圓眼，道：「你胡說八道！她打仗打得這樣好，你還說她是孫子兵法？我說是爺爺兵法，老祖宗兵法！」衆人都大笑不已。

說話之間，只見陳家洛眼望霍青桐，顯得又是關切，又是擔心。衆人循著他目光轉頭望去，見她臉色蒼白，瞪著火光呆呆出神。駱冰走近前去，想逗她說話。霍青桐站起來相迎，突然身子一晃，吐出一口鮮血。駱冰嚇了一跳，忙搶上扶住，問道：「青妹妹，怎樣？」霍青桐不語，努力調勻氣息，突然張口，又吐出一口血來。香香公主、木卓倫、霍阿伊、陳家洛、周綺等都奔過來慰問。香香公主急得連叫：「姊姊，別再吐啦。」把姊姊扶入帳中，展開氈毯讓她躺下。

木卓倫心中痛惜，知道女兒指揮這一仗殫智竭力，親身衝鋒陷陣，加之自己和部將都對她懷疑，她自然要滿懷氣苦，而最令她難受的，只怕是陳家洛和她妹子要好了，一時也想不出話來安慰，嘆了口氣，走出帳來。

他各處巡視，只聽得四營都在誇獎霍青桐神機妙算。走到一處，見數百名戰士圍著一位阿訇，聽他講話。那阿訇道：「穆聖遷居到麥地那的第二年，墨克人來攻。敵人有戰士九百五十人，戰馬一百匹，駱駝七百頭，個個武裝齊全。穆聖部下只有戰士三百十三人，戰馬兩隊，駱駝七八十頭，甲六副。敵人強過三倍，但穆聖終於擊敗了敵人。」一名少年叫道：「咱們這次也是以少勝多。」阿訇道：「不錯，霍青桐姑娘依循穆聖遺教，領著咱們打勝仗，願眞主保佑她。可蘭經第三章中說：『在交戰的兩軍之中，這一軍是爲主道而戰的，那一軍是不信道的，眼見那一軍有自己的兩倍。安拉卻用他的佑護，扶助他所喜愛的人。』」衆戰士歡聲雷動，齊聲大叫：「眞主保佑翠羽黃衫，她領著咱們打勝仗。」

木卓倫想著女兒，一夜沒好睡。次日一早，天還沒亮，便到霍青桐帳中探視，揭開帳門見帳中無人，嚇了一跳，忙問帳外衛士。那衛士道：「霍青桐姑娘在一個時辰前出去了。」木卓倫道：「到那裏去？」衛士道：「不知道。這封信她要我交給族長。」木卓倫搶過信來，見信上寥寥寫著數字：「爹爹，大事已了，只要加緊包圍，清兵指日就殲。女兒青上。」

木卓倫呆了半晌，問道：「她向那裏去的？」那衛士指向東北方。

木卓倫躍上馬背，向東北方直追，趕了半個時辰，茫茫大漠上一望數十里沒一個人影，沙中也無蹄印足跡，只得回來。走到半路，香香公主、陳家洛、徐天宏等已得訊迎來。衆人十分憂急，都知霍青桐病勢不輕，單身出走，甚是凶險。

回到大帳，木卓倫派出四小隊人往東南西北追尋。傍晚時分，三小隊都廢然而返，派到東面的那小隊卻帶來了一個身穿黑衫的漢人少年。

余魚同一呆，原來那人正是穿男裝的李沅芷，忙迎上去，道：「你怎麼來了？」李沅芷又是高興、又是難受，道：「我來找你啊，剛好遇上他們。」一指那小隊回兵道：「他們就把我帶來啦。咦，你怎麼不穿袈裟啦？」余魚同笑道：「我不做和尚了。」李沅芷心花怒放，眼圈一紅，險些掉下淚來。

香香公主見找不到姊姊，十分焦急，對陳家洛道：「姊姊到底爲甚麼啊？怎麼辦呢？」陳家洛道：「我這就去找她，無論如何要勸她回來。」香香公主道：「我同你一起去。」陳家洛道：「好，你跟你爹說去。」香香公主去跟木卓倫說，要與陳家洛同去找尋姊姊。木卓倫心亂如麻，知道霍青桐就是爲了他們而走，這兩人同去，只怕使她更增煩惱，卻又不知如何是好，頓足道：「你們愛怎樣就怎樣吧，我也管不得許多了。」香香公主睜大了一雙眼睛望著父親，見他眼中全是紅絲，知他憂急，輕輕拉著他手。

李沅芷對別人全不理會，不斷詢問余魚同別來情形。陳家洛對香香公主道：「你姊姊的意中人來啦，他定能勸她轉來。」香香公主喜道：「眞的麼！姊姊怎麼從來不跟我說。啊，姊姊壞死啦。」走到李沅芷面前，細細打量。木卓倫聽了一愕，也過來看。

李沅芷與木卓倫曾見過面，忙作揖見禮，見到香香公主如此驚世絕俗的美貌，怔住了說不出話來。香香公主微笑著對陳家洛道：「你對這位大哥說，我們很是高興，請他和我們同去找姊姊。」陳家洛這才和李沅芷行禮廝見，說道：「李大哥怎麼也來啦？別來可好？」李沅芷紅了臉，只是格格的笑，望著余魚同，下巴微揚，示意要他說明。余魚同道：「總舵主，她是我陸師叔的徒弟。」陳家洛道：「我知道，我們見過幾次。」余魚同笑道：「她是我師妹。」陳家洛驚問：「怎麼？」余魚同道：「她出來愛穿男裝。」

陳家洛細看李沅芷，見她眉淡口小，嬌媚俊俏，那裏有絲毫男子模樣？曾和她數次見面，只因有霍青桐的事耿耿於懷，又覺此人俊美勝於自己，從來不願對她多看。其實無意之中，雖隱隱覺她不是男子，但內心故意對其貶低，只當她油頭粉臉，是個紈絝美少年，全無英雄氣概，殊不足道。這一下登時呆住，腦中空蕩蕩的甚麼也不能想，霎時之間又是千思萬慮，一齊湧到：「原來這人果是女子？我對霍青桐姑娘可全想岔了。她曾要我去問陸老前輩，我總覺尷尬，問不出口。她這次出走，豈不是為了我？她妹子對我又如此情深愛重，卻教我何以自處？」衆人見他突然失魂落魄的出神，都覺奇怪。

駱冰得知李沅芷是女子，過來拉住她手，很是親熱，見了她對余魚同的神態，再回想在天目山、孟津等地的情形，今日又是風沙萬里的跟到，她對余魚同的心意自是不問可知，心想余魚同對自己一片痴心，現下這樣一位美貌姑娘眞誠見愛，大可化解他過去一切無謂苦惱，只是見他神情落寞，並無欣慰之意，實在不妥，須得盡力設法撮合這段姻緣才是。李沅芷問道：「霍青桐姊姊呢？我有一件要緊事對她說。」駱冰道：「霍青桐妹妹不知去了那裏，我們正在找她。」李沅芷道：「她獨個兒走的麼？」駱冰道：「是啊，而且她身上還有病呢。」李沅芷急道：「她朝那個方向走的？」駱冰道：「本來是向東北走的，後來有沒轉道，就不知道了。」李沅芷連連頓足，說道：「糟啦，糟啦！」

衆人見她十分焦急，忙問原因。李沅芷道：「關東三魔要找翠羽黃衫報仇，你們是知道的了。這三人一路上給我作弄了個夠。他們正跟在我後面。現下霍青桐姊姊向東北去，只怕剛好撞上。」

原來李沅芷在孟津寶相寺中見余魚同出家做了和尙，悲從中來，掩面痛哭。余魚同竟然硬起心腸，寫了一封信留給陳家洛等人，對她不理不睬，飄然出寺。李沅芷哭了一場，收淚追出時，余魚同已不知去向。她追到孟津城內，在各處寺院和客店探尋。那知意中人沒尋著，卻又見到了滕一雷、顧金標、哈合台三人。

他們從寶相寺出來，在一家僻靜客店休息。李沅芷偷聽他們談話，知道要去回部找翠羽黃衫報仇。她惱恨三人欺逼余魚同，於是去買了一大包巴豆，回到客店，煎成濃濃一大碗汁水，盛在酒瓶裏，混入滕一雷等住的客店，等到他們上街閒逛，進房去將巴豆汁倒入桌上的大茶壺裏。

關東三魔回店，口渴了倒茶便喝，雖覺有點異味，也只道茶葉粗劣，不以爲意。到了夜半，三人都腹痛起來，這個去了茅房回來，那個又去。三人川流不息，瀉了一夜肚子。第二天早晨肚瀉仍未止歇，三人精疲力盡，委頓不堪，本來要上路的，卻也走不動了。滕一雷把酒店老闆找來大罵，說店裏東西不乾淨，吃壞了肚子。客店老闆見三人兇得厲害，只得連連賠笑，請了醫生來診脈。那醫生怎想得到他們遇上暗算，只道是受了風寒，開了一張驅寒暖腹的方子。客店老闆掏錢出來抓藥，叫店小二生了炭爐煎熬。

李沅芷從客店後門溜進去偷看，見三魔走馬燈般的上茅房，心下大樂，又見店夥煎藥，乘他走開時，揭開藥罐，又放了一大把巴豆在內。滕一雷等吃了藥，滿擬轉好，那知腹瀉更是厲害。李沅芷一不做二不休，半夜裏跳進藥材鋪，在幾十隻抽屜裏每味藥抓了一撮，不管它是生地大黃、附子貝母，還是毛茛狼毒、紅花黃芪，一古腦兒的都去放入了藥罐。次日店夥生起了炭爐再煎，濃濃的三碗藥端了上去。關東三魔一口喝下，數十味藥在肚子裏胡鬧起來，那還了得，登時把生龍活虎般的三條大漢折騰得不成樣子。總算他們武功精湛，身子強壯，三條性命才賸下了一條半，每人各送半條。陳家洛騎了白馬向西急趕之時，怎想得到關東三魔還在孟津城中大瀉肚子。

滕一雷知道必有蹊蹺，只當是錯住了黑店，客店老闆謀財害命，於是囑咐兩人不再喝藥，過了一日，果然好些。顧金標拿起鋼叉，要出去殺盡掌櫃店夥。滕一雷一把拉住，說道：「老二，且慢。再養一日。等力氣長了再幹，說不定店裏有好手，眼下廝殺起來怕要吃虧。」顧金標這才忍住氣。

到得傍晚，店夥送進一封信來，信封上寫著：「關東三魔收啓。」滕一雷一驚，忙問：「誰送來的？」店夥道：「一個泥腿小廝送來的，說是交給店裏鬧肚子的三位爺們。」滕一雷打開看時，只氣得暴跳如雷。顧金標與哈合台接過來，見紙上寫道：「翠羽黃衫，女中英豪，豈能怕你，三個草包。略施小懲，巴豆吃飽。如不速返，決不輕饒。」字體娟秀，滕一雷看得出確是女子手筆。顧金標把字條扯得粉碎，說道：「我們正要去找她，這賤人竟在這裏，那再好不過。」三人不敢再在這客店居住，當即搬到另一處，將養了兩日，這才復原。在孟津四處尋訪，卻那裏有翠羽黃衫的蹤跡？

這時李沅芷已在黃河幫中查知衛春華趕到、紅花會衆人已邀了余魚同齊赴回部。她心上人既走，也就不再去理會三魔，便即跟著西去。三魔找不到霍青桐，料想她必定返歸回部，便向西追蹤，在甘肅境內又撞見了李沅芷。滕一雷見她身形依稀有些相熟，一怔之下，待細看時，她早已躲過。

次晨關東三魔用過早飯，正要上道，忽然外面進來了十多人，有的肩挑，有的扛抬，都說滕爺要的東西送來了。滕一雷見送來的是大批鷄鴨蔬菜、鷄蛋鴨蛋，還有殺翻了的一頭牛與一口豬，喝問：「這些東西幹甚麼？」抬豬捉鷄的人道：「這裏一位姓滕的客官叫我們送來的。」店夥道：「就是這位客官姓滕。」送物之人紛紛放下物事，伸手要錢。顧金標怒道：「誰要這許多東西來著？」

正吵嚷間，忽然外面一陣喧嘩，抬進了三口棺材來，還有一名仵作，帶了紙筋石灰等收殮屍體之物，問道：「過世的人在那裏？」掌櫃的出來，大罵：「你見了鬼啦，抬棺材來幹麼？」仵作道：「店裏不是死了人嗎？」掌櫃劈面一記巴掌打去。仵作縮頭一躲，說道：「這裏不是明明死了三個人？一個姓滕，一個姓顧，還有一個蒙古人姓哈。」顧金標怒火上沖，搶上去一掌。那仵作一交摔倒，吐出滿口鮮血，還帶出了三枚大牙。

忽然鼓樂吹打，奏起喪樂，一個小廝捧了一副輓聯進來。滕一雷雖然滿懷怒氣，卻已知是敵人搗鬼，展開輓聯，見上聯寫道：「草包三隻歸陰世」，下聯是「關東六魔聚黃泉」，上聯小字寫道：「一雷、金標、合台三兄請早駕臨」，下聯寫道：「盟弟焦文期、閻世魁、閻世章恭候」，一塊橫額題著四字：「攜手九泉」。字跡便是先前寫信女子的手筆。

哈合台把輓聯扯得粉碎，抓住那小廝胸口，喝問：「誰叫你送來的？」那小廝顫聲道：「是……是一位公子爺，給了我一百文錢，說有三個朋友死……死在這裏，要我送來。」哈合台知他是受人之愚，揮手摔出，那小廝仰天直攢出去，放聲大哭。滕一雷再問送物、送棺材、奏樂的各人，都說是一位公子爺付了錢差他們來的。

滕一雷抄起銅人，說道：「快追！」三人闖出店去，四下搜索，那裏有甚麼公子爺的蹤影？滕一雷道：「快向前追，抓住那丫頭把她細細剮了。」他們仍道是霍青桐搗鬼，怒不可遏，拚命趕路。這天到了涼州，在客店歇下，到得半夜，後院忽然起火，三人跳起來察看。滕一雷見燒去的只是一堆柴草，一怔之下，猛然醒悟，說道：「老二、老四，快回房。」趕回房內，果然三個包裹已經不見，炕上卻放著三串燒給死人的紙錢。

滕一雷躍上屋頂，不見人影。顧金標拍案大罵：「有種的就光明正大見個輸贏，這般偷鷄摸狗，算他媽的甚麼好漢？」滕一雷道：「這一來，明天房飯錢也付不出啦！」顧金標怒道：「得快想法兒除了這賤貨，否則給她纏個沒了沒完。」滕一雷道：「不錯，老二、老四，你們想怎麼辦？」

這三人武藝雖好，頭腦卻不靈便，想了半天，只想出一條計策，那就是晚上睡覺大家不脫衣服，輪流守夜，一見敵蹤，立即跳出去廝殺。滕一雷明知這辦法並不高明，可是三個臭皮匠無論如何變不成一個諸葛亮，也只索罷了。哈合台道：「房飯錢怎麼辦？現下出去弄點呢，還是明兒一早撒腿就跑？」顧金標道：「反正以後還得用，我出去拿些吧。」

他飛身上屋，四下一望，看準了一家最高大的樓房，跳了進去，心想不論偷搶，弄到幾百兩銀子好走路。見一間房裏有燈光透出，伏身察看，忽然身後啪喇喇一聲響亮，一疊瓦片抛在地下跌得粉碎，有人大叫：「捉飛賊啊，捉飛賊啊！」叫聲嬌嫩，乃是女音。顧金標嚇了一跳，但自恃武藝高強，並不理會，跳進房去，只見幾個傭僕正在賭錢，桌上放了幾百文銅錢，見他進來，嚇得齊聲大叫。

顧金標暗叫：「晦氣！」正想退出，外面梆子急敲，火把明亮，十多人持刀拿棍趕來，忙抓了桌上銅錢，揣入懷內，破窗而出，躍上屋頂，祇聽得颼的一聲，腦後生風，他回手一叉，把擲來的一塊石子砸飛，一縱身間，已搶到投擲石子之處，人剛撲到，迎面一劍刺來。微光下見那人身穿黑衣，身手矯健。顧金標連日受氣，始終找不到敵人，這時那裏再肯放過，唰唰唰三叉，儘往敵人要害刺去。那人正是李沅芷，見顧金標出叉迅捷，拆了數招，虛晃一劍，回身就走。顧金標持叉趕去，見那人回手一揚，一陣細小暗器嗤嗤之聲，破空而至，他在孟津郊外吃過苦頭，知道金針厲害，當即一個觔斗翻下屋頂。下面衆人吆喝擁上，顧金標鋼叉揮動，衆人刀棍紛紛脫手。他再上屋頂追尋時，敵人早已不知去向。

顧金標回歸客店，氣憤憤的說了經過。哈合台連聲嘆氣，道：「早知道我就和你同去，兩個人總截得住他。」滕一雷道：「還說甚麼？這就走吧，別等天明付不出房飯錢，面子上太也過不去。」剛結束定當，忽然有人拍門，三人相望了一眼，各持兵刃在手。哈合台去開門，進來的卻是店中掌櫃。他手中拿了燭台，說道：「小店本錢微薄，請客官們結了房飯錢再走。」原來他在夢中給人推醒，告訴他這三人沒錢付帳，就要溜之大吉。他披衣坐起，推醒他的人已不知去向，忙來拍門，果見滕一雷等要走。

顧金標發了橫，說道：「老子沒錢使啦。櫃上先借一百兩銀子再說！」鋼叉噹啷啷一抖，逼著掌櫃的去拿銀子。掌櫃苦著臉轉身出去，忽然外面喊聲大作，一羣人大叫：「別讓飛賊跑了！」三魔從大門中望出去，只見店外燈籠火把齊明，人聲喧嘩，總有百十來人，一疊聲的大叫：「捉飛賊啊！捉飛賊。」滕一雷銅人一擺，叫道：「上屋！」

顧金標扭斷了櫃台上的鎖，抓了一把碎銀子放在袋裏，三人上屋而去。

關東三魔心想掌櫃半夜裏來要帳，這許多人來捕拿，定然也是霍青桐搗的鬼。顧金標和李沅芷當面交過手，見他是個漢人少年，不是回族女子，只道敵人另有幫手，不敢托大，三人每晚眞的輪流守夜。口中污言穢語，自不知罵了多少髒話。

這天快到嘉峪關，滕一雷道：「此去是敵人的地界，可要加意小心。」後半夜是哈合台輪值，正有些迷迷糊糊，忽聽屋子後面兩塊小石投在地上，知道夜行人「投石問路」試探動靜，忙悄悄推開窗子，掩到後面去想生擒敵人。等了良久，不見有人跳下，前面顧金標卻大叫起來。哈合台一驚：「糟啦，中了調虎離山之計。」忙奔回去，只見滕顧兩人手中拿了燭台逃出房外，甚是狼狽。哈合台拿燭台往窗口一照，吃了一驚，只見屋裏地上、炕上、桌上都是青蛇與癩蝦蟆，到處亂蹦亂跳，窗口有兩個竹簍，顯是敵人用來裝青蛇、蝦蟆的。滕一雷罵道：「也眞難爲這臭丫頭，捉了這許多醜傢伙來。」

他們又怎知道，李沅芷只因余魚同對她無情，萬分氣苦，這事用強不行，軟求也無用，滿腔怨怒，無處出氣，一路上儘想出諸般刁鑽古怪的門道來跟他們爲難。這些青蛇與蝦蟆是她花了錢叫頑童捉的。雖是兒戲胡鬧，卻也令三魔頭痛萬分。他們做夢也想不到，所以受到這種種困擾，竟是因那醜臉秀才不肯愛這位提督小姐而致。

幾次三番的一鬧，關東三魔晚上不敢再住客店，儘往古廟農家借宿。李沅芷知道自己武功跟他們相差太遠，也不敢明目張膽的招惹，希奇古怪的惡作劇卻仍是層出不窮。她一個嬌滴滴的姑娘萬里獨行，黃沙侵體，相思磨心，若不拿三魔來出氣洩憤，只怕途中早就病倒了。就這樣，四人前前後後的來到回疆。

眾人聽李沅芷咭咭咯咯的說來，又是好笑，又是吃驚，都為霍青桐擔心。陳家洛道：「事不宜遲，我馬上尋她去。」徐天宏道：「關東三魔不可輕敵，得多去幾人。總舵主兩位先去。李姑娘和他們最熟，第二撥接應，唔，一個人去太危險，請十四弟同去。我們夫妻第三撥接應。四哥四嫂和其餘各位在這裏守著張召重。」陳家洛道：「好！」駱冰把白馬牽過來讓他乘坐。香香公主騎了紅馬奔來，道：「走吧！」兩人並轡而去。不久余魚同與李沅芷、徐天宏和周綺兩撥，先後離了大營，向東北方追去。

當日午後，文泰來等正和木卓倫在帳中閒話，回兵來報，和爾大給人救了去，看守他的四名戰士都讓人殺了。

木卓倫吃了一驚，和文泰來等同去察看，見三名回兵中劍而死，另一名胸口揷著一柄匕首，柄上縛著一張白紙，上寫：「張召重拜上紅花會眾位英雄」十二字。文泰來一股怒氣從心中直冒上來，將字條揉成一團，力透掌心。衛春華要討來看，文泰來攤開手掌，字條已成片片碎紙，隨風如蝴蝶般飄出帳外。木卓倫心下驚佩：「上次與他們無塵道長交了手，只道天下英雄盡於此矣，那知這位文四爺卻也如此了得。」文泰來對木卓倫道：「木老英雄，你在這裏圍困清兵，我們去追張召重那奸賊。」木卓倫點頭稱是。文泰來率領衛春華、章進、駱冰、心硯四人，在大漠中辨認馬蹄足跡，連夜追蹤。

霍青桐大勝之後，心中反覺說不出的寂寞淒涼。那天晚上在帳中思潮起伏，聽帳外族人彈著東不拉，唱著纏綿的情歌，更增惆悵，想起父親對自己懷疑，意中人又愛上自己妹子，妹子是己所深愛，決不願出計謀和她爭奪情郎，柔腸百轉之下，悄悄起身，留了一信給父親，帶了兵刃和師父所賜的兩頭巨鷹，上馬向東北而行，心想：「還是去跟著師父，隨二老在大漠中四處飄泊。這個身子，就在茫茫黃沙中埋葬了吧。」

她病勢不輕，仗著從小練武，根基堅實，勉強支撐。在大漠中行了十多日，離天山雙鷹所居的玉旺崑還有四五日路程，已然疲累不堪，當晚見一個沙丘旁生著些乾枯了的鐵草，便讓坐騎咬嚼，張開了小帳篷過夜。

睡到半夜，忽聽遠處有馬蹄之聲，三乘馬從東而來，來到沙丘之旁，坐騎去吃乾草，不肯走了，三人便下馬休息。他們隔著沙丘沒瞧見霍青桐的帳篷，三人說起話來。霍青桐聽他們說的是漢語，當時迷迷糊糊的也不在意，忽聽一人罵道：「這翠羽黃衫害得咱們好苦！」霍青桐吃了一驚，忙用心傾聽，又聽另一人怒罵：「這賊婆娘，老子抓到她不抽她的筋、剝她的皮，老子十八代祖宗都不姓顧。」原來這三人便是關東三魔，他們追入大漠，聽說回人在西邊與清軍交兵，便向西趕來。三人不敢向回人問路，在沙漠中兜了個大圈子，比李沅芷落後了十多日，這晚說也湊巧，只因雙方坐騎都要吃草，就地歇宿，竟和霍青桐只隔一個小小沙丘。

當日陳家洛趕來報信，連日軍務倥傯，霍青桐又故意避開，未得談到關東三魔尋仇之事。陳家洛眼見她在大軍環衛之中，區區三魔，又何足懼？也不急於述說。霍青桐聽這三人竟是衝著自己而來，只道是兆惠手下的殘兵敗將，再聽下去，卻又不對。

只聽一人道：「閻六弟這麼好的功夫，我就不信一個娘們能害死他，這婆娘定是使用詭計。」另一人道：「那還用說？所以我說老二老四，這次可千萬別莽撞。這裏回人成千成萬，咱們只能暗算，決不能跟她明鬥。」霍青桐這才恍然，原來是關東六魔一派的人到了。大漠上一望數十里，自己又在病中，無論如何躲不開，只有見機行事，用計脫身。又聽一人道：「皮囊裏的水越來越少啦，此去也不知還要再走幾日才找得到水，打明兒起大家再要少喝。」說著便在沙丘旁睡倒。霍青桐心想：「我不如自己迎上去，想法兒領他們去見師父。」

次日清晨，關東三魔睜開眼，見了霍青桐的小帳篷，略感訝異。霍青桐這時已換去黃衫，帽上的翠羽也拔了下來，把長劍衣服等包在包中，空手走出帳來。滕一雷見她一個單身女子，說道：「姑娘，你有水嗎？分一點給我們。」說著拿出一錠銀子。霍青桐搖搖頭，示意不懂他的漢語。哈合台用蒙古話說了一遍。霍青桐部下有蒙古兵，天山北路蒙回雜處，她也會蒙古話，當下用蒙語答道：「我的水不能分，翠羽黃衫派我送一封要緊的信，現今趕去回報，坐騎喝少了水跑不快。」一面說，一面收拾帳篷上馬。

哈合台搶上前去，拉住她坐騎轡頭，問道：「翠羽黃衫在那裏？」霍青桐道：「你們問她幹麼？」哈合台道：「我們是她朋友，有要緊事找她。」霍青桐嘴一扁道：「當面扯謊！翠羽黃衫在玉旺崑，你們卻向西南去，別騙人啦！」一抖韁繩要走。哈合台拉住轡頭不放，說道：「我們不識路，你帶我們走吧！」對滕顧二人道：「她是到那賊婆娘那裏去的。」

關東三魔見她一臉病容，委頓不堪，說話時不住喘氣，眼看隨時就會倒斃，沒半分像是身有武功，自是毫不懷疑，欺她不懂漢語，一路大聲商量，決定將到玉旺崑時先把她殺了，然後去找翠羽黃衫。顧金標見她雖然容色憔悴，但風致楚楚，秀麗無倫，竟爾起了色心。

霍青桐見他雙眼不住瞟來，色迷迷的不懷好意，心想他們雖然不認得自己，但到玉旺崑尚有四五天路程，這數日中跟這三個魔頭同行同宿，太過危險，於是撕下身上一塊花布，縛在一頭巨鷹腳上，拿出一塊羊肉來餵鷹吃了，把鷹往空中丟去，那鷹振翼飛入空際。滕一雷起了疑心，問道：「你幹甚麼？」霍青桐搖搖頭。哈合台用蒙古話詢問。

霍青桐道：「從這裏去，今後七八天的路程都沒水泉。你們水帶得這麼少，怎麼夠喝？把鷹放了，讓牠們自己去找水喝。」說著又把另一頭鷹放了。哈合台道：「兩頭鷹又喝得了多少水？」霍青桐道：「渴起上來，一滴水也能救命。再過幾天你們便知道啦。」她怕他們下手加害，故意把道路說得長些。哈合台喃喃咒罵：「在我們蒙古，就算在沙漠中，那有接連七八天的路程上找不到水的。眞是鬼地方！」

晚間在沙漠上過夜，霍青桐在火堆旁見顧金標的眼光不住溜來，暗暗吃驚，走進小帳篷後，拔劍在手，斜倚在帳門口，不敢就睡，等到二更時分，果然聽到有腳步聲輕輕走近。她心中劇跳，額頭冷汗直冒，心想：「數萬清兵都滅了，可別在這三人手中遭到報應。」忽覺身上一寒，一陣冷風從帳外吹進，原來帳門的布帶已被顧金標扭斷，走進帳來。

他怕霍青桐叫喊起來，給老大、老四聽到不雅，上來就想按住她嘴，那知卻按了個空，毯子中竟沒有人，再伸手到一旁去摸，脖子上一涼，一件鋒利的兵刃抵住了後頸。霍青桐用漢語低聲道：「你動一動，我就刺！」顧金標空有一身武藝，要害給人制住，那敢動彈？霍青桐道：「伏在地下！」顧金標依言伏下。霍青桐劍尖抵住他的背心，坐在地上。兩人僵持不動。霍青桐心想：「如殺了這壞蛋，又或傷了他手腳，那兩人決不干休，只好挨到師父來救再說。」

等了一個更次，滕一雷半夜醒來，發覺顧金標不見了，跳了起來，叫道：「老二，老二！」霍青桐低喝：「快答應，說在這裏。」顧金標無奈，只得叫道：「老大，我在這裏啊！」滕一雷笑罵：「這風流的賊脾氣總是不改，你倒會享福。」

第二天清晨，霍青桐直挨到滕一雷和哈合台在帳外不住催促，才放顧金標出去。哈合台怨道：「老二，咱們是來報仇，可不是來胡鬧。」顧金標恨得牙癢癢地，有苦不敢說，如把這件倒霉事說出來，那可是終身之羞，決意今晚定要遂了心願，到得地頭再把她一叉戳死。

到得半夜，顧金標右手握虎叉，左手拿火摺，闖進帳篷，心想就算這女子會武，三招兩式，還不手到擒來，火光下見她縮在帳篷角裏，心中大喜，撲了上去，突覺腳上一緊，暗叫不好，待要反躍出帳，雙腳已被地下繩圈套住。他彎腰想去奪繩，被霍青桐用力一拉，站立不穩，仰天跌倒，只聽她低聲喝道：「別動！」長劍劍尖已點在小腹之上。

霍青桐心想：「像昨晚那樣再僵持一夜，我可支持不住了。但又不能只斃他一人，必須三賊一齊廢了！」低聲道：「叫你那老大進來！」顧金標慣走江湖，知她用意，默不作聲。霍青桐手上加勁，劍尖透進衣裏，劃破了一層皮。顧金標知道小腹中劍最爲受罪，好是好不了，可是一時又不得便死，不敢再強，低聲道：「他不肯來的。」霍青桐低喝：「好，那就戳死了你再說！」手上又略加勁。顧金標只得叫道：「老大，你來，快來啊！」霍青桐道：「你笑！」顧金標皺著眉頭，哈哈的乾笑幾聲。霍青桐道：「笑得快活些！」顧金標肚裏咒罵：「你奶奶雄，還快活得出？」可是劍尖已經嵌在肉裏，只得放大聲音勉強一陣傻笑，中夜聽來，直如梟鳴。

滕一雷和哈合台早給吵醒。滕一雷罵道：「老二別快活啦，養點氣力吧。」霍青桐見他不來，低聲道：「叫老四來！」顧金標又叫了幾聲。哈合台雖做盜賊生涯，卻不欺辱婦孺，對顧金標的行徑本已十分不滿，只因他是盟兄，不好怎麼說他，這時只裝沒聽見。霍青桐暗暗切齒：「我如脫此難，不將這三個奸賊殺了，難解今日之羞。」右手持劍，左手把繩子在顧金標身上繞來繞去，縛了個結實，這才放心，但倚在帳邊，不敢睡著。

挨到天明，見顧金標居然橫了心呼呼大睡，霍青桐揮馬鞭將他沒頭沒腦的抽了一頓，劍尖對準他心口，喝道：「哼一聲就宰了你！」顧金標滿臉是血，只得苦撐。霍青桐心想：「這事雖已鬧穿，但如殺了他，大禍馬上臨頭，不如讓他多活一時，預計師父今日下午就可來迎。」在他左肩後砍了一劍，解去他身上繩索，推他出帳。

滕一雷見他半身血污，大起疑心，說道：「老二，這婆娘是甚麼路數？可別著了人家道兒。」顧金標心想，這女子雖在病中，仍有勁力將自己拉倒，她身上帶劍，會說漢語，決非尋常回人姑娘，對滕一雷一霎眼睛，道：「咱們擒住她。」兩人慢慢向她走近。

霍青桐見兩人舉止有異，突然奔向馬旁，長劍疾伸，刺穿了顧金標與哈合台馬背上盛水的革囊，接著一劍，把滕一雷馬背上最大的水囊割下，搶在手中，躍上馬背。滕一雷等三人一呆，見兩皮袋水流了一地，登時給黃沙吸乾。在大漠之中，這兩袋水可比兩袋珠寶更加珍貴。三人又氣又急，各挺兵刃上來廝拚。

霍青桐伏在馬背上不住咳嗽，叫道：「你們過來我又是一劍！」劍尖指住最後一隻水囊。關東三魔果然停步不動。霍青桐咳了一陣，說道：「我好意領你們去見翠羽黃衫，你們卻來欺侮我。這裏到有水的地方還有六天路程，你們不放過我，我就刺破了水囊，大家在沙漠中乾死。」關東三魔面面相覷，做聲不得，暗罵她這一招果然毒辣。滕一雷心想：「暫且答允，等挨過了大沙漠再擺佈她。」便道：「咱們不難爲你，大家走吧。」霍青桐道：「你們在前面走！」於是三男在前，一女在後，四人乘馬在大漠上行進。

走到中午，烈日當空，四個人都唇焦舌乾。霍青桐只覺眼前金星直冒，腦中一陣陣發暈，心想：「難道今日我畢命於此？」只聽哈合台道：「喂，給點水喝！」他轉過身來，手中拿著一隻瓦碗。霍青桐打起精神，說道：「把碗放在地下。」哈合台依言把碗放在沙上。霍青桐又道：「你們退開一百步。」顧金標有些遲疑。霍青桐道：「不退開就不給水。」顧金標喃喃咒罵。三人終於退開。霍青桐躍馬上前，拔去革囊上塞子，在瓦碗裏注了大半碗水，催馬走開。三人奔上來，你一口我一口，把水喝得涓滴不賸。

四個人上馬又行，過了兩個多時辰，道旁忽然出現一叢青草。滕一雷眼睛一亮，大叫：「前面必定有水！」霍青桐暗暗心驚，苦思對策，但頭痛欲裂，難以思索，正焦急間，突然長空一聲鷹唳，黑影閃動，一頭巨鷹直撲下來。霍青桐大喜，伸出左臂，那鷹歛翼停在她肩頭，見鷹腿上縛著一塊黑布，知道師父馬上就到，狂喜之下，眼前又是一陣發黑。

滕一雷心知必有古怪，手一揚，一枝袖箭向她右腕打來，滿擬打落她手中長劍，再來搶奪水囊。霍青桐揮劍擊去袖箭，左手提韁，縱馬飛馳。關東三魔大聲吆喝，隨後追來。馳出七八里，霍青桐全身酸軟，再也支持不住，被馬一顛，跌下鞍來。

三魔大喜，催馬過來。霍青桐掙扎著想爬起上馬，只是手腳酸軟，使不出力，人急智生，把水囊的皮帶子往巨鷹頭頸中一纏，將鷹向上丟出，口中一聲唿哨。原來天山雙鷹性喜養鷹，把巨鷹從小捉來訓練，以爲行獵傳訊之用，他們夫婦所以得了這個名號，也與愛鷹有關。霍青桐這頭鷹是她師父訓練好了的，一聽唿哨，就帶著水囊，振翅向天山雙鷹飛去。

滕一雷見水囊被鷹帶起，一急非同小可，兜轉馬頭，向鷹疾追。顧金標和哈合台均想：「這丫頭反正逃不了，追回水囊要緊！」也縱馬狂追。顧金標手一翻，拿了一柄小叉便向巨鷹射去，只聽皮鞭噼啪一聲響，手腕上一疼，小叉射出去的準頭偏了，打在旁邊，卻是哈合台用馬鞭打了他一下。顧金標怒道：「幹麼？」哈合台道：「這一叉要是打中了水囊，還有命嗎？」顧金標一想不錯，俯身馬鞍，向前急奔。他是遼東馬賊，騎術最精，轉眼間已追在滕一雷之前。水囊中裝著大半袋水，份量不輕，那鷹帶了後飛行不快，與三人始終是不即不離的相差那麼一程子路。

三人追出十多里，急馳下馬力漸疲，眼見再也追不上了，突然間那鷹如長空墮石，俯衝下去，前面塵頭起處，兩騎馬疾馳而來。那鷹打了兩個旋子，落在其中一人肩頭。

關東三魔催馬上前，見兩人一個是禿頭的紅臉老頭，另一個是滿頭白髮的老婦。那老頭厲聲喝道：「霍青桐呢？」三人一楞不答。那老頭解下巨鷹頸上水囊，將鷹往空中拋去，大聲唿哨，那鷹一聲唳鳴，往來路飛去。兩個老人不再理睬三魔，跟在巨鷹之後追去。滕一雷知道他們隨著巨鷹去救那回女，自恃武藝高強，也不把兩個老人放在心上，而且水囊已被他們拿去，非奪回不可，手一擺，三人隨後趕來。

那兩個老人正是天山雙鷹，十多里路晃眼即到，見那鷹直撲下去，霍青桐躺臥在地。關明梅飛身下馬搶近，霍青桐投身入懷，哭了出來。關明梅見愛徒落得這副樣子，十分駭異，忙問：「誰欺侮你啦？」這時關東三魔也已趕到，霍青桐向三人一指，暈了過去。關明梅厲聲喝道：「老頭子還不動手？」左手抱著霍青桐，右手拔去水囊塞子，慢慢倒水到她口裏。

陳正德聽得妻子呼喝，知道三人是敵，兜轉馬頭，向三魔衝去，奔到臨近，長臂探出，向哈合台胸口抓去。哈合台手腕翻轉，摔打擋開。陳正德手腕上痲辣辣的一陣疼痛，心中一楞：「這點子手下好快，勁道倒也不小。」不等兜轉馬頭，凌空躍起，又向他抓去。哈合台左手擋開，右手反抓對方胸口。陳正德猛喝一聲，揮掌劈去，擊在他手臂之上。哈合台全身大震，坐鞍不穩，跌下馬來。滕一雷與顧金標大驚，雙雙來救。哈合台下馬時翻了個觔斗，站在地下，一柄匕首已抽在手中，撲上前來。

陳正德左掌在顧金標面前虛晃，右手已抓住他手中鋼叉往外摔奪。顧金標只覺虎口發麻，左手兩柄小叉忙即飛出，只是左肩後受了傷，出叉無力。陳正德一低頭，獵叉已被他奪了回去，心想：「那裏跑出來這三個野種，武功如此了得，怪不得徒兒要吃他們的虧。」

斗覺腦後風生，獨足銅人橫掃而來。陳正德轉身搶攻，一矮身，雙掌直取滕一雷下盤。關東大魔銅人回轉，向他「玉枕穴」點到。陳正德一驚，咦了一聲，跳開兩步，說道：「你這傢伙會打穴。」滕一雷道：「不錯！」銅人晃動，又點向他肩頭「雲門穴」。這銅人只有獨足，手卻有一對，雙手過頂合攏，正是一把厲害的閉穴橛。這銅人極爲沉重，除點穴外又能橫掃直砸，比鋼鞭鐵鎚尤爲威猛。陳正德想武林中的打穴器械，不論判官筆、閉穴橛，還是點穴鋼環，總是輕巧靈便，取其使用迅捷，認穴準確，他居然能以這笨重武器打穴，自是勁敵，當下提起全副精神，點打劈擊，空手與三人拚鬥。

關明梅見霍青桐悠悠醒轉，這才放心，回頭望去，卻見丈夫已處於劣勢。陳正德長劍放在馬背上不及取出，他躍起時那馬受驚，奔出十餘丈之外。他心傲好勝，不肯過去取劍，以空手鬥這三名江湖好手，漸漸不敵。

關明梅長劍出手，加入戰團，一招「朔風狂嘯」，向滕一雷後心刺去，滕一雷回過銅人格擋，關明梅不等劍招使老，早已變招，唰唰唰三劍，快如電閃。滕一雷沒到過西北，不知「三分劍術」的招數，心中驚疑，暗想這瘦瘦小小的老太婆怎地劍法如此凌厲，只得守緊門戶，靜以待變。關明梅連刺八劍，一劍快似一劍，那是「三分劍術」中的絕招，稱爲「穆王八駿飲瑤池」，但見滕一雷雖然手忙腳亂，還是奮力擋住，也暗讚他了得。

陳正德這邊勁敵一去，立佔上風，雙掌飛舞，招招不離敵人要害，倏地矮身，抓起顧金標射落在地的兩柄小叉，兵器在手，更是如虎添翼，使開蛾眉刺招術，欺身直進，和哈合台快如閃電般拆了七八招，嗤的一聲，哈合台左臂中叉，劃破了一條口子。

顧金標見情勢不利，突向霍青桐奔去。陳正德大驚，撇下哈合台，搶來攔阻。人未趕到，小叉已經脫手，筆直向他後心飛來。顧金標左手一伸，想接住小叉，那知自己這件兵刃一經敵人擲出，飛來的勁道大極，雖然拿到了叉尾，臂上無力，卻沒能抓住，忙屈膝蹲倒，小叉颼的一聲，從頭頂飛過，站起身來時，陳正德已經趕到。哈合台忙奔過來相助，以二敵一，兀自抵擋不住，那邊滕一雷自顧不暇，難以相救。

霍青桐坐在地下，見師父師公逐漸得手，甚是喜慰。五人兵刃撞擊，愈打愈烈。忽然遠處傳來羣獸長聲號叫，聲音慘厲，叫聲中充滿著恐懼、飢餓，和兇惡殘忍之意，似是百獸齊吼，久久不息。霍青桐急躍而起，驚呼：「師父，你聽！」雙鷹劇鬥正酣，聽到這號叫之聲，不約而同的跳開數步，側耳靜聽。關東三魔正被逼得手忙腳亂，迭遇凶險，敵人忽然鬆手，只顧喘氣，不敢上前追殺。

只聽叫聲漸響，遙見遠處一片黑雲著地湧來，中間夾著隱隱鬱雷之聲。天山雙鷹臉色大變，陳正德飛縱而出，牽過馬匹。關明梅把霍青桐抱起，躍上馬背。陳正德拔起身子，站在馬背之上，叫道：「你上來瞧瞧，那裏可以躲避。」關明梅把霍青桐在馬上放好，跳到了陳正德的馬上。陳正德雙手高舉過頂，關明梅在丈夫肩上一搭，縱身站在他手掌之中。

關東三魔見敵人已然勝定，突然住手不戰，在馬背上疊起羅漢來，不禁面面相覷，愕然不解。顧金標罵道：「兩個老傢伙使妖法？」滕一雷見二老驚慌焦急，並非假裝，知道必有古怪，但猜測不出，只得凝神戒備。

關明梅極目四下瞭望，叫道：「北面好像有兩株大樹！」陳正德急道：「不管是不是，快去！」關明梅躍到霍青桐馬上。二老一提馬韁，也不再理會三魔，向北疾馳。

哈合台見他們匆忙中沒帶走水囊，俯身拾起。這時呼號之聲愈響，聽來驚心動魄。顧金標突然叫道：「是狼羣……」說這話時已臉如死灰。三人急躍上馬，追隨雙鷹而去。

跑了一陣，只聽得身後虎嘯狼嘷，奔騰之聲大作，回頭望時，煙塵中只見無數虎豹、野駱駝、黃羊、野馬疾奔逃命，後面灰撲撲的一片，不知有幾千幾萬頭餓狼追趕而來。

萬獸之前卻有一人乘馬疾馳，那馬神駿之極，奔在虎豹之前數十丈處，似乎帶路一般。晃眼之間，那乘馬已從身旁掠過。三魔見騎者一身灰衣，塵沙飛濺，灰衣幾已成爲黃衣，那人似是個老者，面目卻看不清楚。那人回頭叫道：「尋死嗎？快跑呀！」滕一雷的坐騎見到這許多野獸追來，聲勢兇猛已極，嚇得腳都軟了，失足聳腰，把他拋在地下。

滕一雷急躍站起，十幾頭虎豹已從身旁奔過。羣獸逃命要緊，那裏還顧得傷人。滕一雷眼見命在頃刻，張口狂呼。顧哈兩人聽得叫聲，忙回馬來救，只見迎面餓狼如潮水般湧到。滕一雷手揮銅人護身，明知無用，但臨死還要掙扎，霎時間一頭巨狼露出雪白利齒，奔到跟前。突然身旁馬蹄聲響，那灰衣老者縱馬過來，左手一伸，已拉住他後領，把他肥大的身軀提了起來，向哈合台馬上擲去。滕一雷使出輕功，一個觔斗，坐在哈合台身後。三人兜轉馬頭，疾馳逃命。

天山雙鷹帶著霍青桐狂奔，他們久處大漠，知道這狼羣最是兇惡不過，不論多厲害的猛獸，遇上了無一倖免。再跑一陣，前面果然是兩株大樹，雙鷹暗叫：「慚愧！這次總算不致塡於餓狼之腹了。」馳到臨近，陳正德一躍上樹，關明梅把霍青桐遞上，陳正德接住，扶她坐上高處的樹枝。就這麼一耽擱，狼嘷聲又近了些。關明梅提起馬鞭，在兩匹馬身上猛抽幾下，叫道：「自己逃命去吧，可顧不得你們了！」兩馬急奔而去。

三人剛在樹上坐穩，狼羣已然迫近，當先一人卻是那灰衣老者。關明梅大驚失色，叫道：「是他！」陳正德喝道：「哼，果然是他。」側目斜視，見妻子滿臉惶急，不禁心頭有氣，說道：「要是我遇險，只怕你還沒這麼著急。」關明梅怒道：「這當口還吃醋？快救人！」右手攀住樹枝，身子掛下。陳正德哼了一聲，右手拉住她的左手，兩人盪了起來。待那灰衣老者坐騎馳到，陳正德直撲而下，左手攔腰把他抱住，提了起來。

那老者出其不意，身子臨空，坐騎卻筆直向前竄了出去，腳底下全是虎豹、黃羊之屬。他一個觔斗翻到樹上站住，見是天山雙鷹，不由得滿臉怒色。陳正德道：「怎麼？袁兄也怕狼麼？」那老者怒道：「誰要你多事？」關明梅道：「喂，你也別太古怪，咱當家的救你，總沒救錯。」陳正德聽妻子幫他，洋洋得意。那老者冷笑道：「救我？你們壞了我的大事啦！」陳正德笑道：「你給餓狼嚇胡塗了，快息一息吧！」那老者怒道：「我袁某豈怕這羣畜生？」

這灰衣老者就是陳家洛的師父天池怪俠袁士霄。他幼時與關明梅青梅竹馬，一起長大，互生情愫，只是他性子古怪，兩人因小事爭執，一言不合，袁士霄竟遠走漠北，十多年沒回來，音訊全無。關明梅只道他永遠不歸，後來就嫁給了陳正德。不料婚後不久，袁士霄忽然回鄉。兩人黯然神傷，不在話下。陳正德甚是不快，幾次去尋袁士霄晦氣，但武功不及，若不是袁士霄看在關明梅面上相讓，他已吃大虧，一怒之下，便攜妻遠走回部。那知袁士霄舊情難忘，也移居天山，雖然素不造訪，但覺得與意中人相隔不遠，心中較安，也是一番痴情之意。陳正德見他跟來，自然恚怒異常。關明梅為避嫌疑，盡量不與舊日情侶見面，陳正德卻總是不免多心，加之關明梅心中鬱悶，脾氣更加急躁，夫妻數十年來不斷齟齬。三人現今都已白髮蒼蒼，然而於這段糾纏不清的情緣，仍是無日不耿耿於懷。

陳正德這次救了袁士霄，很是得意，心想你一向佔我上風，今後對我感不感恩？關明梅卻聽袁士霄說壞了他的大事，不解其意，問道：「怎地壞了你的大事？」袁士霄道：「這羣畜生近來越生越多，實是沙漠中一個大害。好幾個回人聚居的部落，給狼羣連人帶畜，吃了個精光。我佈置了一個機關，引狼羣去自投死路，那知卻要他來多事？」

陳正德知他所說是實，訕訕的很不好意思。袁士霄見關明梅神色歉然，安慰她道：「陳大哥和你也是好意，我謝謝你們就是。」陳正德道：「你怎生佈置的？」袁士霄忽然叫道：「救人要緊！」一躍下樹，墮入狼羣。

這時關東三魔已被狼羣趕上，三人背靠背的奮戰，兩匹坐騎早已給狼羣撕成碎片。三人雖用兵刃打死了十多頭狼，但羣狼不斷猛撲。三人身上都已受了七八處傷，眼見難支，袁士霄突然飛墮，雙掌起處，兩頭餓狼天靈蓋已被擊碎。他抓起哈合台往樹上拋去，叫道：「接著！」陳正德一把抓住。袁士霄如法炮製，把滕一雷和顧金標擲了上去，跟著兩掌打死兩頭餓狼，抓住死狼項頸，猛揮開路，衝到樹下躍上。關東三魔死裏逃生，見他殺狼易於搏兔，手法之快，勁力之重，生平從所未見，等他上樹，不住稱謝。

數百頭餓狼繞著大樹打轉爬搔，仰頭叫嗥。遠處數十頭虎豹已被狼羣追上圍住，搏鬥吼叫之聲，充塞空際。羣獸騰挪奔躍，撕打咬嚙，慘烈異常。轉瞬之間，虎豹都被狼羣嚼碎，吃得乾乾淨淨。樹顛各人都是江湖豪客，但這般可怖的場面也是首次得見，無不心驚。

陳正德接到關東三魔時，隨手在樹上一放，這時圓睜怪眼，瞪著三人。霍青桐道：「師公，這三個不是好人！」陳正德道：「好，拿他們餵狼！」雙掌一錯，就要上前，但見樹下羣狼嚼食虎豹駝羊的慘狀，又有點不忍，就這麼一遲疑，滕一雷叫道：「這邊來！」向旁邊一株樹上躍了過去，顧、哈兩人也跟著縱去。

關明梅向霍青桐道：「青兒，怎樣？」她要看霍青桐的主意，是不是要趕盡殺絕。霍青桐心腸一軟，說道：「算了吧！」想起自己的煩惱，長嘆一聲，流下淚來。她隨即定神，朗聲向三魔道：「我便是翠羽黃衫霍青桐，你們要找我報仇，怎不過來？」滕一雷等三人聽說她便是霍青桐，又驚又悔，又是憤怒，卻又怎敢過來？

狼羣來得快，去得也快，在樹下盤旋叫嗥了一陣，又追逐其餘野獸去了。

關明梅命霍青桐參見天池怪俠。袁士霄見她一臉病容，從衣囊中拿出兩粒朱紅色的藥丸，說道：「給你吧，這是雪參丸。」天山雙鷹素知雪參丸之名，乃是用珍奇藥材配製而成，眞有起死回生之功。關明梅道：「快謝！」

霍青桐待要施禮，袁士霄已躍下高樹，疾奔而去，有如一條灰線，不一刻在滾滾黃塵中在遠處成了一個黑點。

書劍恩仇錄. 3,天山雪蓮 / 金庸作.　-- 二版.　-- 臺北市：
遠流，2019.04
面；公分. --(大字版金庸作品集；3)
大字版
ISBN 978-957-32-8519-9 (平裝)

857.9　　108003464